CB001007

MONICA JAMES

LIVRAI-NOS DO MAL

Traduzido por Marta Fagundes

1ª Edição

2023

Direção Editorial: Anastacia Cabo
Tradução: Marta Fagundes
Preparação de texto: Ana Lopes
Revisão Final: Equipe The Gift Box
Arte de capa: Perfect Pear Creative Covers
Adaptação de capa: Bianca Santana
Diagramação: Carol Dias

Este livro segue as regras da Nova Ortografia da Língua Portuguesa.

CIP-BRASIL. CATALOGAÇÃO NA PUBLICAÇÃO
SINDICATO NACIONAL DOS EDITORES DE LIVROS, RJ
Gabriela Faray Ferreira Lopes - Bibliotecária - CRB-7/6643

J29L

James, Monica
Livrai-nos do mal / Monica James ; tradução Marta Fagundes. - 1. ed. - Rio de Janeiro : The Gift Box, 2023.
382 p. (Livrai-nos do mal ; 3)

Tradução de: Deliver us from evil
ISBN 978-65-5636-299-1

1. Romance australiano. I. Fagundes, Marta. II. Título. III. Série.

23-86452 CDD: 828.99343
CDU: 82-31(94)

NOTA DO AUTOR

Aviso importante: embora eu tenha feito um trabalho de pesquisa com muitos nativos, por favor, tenha a mente aberta, pois esta é uma obra de ficção. Lugares, acontecimentos e incidentes também são frutos da minha imaginação, ou foram usados de maneira fictícia.

Livrai-nos do mal é um ROMANCE DARK, e aborda temas que podem causar desconforto em alguns leitores.

Deus te proteja…

UM

PUNKY

— Desculpa, eu não tenho. Mas posso te pag…

Murro no queixo.

Chute nas costelas.

Nada mais dói. Minha mente, assim como meu corpo, está anestesiada para a dor.

Era assim que eu me sentia há dez anos. No entanto, agora é muito pior. No passado, eu tinha esperança, mas, agora, não tenho nada. A esperança se perdeu uma semana atrás, quando Babydoll foi tirada de mim e eu matei meu melhor amigo a sangue-frio.

"Puck, eu fodi tudo, eu sei. M-me desculpa. Por favor, não me mate. Eu não quero morrer."

Essas foram as últimas palavras de Rory ao implorar por sua vida.

Mas não fizeram a menor diferença. Ele fez uma escolha e eu fiz a minha, e agora temos que viver com as consequências.

É porque já me importei uma vez que estou aqui, espancando esse garoto, tudo por causa do vício em que se enfiou ao consumir as merdas que os Kelly venderam para ele. Seu corpo está curvado em posição fetal no chão, ele está implorando por misericórdia, mas não sinto porra nenhuma. Estou morto por dentro.

Apoiando um joelho no chão, ergo seu tronco pela gola da camiseta, quase encostando o nariz ao dele.

— Não estou interessado em desculpas. Você tem 24 horas para arranjar o dinheiro que está devendo. Se não arranjar, vou matar sua família diante dos seus olhos.

— T-tá bom — choraminga, com as lágrimas escorrendo pelo rosto.

Eu o largo ali no chão e vou embora. Curiosos pararam para assistir, apavorados demais em intervir, porque o que circula por aí é que Puck Kelly está de volta; e ele está com sangue nos olhos.

Entro na minha caminhonete e acendo um cigarro com a maior calma enquanto me afasto da bagunça sangrenta que eu mesmo fiz. Essa é só mais uma de muitas. Consequência de ter me tornado o garoto de recados de Sean Kelly.

Apertando o volante com força, penso em como uma semana pode mudar o curso de tudo. Quando entrei na velha fábrica de Connor, pensei que estava com tudo resolvido. O plano não era nem um pouco perfeito, mas imaginei que se alguém fosse sofrer as consequências, esse alguém seria eu.

Perdi meus amigos – sendo que um deles matei sem dó; os outros agora me viam como um monstro. Afastei minha família, com medo de eles se ferirem no processo. E falhei com a única pessoa que sempre acreditou em mim. Babydoll confiou em mim, e em contrapartida, acabou pagando com sua liberdade.

Não sei onde ela está. Não sei nem mesmo se está viva. Tudo o que sei é que meu pai, Sean Kelly, tem a resposta, motivo pelo qual estou sendo forçado a viver desse jeito – como seu prisioneiro. Até que eu consiga as respostas, estou à mercê dele, então, me recuso a ser misericordioso com qualquer um.

Uma semana atrás, eu me rendi, algo que jurei nunca fazer. Porém nunca fui colocado em uma posição onde minhas mãos estivessem amarradas. Não há um meio-termo. Não há forma de sair disso, porque farei qualquer coisa para proteger Babydoll – mesmo que tenha que vender minha alma ao demônio que chamo de pai.

Não consigo dormir.

Não consigo comer.

Eu me sinto vazio por dentro.

O tempo na prisão não é nada comparado ao confinamento que sinto, pois uma vida sem Babydoll é como ser condenado a uma prisão perpétua.

Não posso nem mesmo ficar matutando sobre o que fizeram com ela. Minha esperança é que Sean a esteja mantendo como refém, ciente de que farei qualquer coisa para mantê-la em segurança, e de que sacrificaria minha vida pela dela sem nem ao menos piscar. Mas já não sei de mais nada.

Fé cega é o que me move, e o que me guia conforme dirijo rumo à casa de Sean. Eu estava certo. Ele esteve em Belfast esse tempo todo, observando e esperando como o predador que é.

Ele estava esperando pela oportunidade perfeita para atacar; e isso aconteceu no segundo em que fui solto da prisão. Ele armou a arapuca e eu caí de patinho em suas mãos.

Pensei que estava sendo mais esperto que ele – no entanto, tudo o que fiz acabou o beneficiando de alguma forma. Matei Brody. Expus os que nos traíram. Agi pensando que seria em prol da minha causa, mas, no fim, tudo só fortaleceu o império de Sean.

Nossos parceiros acreditam que os Kelly estão de volta – que Sean e eu estamos trabalhando juntos. Eles não fazem ideia de que meu 'pai' tem uma arma apontada para a minha cabeça.

Quando sua casa modesta surge à vista, engulo em seco meu próprio desgosto. Imaginei que ele morasse em algum lugar mais chique. Porém isso teria atraído atenção para sua presença. Ele queria se misturar. Ninguém suspeitaria que um monstro vil estaria morando bem ao lado nessa vizinhança pacata.

As rosas vermelhas que ele cultivava diante de sua casa me fizeram arfar. Era como se ele as tivesse plantado para me espezinhar. Lançando uma olhada à rosa tatuada no dorso da minha mão, sou dominado por inúmeras emoções nostálgicas de algo que nunca mais será o mesmo.

Minha mãe se foi. E seu broche em formato de rosa, que dei a Babydoll, agora se foi também. Todo mundo a quem já amei foi tirado de mim, graças ao filho da puta diante do gramado da frente, que está regando as rosas do jardim como se não tivesse uma preocupação no mundo.

Estaciono a caminhonete e desço, cerrando os punhos ao ver Sean e seu sorriso.

— Como vai, filho? Está com fome? Deixei um pouco de comida do jantar pra você.

É preciso toda a minha força de vontade para não pegar a porra da mangueira e enrolar ao redor de seu pescoço para acabar com sua vida. Mas tenho que me conter. Até descobrir o paradeiro de Babydoll, tenho que agir como seu bichinho de estimação.

— Não me chame de 'filho' — retruco, com firmeza, passando por ele. — E não quero nenhuma porra de jantar.

Quando sinto o cheiro inconfundível de bife assado, tiro meu casaco, incapaz de acreditar que ele realmente estava falando sério sobre guardar o jantar. Entretanto, eu não deveria estar surpreso. Essa merda é um grande jogo para ele. Tudo o que Sean enxerga é que essa é a sua forma de retribuição.

Eu ferrei com seus planos, e agora ele pretende devolver o favor ao foder com a minha vida.

Pego a garrafa de uísque e sirvo uma dose generosa para mim. Mas isso nunca será o suficiente para preencher o vazio em meu peito.

Ao entrar e me ver bebendo, Sean balança a cabeça.

— Estou preocupado com essa sua bebedeira.

Entornando o restante do copo, sirvo mais uma dose.

— Nem vem com essa porcaria — afirmo, incrédulo.

— Que porcaria? — ele tem a audácia de perguntar.

— Dando uma de pai preocupado. Caso você tenha se esquecido, estou aqui só porque não tenho escolha.

— Ninguém está te mantendo prisioneiro aqui — pondera, lavando as mãos na pia. — Você pode ir embora a hora que quiser.

Agarrando o copo com força, tento respirar com calma para não enfiar um caco de vidro em sua jugular.

— Vou embora e o que acontece com Cami? Onde ela está? O que fez com ela?

Sean continua ensaboando as mãos, me ignorando por completo.

— Fiz o que você queria. Jurei minha lealdade a você. O que mais você quer que eu faça, porra? — exclamo, cada vez mais pau da vida.

Ele se vira, devagar, secando as mãos no pano de prato. Pelo amor de Deus, um pano de prato todo florido. Essa merda seria cômica se não fosse o fato de que ele está mantendo em cativeiro a mulher a quem amo. Ou pelo menos é o que espero.

— Sua palavra não vale nada para mim, garoto. Você provou isso quando tentou me passar a perna. Mas, com o tempo, se você se provar de confiança, terá o que quer.

O que quero é sua cabeça.

— Eu te fiz um favor. Você acabará vendo que Rory...

Coloco o copo com força na pia da cozinha, e sinto os cacos contra a palma da mão.

— Não se atreva a falar o nome dele. Nunca mais! — advirto, em tom ameaçador.

A sensação pegajosa e o gotejar constante sobre o piso confirmam que agora tenho um corte na palma, mas o sangue me faz lembrar de que ainda estou vivo.

— Ele era um traidor, Puck — diz ele, sem saber a hora de fechar a matraca. — Foi ele quem te traiu. E ele teve uma escolha. Eu nunca o obriguei. Assim como ninguém te obrigou a enfiar um balaço bem entre os olhos dele.

"Por favor, não me mate."

As palavras de Rory me assombram todos os dias. Quando tento dormir, essas mesmas palavras roubam qualquer possibilidade de descanso, porque não mereço isso. Matei meu melhor amigo a sangue-frio. Ele estava desarmado, e, ainda assim, eu o matei como se não valesse nada.

Sou a porra de um assassino. Sim, já matei antes, mas a morte de Rory é a única pela qual sinto qualquer remorso.

— Você vai ver que não sou o inimigo aqui — diz ele, me arrancando uma risada ensandecida.

— É só isso o que enxergo — rebato, pegando o pano de prato e enrolando ao redor do corte na minha mão. — Qual é o seu problema, caralho? Não somos amigos. Somos inimigos. E eu usaria com a maior satisfação aquela espátula para arrancar sua língua fora.

Entendo que ele quer se parecer com um cara normal, mas sua cozinha mais parece um cenário de revista de decoração de interiores. Isso me dá náuseas.

Sua boca se retorce no canto. Ele está achando tudo hilário.

— Entendo sua raiva. Mas não estaríamos desse jeito se você não tivesse tentado me matar em todas as oportunidades que teve.

— Você matou a minha mãe — rosno, encarando-o com ódio. — E o Connor. Você queria roubar o meu legado. Passei anos na prisão por sua causa. Você fez com que Ethan se tornasse um viciado. Deu uma surra em Hannah. Sequestrou Eva e Ethan. E agora está mantendo minha garota como refém. É óbvio que quero te matar. Você é burro, porra?

Sean assente, aceitando minhas palavras, porque não pode negar nenhuma delas.

— Com o temp…

— Diga essa porra mais uma vez, e você vai ver — interrompo, com a mandíbula cerrada.

— Com o tempo, voc…

Ele mal teve tempo de terminar a maldita frase, porque dei uma cotovelada em seu rosto. O som do osso de seu nariz se partindo atiça ainda mais a minha perversidade. Não consigo me conter e pego o saca-rolha de prata na bancada, sem pensar duas vezes antes de cravar em sua coxa.

Quando tento pegar uma tesoura ali por perto, Sean dá uma risada rouca.

— Ela vai pagar por conta do seu temperamento, Punky. Isso eu posso te garantir.

Essa afirmação significa que ela está viva?

Tudo o que eu precisaria fazer era enfiar a tesoura na lateral de sua garganta. Seria tão fácil quanto o deslizar da faca de pão pela manteiga; então, eu poderia dar fim a essa merda. No entanto, conforme nos encaramos ali, imóveis, em um impasse, tenho a certeza de que ele não está blefando.

Se eu o matar, nunca mais verei Babydoll.

Com um ofego aflito, largo a tesoura aos meus pés, derrotado – no real sentido da palavra.

Sean arranca o saca-rolha da coxa e o joga dentro da pia. Infelizmente, o ferimento não o matará.

— Quero que faça uma coisa por mim — diz ele, e sei que não tenho opção. — Já que você está tão sedento por matar alguém... quero que mate Liam Doyle.

Eu sabia que era exatamente isso que estava fadado a acontecer.

Sean não precisa mais dele. Ele já conseguiu o que queria, e, como de costume, está enviando outra pessoa para fazer seu trabalho sujo. Só que em relação a essa tarefa em específico, não dou a mínima.

— Eu estava planejando fazer isso de qualquer forma.

— Ótimo. — Ele se recosta à bancada, sua calça bege agora com uma imensa mancha vermelha. — Mas não antes da festinha que ele está programando.

— Que festa?

— Agora que Brody está morto, ele precisa desesperadamente arrebanhar a maior quantidade possível de homens ao seu lado. Homens poderosos. Eu quero esses homens como nossos aliados. É um evento VIP, mas darei um jeito de te colocar lá dentro.

— Essa porra não deu certo nem pra você ou para o Brody da última vez, velhote — eu o relembro. — É por isso que estamos aqui agora.

Sean dá uma risada debochada, mais uma vez provando que já havia pensado no assunto.

— Da última vez, eu não tinha meu filho na minha equipe. O que você fez com Brody... acabou te transformando em uma celebridade. A execução pública do chefão do crime da Irlanda e Irlanda do Norte te tornou um homem notório. Ninguém vai querer se meter com a gente agora. Eles nos temem, e vamos usar esse medo em nossa vantagem.

Se eu pudesse desfazer o que fiz, eu faria.

Matar Brody foi uma forma de atrair Sean – o que aconteceu. Mas também atraiu centenas de psicopatas nascidos e criados em nossas terras.

— Eu faço o que quer, e você me deixa ver Cami — exijo, cansado de seus joguinhos.

Sean reflete sobre minha exigência, porém balança a cabeça.

— Não posso confiar em você, Puck. Sinto muito, rapaz. O fato de que agora tenho um buraco na minha coxa, porque você cravou a porra do saca-rolha, prova exatamente isso.

Minha raiva está em ponto de ebulição, cada vez mais difícil de controlar.

— Como posso ter certeza de que ela está ao menos viva?

— Eu te dou minha palavra de que ela está — afirma, pela primeira vez.

— Sua palavra não significa nada pra mim — disparo. — Eu quero vê-la. Eu prometo fazer o que você quiser. Só a deixe ir. Eu não tenho mais nada. O que posso oferecer a ela? Você não precisa mais dela.

Sean pensa nas minhas palavras, me observando atentamente em busca de algum sinal de que estou mentindo.

— Mate Liam, então eu faço o que você quer.

Agora é a minha vez de o observar com total atenção.

— Você vai deixá-la ir embora?

Sean estala a língua como se estivesse escolhendo suas palavras com sabedoria por algum motivo.

— Faça o que estou mandando, então eu a entregarei. Prometo.

A forma como ele está evitando meu questionamento me deixa nervoso. Preciso prever tudo o que pode acontecer quando é Sean que está em pauta, e eu bem queria acreditar que ele me entregaria Babydoll viva, mas é impossível. Ele não me dava margem de troca, no entanto.

— Tudo bem. Vou fazer o que você quer. Mas se Cami sofrer um arranhado sequer, nosso trato está desfeito. Eu vou destruir você. Vou descobrir quem ou o que você mais ama e fazer todo mundo pagar pelos seus pecados.

Ele dá um sorriso de zombaria, deixando seu lado diabólico à mostra.

— Você pode até tentar, Puck, mas não tenho nenhuma amarra. Tenho levado uma vida solitária de propósito... é por isso que sou mais forte que você. A única pessoa que importa para mim é você... então, se for destruir a alguém, tem que começar por você mesmo.

Sempre fiquei pensando por que Sean nunca se casou. Ou sequer teve uma namorada. Agora sei o motivo. Ele sabia que sentimentos podem levar qualquer líder a uma derrocada. Ele sempre fez questão de dizer isso.

— Já estou destruído, *pai* — afirmo, o encarando de frente. — Você fez questão disso quando destruiu todas as pessoas que já amei.

— Algum dia, quando estiver disposto a ouvir, vou contar tudo sobre o seu passado. É o que tem buscado com tanto afinco, não é? Você quer saber quem era a sua mãe e como ela pôde amar um monstro como eu. Quando eu te contar tudo isso, Puck, você vai entender exatamente quem é.

Nem me incomodo em argumentar, porque ele está me lançando uma isca.

Viro de costas e levo a garrafa de uísque comigo ao sair. Assim que entro na minha caminhonete, sigo para casa no piloto automático. Estou tão perdido nesse momento que acho que nunca mais encontrarei meu caminho de volta. No passado, eu conversaria com Rory e Cian, que me ajudariam a recobrar o bom senso.

Mas agora estou completamente sozinho nisso.

O castelo permanece inacabado; apenas uma visualização do que poderia ser. Assim que pego a entrada da propriedade e estaciono diante da minha casa, noto que a luz da cozinha está acesa.

Tem alguém na minha casa.

Pego minha arma no console e saio da caminhonete com cuidado. Duvido que algum inimigo anunciaria sua presença, mas coisas estranhas aconteceram, como a traição de Rory bem debaixo do meu nariz. Abro a porta da frente, que se encontra destrancada, e ergo minha arma ao entrar.

Abaixo a pistola e dou um suspiro, ao ver quem está ali.

— O que você está fazendo aqui?

Hannah se levanta do sofá, retorcendo as mãos à frente.

— Se eu tivesse te ligado, você teria me deixado vir?

Ela tem razão.

Fechando a porta, eu a ignoro e entro na cozinha. Garrafas vazias de uísque se amontoam no canto da bancada, e terminei a que roubei na casa de Sean durante o percurso até aqui, então abro a geladeira e pego a garrafa de vodca.

— Você não devia estar aqui. Vá para casa.

O tom áspero faz com que Hannah vacile, mas ela não se acovarda.

— Por favor, não me afaste, Punky. Todos nós estamos sofrendo. Hoje foi o enterro do Rory.

Abro a garrafa ao ouvir suas palavras, e ingiro uma boa quantidade.

— Foi um funeral muito bonito. Muitas pessoas compareceram.

— Imagino que tenha sido com caixão fechado, certo? — digo, saboreando a ardência da vodca em meu estômago vazio.

Cian é o único que sabe o que realmente aconteceu ao Rory. Sean não estava mentindo quando disse que os tiras estão mancomunados com ele. O delegado Shane Moore é tão corrupto quanto o pai era. Ele mesmo alegou que a morte de Rory foi fruto de um assalto fatídico.

Os repórteres acreditaram por conta do estado em que o apartamento de Rory se encontrava.

Mas os mais chegados sabiam a verdade. Assim como os que são, ou *eram* do meu círculo. Eles sabem que matei meu melhor amigo a sangue-frio.

— Não faça isso — Hannah repreende, horrorizada ao me ver fazendo piadas. — Seu melhor amigo está morto. Você tem que estar sentindo alguma coisa.

— A única coisa que estou sentindo é irritação com sua presença aqui, Hannah. Você não tem outros amigos para perturbar?

— Puck… — arfa, recuando um passo. — Por que você está sendo tão cruel?

— Se não está gostando, a porta da casa está bem ali — digo, secando a boca úmida pela bebida. — Na verdade, prefiro que se mande.

— Não sei o que há de errado, mas sei que você não é desse jeito. O que aconteceu com Cami? Nós temos o direito de saber.

Ninguém sabe que foi Rory quem nos traiu. Tudo o que eles sabem é que ele levou Babydoll da casa, alegando que iam ao meu encontro, mas nenhum dos dois voltou.

Ninguém questionou as ações dele, e por que questionariam? Eles confiavam nele. Todos nós confiávamos.

— Eva quer saber o que aconteceu com a irmã dela — Hannah diz, sem largar o osso. Sua insistência é a característica que me fez ser solto da prisão. Bem que eu queria que ela tivesse me deixado lá para apodrecer. — Pare de nos tratar como crianças!

— Vocês *são* crianças — reafirmo, pau da vida por eles terem sido envolvidos nessa merda para início de conversa. — Vá para casa, Hannah. Eu quero ficar sozinho.

Ela não abaixa a crista.

— É isso mesmo que vai acontecer com você, Puck, se continuar nos afastando dessa forma. Você está tentando agir como um mártir, e sei que está fazendo isso porque pensa que estamos em perigo. Vou passar por aqui amanhã.

Não há razão para continuar discutindo, porque Hannah é tão teimosa quanto eu.

Assim que ela vai embora, agarro a beirada do balcão e respiro fundo. Hannah não vai desistir, então sou forçado a pegar meu celular e ligar para Fiona.

— *O que você quer?*

— Quero que mantenha sua filha longe de mim — disparo, com brusquidão. O ofego do outro lado da linha deixa claro que a peguei desprevenida. — Ela não é mais bem-vinda aqui.

— *Tudo bem. Vou fazer questão de dizer isso a ela* — Fiona diz, por fim.

— Maravilha. Muito obrigado. — Encerro a chamada, nem um pouco a fim de papo.

É um tiro no escuro, mas tenho que tentar alguma coisa. Não quero ser responsável por outra pessoa saindo ferida. Muita gente foi arrastada a esta bagunça, confiando que eu sabia o que estava fazendo. Mas eu não sabia. E ainda não sei.

O alerta do meu celular soa, e quando vejo uma mensagem de Ron Brady, suspiro fundo.

Ron provou ser um aliado leal. Ele, Logan e Ronan provaram isso. No entanto, não tenho nada a oferecer a eles. Esses homens estavam lutando por uma nova Belfast, mas nem sei mais o que é isso. Não sou o líder deles.

Não leio a mensagem. Ao invés disso, decido tomar um banho para tentar dormir um pouco.

Assim que entro em meu quarto, sou atingido por uma torrente de lembranças. Este lugar era um lar por causa das pessoas que viviam aqui. Mas, sozinho, é apenas uma casca vazia do que já foi um dia.

Com Cami em minha cama, eu acreditava que era capaz de qualquer coisa. Ela era o meu motivo de continuar seguindo em frente. Sem ela, minha vontade de lutar está morrendo lentamente. Eu sei que muita gente conta comigo para continuar, mas tenho lutado minha vida inteira.

Estou cansado pra caralho.

Um homem tem um limite para aquilo com o que pode lidar antes de chegar a um ponto de ruptura. E é isso que Sean quer.

Ele me pressionou uma e outra vez ao longo do tempo, renovando minhas esperanças, só para me partir em pedaços. Ele sabia que tirar Cami de mim era exatamente esse ponto decisivo, e ao usar Rory para dar cabo de seus planos… me devastou.

Viro as torneiras do chuveiro, arrancando a roupa sob a ducha, sem me importar com a temperatura da água. Com as palmas das mãos apoiadas na parede de azulejos, inclino a cabeça, esperando que a água escaldante lave todos os meus pecados.

Isso não acontece, e sei que o motivo é porque o pior ainda está por vir.

DOIS

PUNKY

Graças a outra noite maldormida, estou bebendo minha terceira caneca de café, e ainda nem são oito da manhã. No entanto, minha vida é assim agora. Eu simplesmente funciono no piloto automático.

A batida à porta me deixa apreensivo, porque, ultimamente, não sei quem pode aparecer. Com uma arma enfiada no cós traseiro da calça, abro a porta, mas nem precisava me preocupar por ser Darcy.

Ela sorri, mas exprime certa tensão, porque como todo mundo, ela também não faz ideia do que aconteceu naquela noite; a noite em que ela estava aqui e alheia aos planos de Rory.

— Bom dia, Puck — diz ela. — Me desculpa por aparecer sem ligar antes, mas estou com o novo documento do testamento para você assinar.

Abro mais a porta e dou um passo ao lado para que ela possa entrar.

Darcy entra e lança uma olhadela ao redor, notando a bagunça, porém não comenta nada. Ela coloca a maleta de couro sobre a bancada da cozinha e retira um envelope de dentro.

— Preciso que assine aqui — instrui, as mãos trêmulas ao colocar o documento à minha frente.

Detesto vê-la com tanto medo de mim, mas fui eu mesmo quem decidiu afastar a todos. Ninguém mais sabe o que esperar.

— Mudei tudo, de acordo com as suas instruções. Ao assinar aqui, você passará tudo para Sean. — Ela olha para mim, como se quisesse se assegurar de que é isso o que realmente quero, pois não há como desfazer depois que eu assinar sobre a linha pontilhada.

Esta foi mais uma jogada em busca de poder da parte de Sean. Ele quer tudo o que Connor deixou para mim. O dinheiro, o castelo, a fábrica – tudo. Ele quer ter certeza de que me possui. E que nunca me esqueça disso.

Pego a caneta e estou prestes a assinar sem demora, pois entrego todas as minhas posses com prazer a Sean se isto me ajudar a encontrar Babydoll, mas Darcy espalma a mão sobre a folha de papel.

— Puck, não faça isso — ela suplica, me surpreendendo. — Deve haver um outro jeito. Não sei o que ele fez, mas, por favor, não assine.

— Você está falando como minha advogada ou como amiga?

— Sou sua amiga antes de tudo — diz ela. — Me deixe ajudar. Meu pai pode...

Balanço a cabeça em negativa.

— Já teve um monte de gente colocando a corda no pescoço por mim, Darcy. Já chega. Não vou permitir. Isso é o que quero fazer.

— Eu duvido muito — argumenta, com teimosia. — Você sempre faz de tudo pelos outros. E quanto a você? Essa é uma das muitas coisas que gosto em você, Puck Kelly. Você é nobre, mesmo que não acredite nisso.

Fico grato pelas palavras, mas foi a nobreza que me ferrou de jeito. Não vou cometer o mesmo erro outra vez.

Afastando a mão, e com os olhos marejados, ela me observa abrir mão da minha vida.

— Obrigado, Darcy. Falo com você em breve.

É uma dica nada sutil de que não tenho o menor interesse em falar sobre o assunto depois.

Ela suspira, ao se dar conta de sou uma causa perdida. Darcy recolhe todos os documentos e guarda tudo em sua pasta de couro. Em seguida, sigo até a porta e abro sem dizer qualquer coisa, assim como ela vai embora para não voltar.

Ao fechar a porta, recosto a testa sobre a superfície fria, a exaustão quase me levando ao chão. Não sei mais o que fazer. Não tenho direção a seguir.

O som estridente do meu celular indica que estou sendo convocado. Atendo sem nem ao menos conferir quem está ligando.

— *Bom dia, filho. Preciso que você vá até a fábrica. Estou convocando uma reunião.*

Cerrando os dentes por conta do uso contínuo da palavra 'filho', respondo:

— Por quê?

— *Porque já é hora de todos saberem dos nossos planos.*

— E que planos são esses?

— *Quero que os homens vejam que estamos aliançados. Que somos uma equipe agora.*

Com uma risada de escárnio, rebato:

— Não acho que eles estejam esperando uma reunião familiar pública. Mas sei que isso não é opcional.

Para que as coisas deem certo, Sean precisa de todos do nosso lado. A separação entre os Doyle e os Kelly afetou os homens. Eles não sabem em quem confiar. Sean quer que eles acreditem que ele e eu somos parceiros em igualdade para garantir que não ocorra outro levante.

Isto significa que os homens que permanecem leais aos Doyle são uma ameaça. Agora entendo por que matar Liam é tão importante para Sean. Ele quer que toda a concorrência seja eliminada às pressas.

— Tudo bem. Eu estarei lá.

— *Ótimo. Preciso que você faça algo por mim primeiro.*

É claro que ele precisa.

— *Vou te mandar uma mensagem com o endereço.* — E encerra a chamada.

Quando uma mensagem chega um segundo depois com um endereço em um bairro obscuro, sei que o que se espera é um derramamento de sangue. Pego todos os meus suprimentos, e observo as tintas faciais na mesinha de centro. Lembro-me de como Babydoll parecia impiedosa com a pintura no rosto que combinava comigo.

Sempre encontrei consolo na 'máscara' que uso. Faz parte de mim desde os 5 anos de idade. Sempre me senti dividido ao meio, como se aquela pintura fosse parte de mim tanto quanto meu rosto ao natural. Mas não vejo mais dessa forma.

Essa máscara e o horror que ela reflete são quem eu sou agora. Nunca me senti mais conectado a isso do que nesse momento, e sei que é porque, mais cedo ou mais tarde, esse rosto substituirá o meu – e, então, serei o monstro que essa face representa.

Assim que guardo tudo de que preciso, tranco a porta e entro na caminhonete que já pertenceu a Cian. Ele me emprestou o veículo sem nem pensar duas vezes, porque é isso que os melhores amigos fazem. E eu agradeci matando nosso melhor amigo.

Dou partida e pego um cigarro no console. Eu não gostava muito de fumar, mas agora é a única coisa que me acalma. Não preciso do GPS, então dou início à jornada ao bairro abandonado que Sean quer que eu visite.

É impossível não sentir que todo dia é como um *Déjà vu*. Já vivi essa vida antes, agindo como o executor de Connor, e quando eu mesmo pensei que poderia vencer Sean. Acreditei que seria diferente na segunda vez.

Eu estava errado.

Olho para a casa vazia à frente, e exalo um suspiro ao desligar o motor. Literalmente, qualquer coisa pode estar à minha espera.

Sem demora, pego minhas coisas, cubro a cabeça com o capuz e abaixo o queixo. A última coisa de que preciso é de testemunhas. A casa foi abandonada há muito tempo, se a data registrada no grafite servir de referência. A porta está destrancada. Assim que entro, o cheiro de mijo e bitucas velhas de cigarro se infiltra em minhas narinas.

Não engatilho a arma. Examino cuidadosamente cada cômodo, mas o lugar é pequeno, e quando chego ao último quarto no final do corredor, me preparo para ver quem está lá dentro. Abro a porta devagar e ofego ao ver a pessoa amarrada a uma cadeira no meio do lugar nojento.

Não era o que eu esperava.

— Orla?

Por baixo daquele cabelo castanho desgrenhado, eu sei que é ela.

Sou transportado de volta no tempo, quando estava na casa dela e a usava para meu ganho pessoal. Ela não tinha ideia de que eu estava lá a mando de Connor. Não tem ideia de que sei o que aconteceu com o pai dela.

Faz muito tempo que não penso em Orla ou em seu pai, Nolen Ryan, que foi assassinado por Sean ao temer que o homem me contasse a verdade. Na época, pensei que Sean estava cuidando de mim, mas agora sei que o filho da puta só cuida de si mesmo.

Ela está cabisbaixa, mas quando ouve minha voz, lentamente seu olhar encontra o meu.

— Puck? — pergunta, como se estivesse vendo um fantasma.

De certa forma, é o que ela vê, já que, nitidamente, não somos as mesmas pessoas do passado.

Orla está esquelética, uma magreza doentia, deixando claro que está viciada em qualquer merda que injetou em seu corpo. Se Sean a trouxe até aqui é sinal de que ela não pagou pelo produto e que tem uma dívida a quitar. No entanto, esse tipo de ocorrência é reservado para aqueles que tiveram mais de uma chance.

Orla se encontra no último estágio.

— Você veio para me ajudar?

Quando abaixo o olhar, ela sacode a cabeça, mordendo os lábios rachados.

— Por favor, não me mate. Eu prometo. Eu vou dar um jeito. S-só preciso de m-mais tempo.

Este seria o momento em que arregaço as mangas e pego meu soco inglês. Mas quando olho para Orla, a sombra da pessoa que uma vez conheci, sei que não posso.

— Como você se meteu nessa merda, Orla? — questiono, lembrando da boa menina que ela já foi.

Ela funga, o corpo magricelo tremendo.

— Meu pai nos abandonou, sem nem uma palavra. Minha mãe pensou que ele tinha arranjado outra mulher, mas eu sabia que ele não faria isso. Ele nunca teria ido embora sem se despedir.

Meu coração aperta, porque ela está certa.

— Eu só queria a-anestesiar a d-dor — gagueja, implorando para que eu acredite. — Mas eu não sabia quando parar. Eu prometia a mim mesma 'apenas mais uma vez'. E tem sido assim há dez anos. Por favor... me ajude, Puck. Por favor, não me mate.

"Por favor, não me mate."

O apelo de Rory ecoa alto e eu sacudo a cabeça, na esperança de expulsar essas vozes para sempre. Mas parece ser uma ocorrência comum: pessoas implorando por suas vidas quando estou envolvido.

— Não vou matar você, Orla.

— Não? — ela funga, com os olhos arregalados.

— Não. — Vasculho minha mochila e pego a faca.

O alívio de Orla logo se transforma em pânico, pois ela não sabe se estou dizendo a verdade ou não. Eu me posto às suas costas e gentilmente corto as braçadeiras que prendem suas mãos. No momento em que se vê livre, ela suspira de alívio.

Ela estica os braços que ficaram presos por muito tempo. Seus pés estão desamarrados, mas ela permanece sentada.

— Quanto você deve a Sean?

Ela mordisca o lábio inferior.

— Dois mil.

— Orla — eu repreendo, balançando a cabeça. — Se controle, porra! Não admira que ele tenha me enviado aqui.

— Não tenho esse dinheiro, mas posso entregar na próxima semana.

Sei muito bem o que isso significa: ela provavelmente vai se prostituir. Eu não quero isso.

— Olha, não se preocupe com isso, okay? Vou dar um jeito nessa merda.

— Obrigada, Punky. Você sempre foi um bom homem.

Ela não pensaria isso se soubesse o que fiz ao pai dela.

Orla se levanta, mas agarro seu braço magro com força suficiente para que ela entenda o recado.

— Este é seu único aviso, Orla. Não dou segundas chances. Entendeu?

Ela balança a cabeça com um aceno brusco.

— Dê um jeito de sair dessa merda, pois essa porra vai te matar.

É doloroso ver que isso já aconteceu.

Orla não passa de um zumbi ambulante com o rosto macilento coberto de feridas e olhos fundos que perderam o brilho há muito tempo. Ela só se preocupa com sua próxima dose.

Existem diferentes tipos de viciados – aqueles funcionais e que você nunca imaginaria que têm um vício, e aqueles como Orla, que a sociedade descartou há muito tempo. Essas pessoas existem por causa de Sean. Ele não se importa para quem vende ou com que frequência. Tudo o que eles representam são cifrões.

— Vou checar se vai me obedecer ou não, e que Deus me ajude, se voltar atrás em sua palavra, eu juro que vou cumprir o que vim fazer aqui.

Minha ameaça não é vazia e Orla sabe disso.

Pego a carteira no bolso e tiro um maço de notas de vinte. Orla olha para o dinheiro como um lobo faminto.

— Isso é para você levar para casa, não para torrar em heroína.

Ela balança a cabeça e arranca o dinheiro da minha mão.

Caso esteja em dúvida, dou uma advertência:

— Ficarei sabendo se estiver mentindo, por que de quem você acha que está comprando essa porra? Dos Kelly. Não se esqueça disso.

— Você não me machucaria, Punky — diz ela, e sua confiança revela que ela não me conhece.

Eu avanço e ela grita quando torço seu braço às costas.

— Não me confunda com um herói, Orla — ameaço, com o semblante fechado. — Porque não sou. Me sacaneie, e eu juro, você estará tão morta quanto seu pai.

Seus olhos se arregalam quando percebe o que quero dizer com esse comentário. Não vou entrar em detalhes, mas ela pode adivinhar.

Eu a solto e a empurro para longe.

— Agora dê o fora, antes que eu mude de ideia.

Ela não precisa ouvir duas vezes e sai correndo sem olhar para trás. Só posso esperar que meu aviso não tenha sido em vão, porque falei bem sério: se eu a vir novamente, vou matá-la. Por isso precisei ser cruel.

O dinheiro que ela deve, posso pagar. Se eu voltar de mãos vazias, Sean saberá que a deixei ir embora.

Pego minha mochila e olho ao redor, me perguntando quantos desses buracos imundos Sean possui. Darcy me deu uma lista de casas como esta. Eu poderia fazer uma busca por todas. Não quero nem pensar em Babydoll em um cativeiro destes, mas ela tem que estar em algum lugar.

Meu coração quase para só com o mero pensamento.

Sigo até a caminhonete e pego o rumo da fábrica. Essa pretensão de brincar de família feliz é um insulto para qualquer pessoa com metade do cérebro. Mas Sean precisa desta exibição pública para fortalecer a sua posição e alertar quaisquer potenciais rivais.

Não tenho certeza de quem restou. Eu matei todos eles. Liam não é um adversário digno, porque se ele pisar na Irlanda do Norte, vou matá-lo. Bom, vou matá-lo de qualquer maneira e exibir para todos verem, assim como fiz com o pai dele, Brody.

É a única coisa que me faz sentir alguma emoção.

Quando chego à fábrica e vejo a quantidade de carros estacionados, balanço a cabeça, enojado. Esses homens são a razão pela qual Sean continua com tanto poder. Se ele não tivesse gente para apoiá-lo, as coisas seriam muito mais fáceis. Eu poderia destroná-lo, como planejei fazer. Exatamente como ele sabia que eu faria, e é por isso que ele está com Babydoll.

Estaciono o veículo e vou em direção à fábrica, comparando-a com os bons tempos, quando Connor estava vivo. Eu não sabia na época, mas aquele período da minha vida é um dos que mais tenho saudades. Sinto falta de Connor. Se ele estivesse vivo, tenho certeza de que saberia o que fazer.

Eu, entretanto? Estou perdido pra caralho.

Assim que entro e vejo os rostos de homens dispostos a sacrificar tudo por mim, sinto culpa e vergonha. Eu falhei com eles. Prometi mudança, mas em vez disso, acabei condenando todo mundo a uma vida ao serviço do diabo.

Ronan Murray está aqui com homens que sacrificariam suas vidas por mim. Eles olham para mim com esperança no olhar, como se eu fosse a poção mágica que melhorará todas as nossas vidas. Mas eu não sou. Eu me sinto culpado por arrastá-los para minha vingança pessoal, apenas para acabar aqui.

Ronan conseguiu sobreviver no final e, pelo que vejo, ele não me deve nada. Sua dívida está paga. Ele tentou salvar a Irlanda do Norte. Todos nós tentamos.

Ron Brady e seus homens não estão aqui, o que não é surpresa. Eles preferem morrer a ajudar Sean a ter sucesso. Estávamos quase lá, com a vitória ao alcance, mas a reviravolta na história surgiu do nada e provou como a vida é uma vadia cruel e filha da puta.

Sean está com homens que conheço; Logan Doherty, Flynn e Grady – todos subalternos de Brody. Mas agora, ao que parece, são de Sean.

Flynn e Grady foram os idiotas que pensaram que poderiam me intimidar e, em troca, quebrei o nariz de um e quase esganei o outro com as próprias mãos. Não consigo reprimir a risada ao vê-los.

— Eu quase não te reconheci... de pé — debocho do babaca de cabelo castanho que obriguei a rastejar no chão. — Você rastejou até aqui?

Quando ele avança, Sean agarra seu braço.

— Flynn, chega. Tenho certeza de que você não está a fim de levar outra surra.

Ele quase parece orgulhoso do fato.

Flynn se acalma – por enquanto.

Grady, o panaca cujo nariz quebrei, me oferece a mão para um cumprimento. Eu olho para ele, deixando claro que não estou aqui para fazer amigos. Ele recua rapidamente.

— Eu queria me desculpar por ter sido desrespeitoso com você quando nos conhecemos. Eu não sabia quem você era.

— Que história interessante, mas por que caralho você está me contando isso?

Ele recua, pois realmente pensava que agitar a bandeira branca deixaria tudo numa boa. Tudo o que fez foi me levar a pensar que ele não passa de um puxa-saco do caralho.

Ele não responde.

Logan Doherty, assim como Ronan, veio em meu auxílio quando mais precisei deles. O irônico é que depositei toda a minha confiança em Rory, não neles, quando na verdade, eles eram os homens em quem eu deveria ter confiado. Eles juraram lealdade por causa de Connor e porque sou filho dele – de sangue ou não, é quem eu sou.

Agora, porém, eles se perguntam o que deu errado. Por que estou trabalhando com o homem contra quem lutei tanto? Eu gostaria de poder contar a eles, mas me recuso a arriscar mais vidas.

Há outros rostos que reconheço, mas há alguns que não faço ideia de quem são. Tem muito mais homens do que eu esperava, o que significa que o exército de Sean cresce a cada dia.

— Você resolveu o assunto? — ele pergunta, discretamente, assim que me posto ao seu lado.

Concordo com um aceno de cabeça, esperando que Orla esteja bem longe daqui.

Ele sorri antes de pigarrear de leve, silenciando o lugar.

— Esta visão — ele começa com orgulho — é um sonho com o qual venho sonhando há anos. Meus homens bem aqui, em seu devido lugar, diante dos Kelly.

Este discursinho inspirador já está testando minha paciência.

— Eu sei que houve rumores, mas chamei vocês aqui hoje para acabar com isso. Puck está comigo. Não contra mim, como a maioria de vocês já ouviu falar. Mas vocês podem ver com seus próprios olhos que não há rivalidade entre nós. Ele está aqui, onde deveria estar... onde um filho deveria estar.

Isso é uma surpresa para a maioria, pois eles acreditavam que Connor era meu pai.

— Puck é meu filho, não de Connor. Eu queria contar há tantos anos, mas não poderia fazer isso com Connor. Eu não o envergonharia na frente de seus homens.

Cerro a mandíbula, porque esse monte de merda está prestes a me fazer vomitar.

— Sei que decepcionei muitos de vocês — diz ele, calmamente. — E sinto muito por isso. Mas estou aqui para fazer as pazes. Estou aqui para fazer da Irlanda do Norte o que ela já foi um dia. Não pude fazer isso antes porque alguns de vocês se perderam no caminho. Vocês esqueceram onde deveria estar sua lealdade. Mas não estou aqui para pensar no passado. Quero olhar para o futuro, o nosso futuro, onde os Kelly governarão mais uma vez. Alguns de vocês aqui trabalhavam para Brody Doyle, e está tudo bem. Não faço julgamentos.

Isso é ótimo, já que ele também costumava estar de conluio com Brody, e todo mundo sabe disso. Mas ninguém ousa falar essa verdade por temor à própria vida.

— Mas Puck facilitou a escolha para vocês quando arrancou a cabeça daquele filho da puta. Tudo o que resta é Liam Doyle, um maricas que vive à sombra de seu pai. Ao contrário de Puck, que é dono de si mesmo. Ele erradicou a maior parte da linhagem Doyle. Ele é letal e com ele ao nosso lado não há como perder a batalha.

Os homens olham para mim com orgulho. Eu gostaria que não o fizessem, pois eu ficaria feliz em matar cada um deles se isso significasse o retorno de Babydoll.

— Então, eu pergunto, agora, vocês juram lealdade a mim, aos Kelly? Vocês estão prontos para, mais uma vez, voltarem ao nosso reinado em Belfast?

Um brado ecoa entre os homens enquanto eles esmurram seus peitos, expressando sua lealdade. Ronan e Logan, porém, não parecem tão entusiasmados quanto os outros. Eles apenas olham para mim, implorando para que eu não faça isso.

Implorando para acabar com Sean, exatamente como prometi que faria.

Mas não posso.

Tudo o que posso fazer é imitar os gestos bárbaros dos homens, mostrando apoio ao meu pai e esperando que um dia minha traição seja recompensada.

Logan retorce os lábios e se vira para sair, incapaz de assistir enquanto eu me curvo diante do homem que destruiu minha vida. Eu não o culpo – se pudesse escolher, eu também iria embora.

Sean se mantém firme, saboreando a glória do momento, porque é isso que ele sempre quis, mas nunca foi capaz de alcançar. Ele mentiu, trapaceou e matou para estar aqui, e permanecerá aqui por minha causa.

Assim que os aplausos cessam, Sean volta sua atenção para mim.

— Tudo o que peço é sua lealdade e garantirei que vocês serão recompensados. Mas ousem me trair ou mentir para mim, e serão punidos... E isso vale para todos vocês.

De repente, parece que ele está falando diretamente comigo, e quando ouço uma agitação à minha esquerda, concluo que, de fato, o recado era para mim.

Parece que Flynn e Grady assumiram seus papéis de puxa-sacos conforme arrastam Orla para a sala. Ela é só pele e osso. Não há necessidade de dois homens grandes como eles estarem contendo a mulher, mas parece que os filhos da puta estão mais do que felizes em assumir o comando como os bons bichinhos de estimação que são.

Eles seguram Orla, que espia ao redor da sala com o olhar apavorado.

— Esta mulher nos roubou — diz Sean, assegurando-se de usar a palavra "nos" para que o que ele está prestes a fazer seja mais fácil para os homens aceitarem. — Quando alguém não paga pelo produto que usa, está roubando de mim, de vocês, de suas famílias.

— Puta de merda — um dos homens murmura baixinho.

— Não podemos deixar essa merda impune. O que isso dirá sobre nós? Como poderemos governar este reino se demonstrarmos fraqueza?

— Mate ela! — outro homem grita.

Era exatamente isso que Sean queria. Provocar esses homens, para que eles se juntem ao derramamento de sangue, pois é algo que os unirá para sempre.

Sean volta sua atenção para mim.

— Não podemos mostrar fraqueza. É por isso que estamos aqui — diz ele, agora não mais falando sobre Orla.

Esta é a minha lição por desobedecê-lo. Este foi o seu teste; um em que falhei.

Ele não confia em mim, assim como não deveria confiar mesmo. Mas agora percebo a consequência da minha decisão de deixar que Orla fosse embora. Babydoll pagará o preço pela minha clemência.

— Mostrar misericórdia nada mais é do que fraqueza, e não posso ter homens covardes ao meu lado. Mostre a eles o que acontece com a fraqueza, filho.

Ele pega a arma no cós de sua calça, às costas. Eu encaro a pistola com ferocidade, do mesmo jeito que encaro Sean. Mas tomo a arma de sua mão.

Orla choraminga.

— Punky, por favor, n-não. Eu fiz o que você pediu, mas eles me i-impediram.

Meu peito sobe e desce perigosamente devagar, porque ela nunca teve chance. Ele sempre esteve observando, pois Orla era o teste para ver o que eu faria. Ela seria usada como um exemplo.

— Eu sei — asseguro, já que isso não é culpa dela. É minha culpa. — De joelhos.

Ela pisca uma vez, sem saber se me ouviu corretamente, mas quando pressiono a arma no meio de sua testa, ela percebe que sim.

— P-por favor, não me m-mate. Eu não quero morrer.

Flynn e Grady a obrigam a se ajoelhar, seus sorrisos doentios revelando os filhos da puta que são. Estou triste por não ter acabado com suas vidas quando tive a chance.

— Como ela deveria servir de exemplo? — Sean pergunta aos homens, que olham para Orla de uma nova maneira. — Devemos matá-la? Porque é isso que ela merece.

Orla entrelaça as mãos e começa a rezar – assim como seu pai fez quando estava em situação semelhante. Isso me deixa doente, porque a história está se repetindo. Não sei quanto mais posso aguentar.

— Ou talvez ela possa pagar sua dívida de outra maneira?

Tudo o que vejo são lobos famintos, lambendo os lábios com a perspectiva de Orla ser a puta de cada um ali. Ela será compartilhada, abusada e humilhada de formas que ninguém deveria suportar. E quando terminarem com ela, ela será morta – e sua morte será lenta e dolorosa.

Eu sei o que tenho que fazer.

— Não nos deixe cair em tentação... — ela ora, baixinho, de olhos fechados, implorando por salvação.

Mas ela não encontrará nenhuma aqui.

— Mas livrai-nos do mal — eu sussurro, e no momento que Orla olha para mim com esperança, puxo o gatilho. Ela deixa esta terra sendo meu rosto a última coisa que vê.

... me perdoe.

O estrondo ensurdecedor acaba com a sede de sangue.

— Devo deixar a cabeça dela na porta do pai? — incito Sean, batendo a arma em seu peito. Eu não quero isso. — Ah, isso mesmo. O pai dela está morto.

Sean detecta meu sarcasmo e não me provoca, pois sabe que estou perto de explodir. Fiz o que ele queria, então passo pelos homens e saio antes de matar todos eles.

Assim que me acomodo na caminhonete, acelero, desejando poder escapar desse vazio dentro de mim que só aumenta cada vez mais. Eu sei que mais cedo ou mais tarde isso vai me comer por dentro.

Os rostos dos homens e mulheres que matei passam diante de mim e sei que eles me assombrarão pelo resto dos meus dias.

Pego o acesso de uma estrada sinuosa e pouco usada, piso no acelerador, fecho os olhos e me rendo. Não quero ser o homem insensível que Sean quer que eu seja. Mas que escolha eu tenho? As coisas seriam muito mais fáceis se eu simplesmente... parasse de respirar. Não posso salvar Babydoll.

Pela primeira vez na minha vida... eu me entrego.

— Sinto muito, mãe. Eu falhei com você. Eu falhei com todos vocês.

Tiro as mãos do volante, ciente de que quando sair da estrada de cascalho, vou bater em uma árvore ou cair no barranco íngreme. Estou de boa com qualquer possibilidade.

Eu me perco em Babydoll. Seu sorriso, sua risada, a maneira como uma coisa simples como seu perfume característico poderia afugentar os monstros. Ela é a última lembrança que quero ter quando deixar este mundo.

Uma voz grita comigo, exigindo que eu não desista. Minha mãe nunca se rendeu; ela lutou até dar seu último suspiro. Assim como Babydoll; ela lutou por mim quando eu não queria. Ela nunca desistiu. Se fizer isso, então sou eu que estou desistindo dela.

"Eu também te amo. Eu sempre amei. Volte para mim. Promete?"

Eu fiz uma promessa e pretendo cumpri-la, porque sou Puck Kelly, porra, e não desisto diante de nada.

Abrindo os olhos, viro o volante com brusquidão, mas é tarde demais, pois saí da estrada e estou indo direto para uma árvore. Eu não me incomodo em frear. Em vez disso, desvio e espero pelo melhor. O airbag implode assim que o capô se choca contra o tronco da árvore.

O motor morre com um barulho enquanto passo uma revista em meu próprio corpo, para garantir que estou com tudo intacto. Estou bem, só um corte na testa e a dor aguda no pescoço. Agora, a caminhonete é outra história.

Abro a porta e desço, exalando um suspiro ao ver o estrago. Desviar pode ter salvado minha vida, mas não salvou a caminhonete de Cian. É perda total ali.

— Porra! — grito para o céu, passando as mãos pelo cabelo. — Porra!

Os pássaros se espalham, com medo do louco gritando em seu recanto.

Com o coração acelerado, me sinto um pouco melhor. Não sei se o fato de ter destruído alguma coisa, ou quase ultrapassado a linha entre a vida e a morte foi o que me acordou, porque eu, claramente, quero viver. Não sou um desistente. Nunca fui. Estou chocado comigo mesmo por pensar em desistir.

Tenho sido um bastardo miserável, sentindo pena de mim mesmo, mas isso acaba agora.

Pouco depois, ligo para um serviço de guincho e passo a localização, mas não fico por aqui porque não quero ter que lidar com os tiras. Peço ao motorista que me mande a conta, garantindo que cuidarei do assunto no dia seguinte. Ele não discute quando digo meu nome.

Pegando minhas coisas, subo mancando o barranco e começo minha jornada para casa. Até agora, eu não sabia o quanto queria viver, mas percebo que quero viver para ela. Vou encontrá-la e, quando o fizer, atearei fogo ao reinado de Sean... até que sobre apenas cinzas.

TRÊS

PUNKY

As batidas violentas na minha porta me sobressaltam.

Pego a arma debaixo das almofadas do sofá e me levanto de um pulo, meio acordado enquanto aponto a arma para a porta. Mas quando vejo quem está entrando na minha casa, abaixo a mão.

— Você não está morto, porra — diz Cian, fechando a porta e vindo até mim.

— Não, não estou, mas esmurre a porta com mais força da próxima vez e estarei. Você quase me deu um ataque cardíaco. Nunca ouviu falar de telefone?

Ele ignora minha piada e me dá um empurrão. Seu braço está em uma tipoia, porque quando Rory atirou nele, fragmentos de bala acabaram se alojando em seu braço e ombro, mas ele não permite que isso o detenha, então me empurra novamente. Permito que ele faça isso, porque é a primeira vez que o vejo desde aquela noite.

Isso já faz muito tempo.

— Recebi uma ligação de um tira. Ele me disse que minha caminhonete está no ferro-velho. Eu sabia alguma coisa sobre isso? Ele disse que foi perda total e que tive sorte de sair vivo do acidente. Eu disse que desviei para evitar de atropelar um cachorro e que estou bem — diz Cian, arfando. — Mas eu não estou bem, Punky!

— Eu sei disso, Cian, e sinto muito — afirmo, calmamente.

— Estou com tanta raiva de você! Como você pôde fazer isso? Por que você teve que matá-lo? — esbraveja, implorando que eu explique. — Eu quero odiar você, mas eu só... por quê?

Cian sabe que Rory havia se transformado em outra pessoa, mas esta é a primeira vez que ele pergunta o que aconteceu.

— Porque ele me traiu — respondo, na lata. — Ele quebrou minha confiança porque Cami partiu seu coração. Não há maneira de contornar isso. Rory entregou Cami para Sean porque se ele não pudesse tê-la, ninguém poderia. Ele sabia que ela não era minha irmã. Ele leu o diário de Sean antes de qualquer outra pessoa e depois o escondeu, esperando que ninguém o encontrasse. Ele não deu a mínima para isso. Ele a queria para si. Mas quando saí da prisão, ele percebeu que o amor dela por mim nunca morreria.

Respiro fundo antes de continuar:

— E então, quando ela cancelou o noivado, e ele nos viu juntos... o garoto com quem crescemos, Cian, já havia sumido há muito tempo. Dez anos são muito tempo. Eu nunca esperei que alguém esperasse por mim, mas Rory sabia de tudo! Ele sabia o que Sean fez e me deixou apodrecer. Ele poderia ter mostrado aquele diário para qualquer um de vocês, mas sabia o que isso significaria para Cami e para ele. Ele sabia que se ela descobrisse a verdade, nunca teria concordado em ficar com ele.

Paro por um segundo.

— Eu não poderia deixá-lo viver. Não depois do que ele fez com Cami. Sua traição contra mim, eu poderia perdoar, mas não por entregar Cami ao homem que destruiu toda a minha vida. Ele fez suas escolhas e eu fiz as minhas — concluo com convicção.

— Ele te contou isso? — Cian pergunta, claramente atordoado.

— Sim. Se ele soubesse que Cami não era minha irmã, ele teria lido sobre Sean ser meu pai. Ele sabia de tudo e não dava a mínima. Durante dez anos fiquei apodrecendo sozinho, pensando que estava fazendo a coisa certa. Rory poderia ter acabado com isso. Mas não o fez. Eu não poderia deixá-lo viver — repito.

Eu preciso que Cian entenda minha atitude.

— Não sei onde Cami está e, mais uma vez, sou um prisioneiro. Sean não vai me dizer onde ela está até que eu prove minha lealdade a ele. Eu nem sei se ela está viva, porra! — grito, sacudindo a cabeça diante dessa tempestade de merda. — Graças a Rory, tive que matar Orla Ryan. Eu a deixei ir, apenas para Sean me ludibriar, mais uma vez. Ela estava viciada na merda que os Kelly vendem, porque um Kelly deu sumiço no seu pai. Isso é tudo que nós, Kelly, fazemos... nós destruímos!

Jogo a arma no sofá, pois não preciso dela. Cian não é uma ameaça.

Ele simplesmente me encara, sem emoção, porque não há um único sentimento que possa resumir essa tragédia. Mesmo que tudo que compartilhei seja verdade, isso não facilita em assimilar os fatos. Suspeito que Cian se sente traído por Rory e por mim.

— Não consigo entender isso — diz ele. — Como ele poderia saber e não nos dizer nada?

Também não entendo, e gosto de pensar que ele só descobriu a verdade pouco antes de eu ser solto. Não quero acreditar que ele sabia a verdade há dez anos e não fez nada a respeito, porque se isso for verdade, então eu realmente não conhecia Rory, afinal.

— Não sei — respondo, com honestidade. — Ele provavelmente acreditava que todos estariam melhor comigo atrás das grades. E ele não estava errado. A merda que causei... nunca poderei voltar atrás. As vidas perdidas por minha causa; eu nunca vou me perdoar.

— Que bagunça do caralho. — Cian suspira, balançando a cabeça. — Rory estragou tudo, mas você também, Puck. Ele não merecia morrer daquele jeito.

Engulo o nó na garganta porque uma parte minha concorda com ele. Mas Rory fez sua escolha.

— O homem em quem atirei não era o garoto que eu conhecia. Se pudesse escolher, eu o mataria novamente.

A sala fica em silêncio.

— Como podemos superar isso?

— Nós não podemos — respondo. — Não posso voltar atrás no que fiz e nem quero. Eu estou bem com isso. Mas você está?

Cian infla as bochechas ao inspirar e exalar.

— Não sei — diz ele, com sinceridade. — Não consigo tirar a cena da minha cabeça. Eu nunca vi você daquele jeito antes. Isso me assustou.

— Eu nunca estive em uma situação como essa antes, Cian. Não vi razão, nem piedade. Rory tirou de mim a única pessoa que já amei, e tudo porque ele estava com ciúmes. É algo que você esperaria que um moleque ou um adolescente fizesse, não um homem adulto, um homem que você conheceu durante toda a vida.

Inspiro fundo.

— Estou cansado desses jogos. É como se todo dia fosse a mesma merda, numa repetição eterna. Levo essa vida desde os 5 anos de idade e estou farto disso. Não quero participar dessa porra, mas não tenho escolha. Até encontrar Babydoll, sou forçado a obedecer às ordens de Sean.

Cian está fervilhando por dentro, em um duelo interno, e mesmo que estejamos longe de estar de boa, o fato de ele não ter ido embora significa que ele não desistiu de mim – ainda.

— O que você vai fazer?

Esta conversa foi uma que tivemos no que parece ser uma vida inteira atrás, mas os riscos são muito maiores desta vez.

— Foi preciso enfiar sua caminhonete em uma árvore para perceber que me recuso a me render. Eu estava com pena de mim mesmo, mas isso não trará Babydoll de volta. Tenho que fazer o que fiz durante toda a vida.

— E o que é isso?

Olhando para Cian com toda a honestidade, respondo:

— Lutar.

Acabou essa porra de festinha da piedade. É hora de tirar a cabeça da areia e ir buscar minha garota.

— E como você planeja fazer isso?

— De qualquer maneira que for preciso. Ninguém está fora dos limites. Eu a encontrarei, Cian. Mesmo que eu tenha que destruir este maldito país com minhas próprias mãos, eu a encontrarei.

Ele balança a cabeça, entendendo que sacrificarei qualquer coisa, qualquer um, para recuperá-la, e é por isso que ninguém está seguro perto de mim. Se Sean me pedisse para provar minha lealdade matando todo mundo a quem amo, para tê-la de volta... eu o faria.

Uma batida na minha porta faz com que Cian e eu nos entreolhemos, prontos para partir para o ataque se preciso.

Pego a arma no sofá e sigo com passos silenciosos até a porta da frente. Não pergunto quem é quando abro, mas exalo de alívio ao ver quem está ali.

— Ethan.

— Posso entrar? — ele pergunta, timidamente, sem saber se vou expulsá-lo como fiz com Hannah.

Eu me afasto e dou passagem ao meu irmão.

Esta é a primeira vez que o vejo desde seu retorno e estou feliz que ele pareça mais saudável do que da última vez em que o vi.

Ele e Cian se cumprimentam com um aperto de mãos, pois foi Cian quem resgatou ele e Eva enquanto eu distraía Sean. Como fui tolo ao pensar que esse plano funcionaria.

Seu peito sobe e desce rapidamente, indicando que ele está nervoso. Dou a ele o tempo necessário para se recompor.

Olhando mais de perto, vejo que ele é a cara de Connor. Ele é alto, tem cabelo castanho da mesma cor e os olhos azuis penetrantes de seu pai. Ele ainda precisa desenvolver seu físico, mas quando isso acontecer, ele será uma força invencível.

A tatuagem em seu pulso, igual à minha, me deixou pau da vida e triste, tudo ao mesmo tempo. Eu me pergunto o que Sean o obrigou a fazer. Eu me pergunto quem ele o fez matar.

— Eu sei que você não quer ver nenhum de nós, mas eu precisava vir aqui. Isso está me consumindo por dentro, Punky. — Ele mordisca o lábio inferior. — Eu queria te agradecer pelo que você fez. Você sacrificou tudo para salvar a mim e Eva. Eu não merecia isso. Não depois do que eu fiz.

— Pare com isso, porra. Eu me recuso a ouvir essa merda.

— Não, estou falando sério — Ethan diz, com teimosia. — Eu tentei matar você, porra. Tenho vergonha de mim mesmo. Você pode me perdoar?

— Não há nada para perdoar, Ethan — respondo, baixinho. — Sean é um manipulador. Não te culpo por ter caído na armadilha dele. Só sinto muito por não ter conseguido impedi-lo.

— Você não pode salvar o mundo, Punky — diz Ethan, algo que já me disseram antes. — Eu fiz uma escolha. Foi errado, mas assumo isso e farei tudo o que puder para reparar. Sean está com Cami?

Todos eles sabem que foi por isso que agi de forma tão imprudente e os afastei. Eu não queria envolvê-los, mas parece que não consigo impedi-los, não importa o quanto eu tente.

— Sim — respondo, com pesar. — Rory foi quem a entregou para Sean.

— Puta merda!

— E foi por isso que... eu o matei.

A boca de Ethan se abre.

Quero revelar tudo porque, se quiserem se envolver, todos precisam saber no que estão se metendo.

— Não sei onde ela está e, se não fizer o que Sean quer, nunca a encontrarei.

— Isso é culpa minha — Ethan suspira, ficando pálido na mesma hora.

— Não, não é — afirmo, dando um passo à frente. — Isto é minha culpa. E de Sean. Mas vou consertar isso. Como está Eva?

Não consegui encará-la. Tenho vergonha de ter permitido que a irmã dela fosse levada quando prometi protegê-la.

— Ela está bem. Ela é durona, assim como a irmã — diz Ethan, com um sorriso; um sorriso que reconheço. Parece que meu irmão mais novo também se apaixonou de jeito. — Ela está se recusando a voltar para a América.

— E ela é tão teimosa quanto a irmã, ao que parece — acrescento, o que me dá esperança de que Babydoll ainda esteja viva.

Ela não desistiria sem lutar. Ela também é inteligente. Onde quer que esteja, tenho que acreditar que ela está bem e apenas aguardando até ser encontrada.

— Com toda certeza — Ethan concorda, seu sorriso se alargando. — Eu queria te contar uma coisa. Não sei se isso vai ajudar.

Espero que ele continue.

— Sean me obrigou a fazer algumas coisas complicadas, mas o mais estranho era que uma vez por mês eu deixava um envelope cheio de dinheiro na caixa de correio de uma mulher mais velha. Nunca foi endereçado com o nome do destinatário. Era só um envelope branco cheio de dinheiro.

Arqueio uma sobrancelha, porque isso é novidade para mim.

— Como você sabia que era uma mulher mais velha?

— Porque, um dia, esperei e me escondi para ver quem era. Era uma senhora. Ela tem um bebê. Eu não a reconheci, mas para Sean lhe dar dinheiro... ela deve ser alguém importante, certo?

— Sim, com certeza, e você vai me levar até ela.

Ethan assente, parecendo satisfeito por eu ter pedido sua ajuda. Mas temos um problema, pois tenho certeza de que Ethan veio de moto até aqui.

Não tenho mais caminhonete, então olho para Cian, que suspira.

— Esta é a última vez, Punky. Eu não posso me envolver mais com as suas merdas.

Ele me joga as chaves e estou impressionado por ele ter dirigido até aqui com o braço na tipoia.

Contudo, não importa o que Cian diga, nós dois sabemos que essas famosas últimas palavras não significam nada.

Não sei o que esperar, e parece ser assim que tenho vivido minha vida desde que fui solto da prisão. Mas isso parece diferente de alguma forma.

Esta pode ser a peça que faltava e à qual eu estava procurando. Esta pode ser a garantia a ser usada contra Sean.

Mantenho o limite de velocidade, pois não quero levantar suspeitas. O céu noturno nos permite trafegar por ali sem sermos detectados, mas não sou ingênuo. Para Sean, dar dinheiro a esta mulher significa que ele a valoriza por algum motivo. Portanto, tenho certeza de que ele está de olho na casa dela.

Temos que ter cuidado.

— Fica logo ali na rua — diz Ethan, inclinando-se para frente no banco de trás e apontando para uma fileira de casas. Não há nada de especial ou familiar no lugar, o que só aumenta o mistério.

Diminuo a velocidade e paro em uma vaga de estacionamento.

— O que fazemos agora? Não podemos simplesmente bater na porta dela.

Cian está certo, mas também não vou ficar sentado aqui. Preciso de uma isca... e vejo uma na forma de uma jovem passeando com um cachorro peludo com uma coleira rosa de diamantes.

Antes que Cian possa me dizer que isso é uma péssima ideia, abro a porta e começo a caminhar na calçada. A jovem está com fones de ouvido, e grita, chocada, quando quase esbarra em mim.

— Sinto muito — diz ela, removendo os fones de ouvido. — Eu não te vi.

— Ah, não se preocupe — respondo, com um sorriso. — Adorei seu cachorro. Qual o nome?

Ela coloca uma mecha de cabelo loiro atrás da orelha.

— Esta é a Coco.

Coco rosna assim que me agacho para poder vê-la melhor. Ela deve sentir que tenho um motivo oculto por trás da abordagem.

— Eu queria saber se você e Coco poderiam me ajudar? — pergunto, ficando de pé.

A jovem arqueia uma sobrancelha.

— Estou sem falar com uma amiga já tem um tempo. Ela mora aqui perto. Não nos separamos numa boa, e estou bem sentido por isso. Acho que ela ainda mora lá, mas não tenho certeza. Você acha que poderia simplesmente bater na porta dela e pedir uma água para sua pequena Coco?

Ela projeta a língua por dentro da bochecha, claramente avaliando o que fazer.

— Por favor — acrescento, procurando minha carteira no bolso e oferecendo algumas notas de dinheiro. — Você pode comprar para Coco uma nova coleira brilhante.

Ela encara o dinheiro antes de aceitá-lo.

— Tudo bem. Eu posso fazer isso. Qual é o endereço dela?

— Obrigado. E obrigado, Coco.

Não acredito que funcionou.

A jovem muda de direção e caminha até o endereço que lhe dei enquanto me mantenho oculto nas sombras e a sigo. Quando estou perto o suficiente de casa, me escondo atrás de uma árvore e observo a jovem e Coco subirem os degraus da frente e baterem na porta.

Se Sean estiver de olho na casa, ninguém pensará duas vezes antes de um estranho bater na porta e pedir um copo de água para sua cadelinha. Fiz isso na esperança de vislumbrar quem abre aquela porta. Não posso agir até saber o que estou enfrentando.

Quando a jovem bate e a porta se abre, sou transportado de volta no tempo.

"Há algo diferente em você."

Os fantasmas do meu passado estão aqui, em carne e osso, ameaçando me arrastar para o inferno com eles.

Eu não sabia o que esperar, mas ver Aoife era a última coisa que esperava. Estou completamente pasmo. Aoife foi a enfermeira que ajudou a cuidar dos muitos ferimentos que sofri quando estava em Riverbend House. Ela também foi uma das únicas pessoas que me mostrou a verdadeira bondade em um lugar que se regozijava com a dor alheia.

Observo Aoife oferecer uma tigela de água à jovem, ainda sem acreditar no que vejo. A última vez que a vi foi na prisão. Um dia ela estava lá, e no outro, simplesmente havia desaparecido. Nunca perguntei sobre ela, porque sempre achei que ela era boa demais para aquele lugar degradante.

Fiquei feliz por ela ter saído. Mas agora me pergunto o que exatamente a levou a ir embora? Isso tem algo a ver com a criança com quem Ethan a viu?

A jovem e Coco vão embora, com o dever cumprido, mas Aoife não fecha a porta. Ela fica ali parada, encarando a escuridão. Eu me escondo mais atrás da árvore, de repente paranoico de que ela possa saber que estou aqui, observando-a.

Um momento depois, ela fecha a porta.

Minhas pernas estão bambas. Por que Aoife está envolvida com Sean? Preciso falar com ela, mas não posso fazer isso agora.

Então, mesmo que todos os músculos do meu corpo exijam que eu fique, eu me viro e corro em direção ao carro de Cian. Assim que entro, ele me encara e reconhece na mesma hora que há algo errado.

— Porra — ele pragueja, balançando a cabeça e pegando a estrada, pois sabe que não estou em condições de dirigir. — Você está se sentindo bem?

Olhando pela janela, respondo de qualquer jeito, entorpecido:

— Não, não estou.

— Quem era? — Ethan pergunta. — Você a reconheceu?

— Sim.

Ele espera que eu explique, mas não tenho palavras agora. Não consigo explicar por que Aoife, a enfermeira da prisão com quem transei em algumas ocasiões, teria algo a ver com Sean. Não consigo explicar por que ele lhe daria dinheiro. E não consigo explicar quem é o pai do filho dela.

Ela nunca mencionou um filho. Ou o pai da criança.

Não tem como ser eu. Sim, fizemos sexo, mas nunca gozei dentro dela. Eu me certifiquei disso – ou acho que sim. Este mundo não precisa de outro Puck Kelly. Então, por que não consigo aliviar esse peso que pressiona meu peito?

— O que você fez, Punky? — Cian suspira em derrota.

— Eu não sei, Cian, mas a mulher era a enfermeira na prisão. Ela e eu... — Não preciso explicar mais nada. Eles entendem.

— Por que ela está aceitando dinheiro de Sean?

— Não sei, mas não deve ser coisa boa.

Dirigimos o resto do caminho em silêncio, pois nenhuma palavra pode descrever a confusão em que me encontro.

QUATRO

CAMI

— Se não comer, vai morrer de fome porque não vou trazer mais comida pra você. Isto não é um bufê, porra.

Eu me curvo em posição fetal, fecho os olhos e desejo que isso acabe. No entanto, isso nunca acontece. Não quero acreditar que este seja meu castigo por partir o coração de Rory, porque ele se vingou quando me enganou.

Ele me disse que estava acabado; que Punky derrotou Sean. Por isso fui com ele. Ele disse que íamos encontrar Punky, mas mentiu. Quando ele me levou para o apartamento, eu sabia que tinha sido enganada, e quando vi Liam à minha espera, deduzi que Punky havia perdido.

Liam estava coberto de hematomas, o que provava que Punky lutou até o fim, exatamente como eu sabia que ele faria. Liam me disse que Punky estava morto, mas eles ainda não tinham terminado comigo, e por isso estou sendo mantida prisioneira aqui; seja lá que porra de lugar é esse.

Rory nos traiu porque nós o traímos, e agora estamos todos pagando o preço final.

— Sinto muito, Cami — disse ele, com lágrimas nos olhos.

"Seu maldito covarde!", foi minha resposta antes de apagar por completo.

— Eu não vou falar outra vez. Coma. Caso contrário, você ficará doente.

Verdade seja dita, já *estou* doente. Mal consigo manter alguma coisa no estômago. Meus nervos estão à flor da pele porque essa espera, essa incerteza, é a pior forma de tortura.

— Deixe-me ir e depois comerei — resmungo, com teimosia, para a pessoa que me vigia.

Ela não responde.

Com um suspiro, ela fecha e tranca a porta.

A cama de solteiro range quando me viro o melhor que posso com as mãos algemadas na cabeceira e examino o quarto onde estou sendo mantida como refém.

O lugar é até ajeitadinho, e se eu não estivesse presa à cama, diria que é mobiliado adequadamente. Mas tudo que vejo é uma cela de prisão. A janela não tem grades, mas é apenas uma forma de zombaria, já que o mundo exterior pode até estar ao meu alcance, mas não tenho como me mover.

Meus braços doem, pois estou amarrada desde que cheguei aqui, oito ou talvez dez dias atrás. Já perdi as contas. Dias e noites se fundem em um só. Mas isso não importa. Não quero viver em um mundo onde o Punky não exista.

Minha carcereira é uma mulher rancorosa – uma mulher com um filho pequeno. Eu estava com os olhos vendados quando me trouxeram para cá, mas quando ela aparece para trazer a comida, a vadia não esconde o rosto. E ouço os gritinhos alegres de seu filho através das paredes finas. O nome dele é Shay.

Não sei quem ela é ou por que estaria envolvida com quem quer que seja. Deve haver uma razão. Preciso descobrir que motivo é esse, porque preciso ver por mim mesma que Punky está...

Eu me recuso até mesmo a pensar nisso. Ele não pode estar. Tudo isso não pode ter sido em vão. Eu preciso de um plano. Preciso pensar como Punky. Não posso sair sozinha deste quarto. Preciso de alguém para me ajudar. E quando ouço o riso da criança, percebo que a resposta está ali.

Deduzo pela voz que a criança deve ter cerca de 5 anos. Não quero usá-lo, mas não tenho escolha. Ele é minha chave para sair daqui.

Espero e apuro os ouvidos, e quando escuto a movimentação do lado de fora da minha porta, assim como uma bola quicando no corredor, eu me agito na cama.

— Oi! — grito, quase chorando de alívio quando a bola para de quicar. — Qual é o seu nome?

Eu me contorço freneticamente, manobrando o corpo para poder ver qualquer movimento por baixo da porta. Quando vislumbro uma sombra, continuo a tentar atrair a atenção:

— Se você entrar, posso jogar bola com você. O que acha?

Silêncio.

Sua sombra ainda se encontra do lado de fora da porta.

— Meu nome é Camilla.

— Minha mãe diz que não posso falar com estranhos — diz ele, baixinho.

— Não sou uma estranha — asseguro, com calma. — Eu sei que seu nome é Shay. Um estranho saberia disso?

Meu olhar está focado na escuridão, mas a claridade do corredor me permite ver a sombra de Shay ainda de pé do lado de fora da porta.

— Não, acho que não — ele responde, um pouco mais alto dessa vez.

— Bom menino — retruco, dando o primeiro sorriso em dias. — Você pode abrir a porta para mim?

A maçaneta chacoalha, mas sei que está trancada.

— Sua mãe tem a chave. Você consegue ver por aí, em algum lugar? — Meu desespero quase me sufoca porque sei que meu tempo está acabando. A mãe de Shay, onde quer que esteja, voltará a qualquer momento.

— Shay?

Quando ouço seus passos se distanciando no corredor, puxo as algemas nos meus pulsos, bufando de raiva.

— Porra!

Arqueio o pescoço e confirmo que as algemas não se movem um centímetro, e apenas deixam meus pulsos em carne-viva. Eu tentei me soltar por dias, e a menos que alguém me solte, ficarei aqui para apodrecer. É inútil.

No entanto, quando ouço o clique da fechadura e um raio de luz incide por baixo da porta aberta, a esperança retorna; volta com tudo graças a um garotinho cuja curiosidade me ajudará a sobreviver a isso. Ele entra todo cheio de cautela, mantendo uma distância segura. Não consigo vê-lo, porque meu quarto está escuro como breu. A claridade que vem do corredor é a única fonte de luz.

— Oi, Shay — digo, baixinho, tentando a todo custo esconder as algemas, no entanto, ele já as viu. — Por favor, não tenha medo. Eu não vou machucar você.

— Por que você está presa?

— Não sei — respondo, com honestidade. — Você acha que pode ajudar a me soltar? Preciso de uma chave que encaixe nesse buraquinho aqui. É um negócio bem pequeno e prateado. Sua mãe tem a chave.

Ela tirou as algemas para que pudesse tomar banho e usar o banheiro, mas essa regalia cessou há alguns dias, quando quebrei uma luminária na cabeça dela e corri para a porta da frente. Estava trancada, e minha punição é a escuridão em que agora me encontro, em meio aos meus próprios resíduos.

— Não vi nenhuma chavinha, mas vou dar uma olhada de novo — diz ele, torcendo as mãos à sua frente.

— Obrigada, Shay. Você é um menino muito legal.

— Você chateou a mamãe?

— Não, eu não chateei. Acho que alguém está obrigando sua mãe a fazer isso. Talvez seu pai?

— Eu não tenho pai — responde ele, aproximando-se.

A luz do corredor me permite ver seu rosto com um pouco mais de clareza, e, de repente, não consigo respirar.

— Qual é o nome da sua mãe?

Shay continua se aproximando e, quando para a poucos passos de distância, eu suspiro. Seus olhos – eu já olhei para eles antes.

— Minha mãe se cha…

— Shay? Onde você está, meu amor?

Seus olhos azuis se arregalam e ele rapidamente sai correndo do quarto.

— Shay! — grito, com lágrimas escorrendo pelo meu rosto.

— Vou procurar a chavinha. Eu prometo. — Ele fecha a porta e tranca a fechadura, me prendendo mais uma vez na escuridão.

Porém, agora, quando fecho os olhos, a escuridão não é a única coisa que assombrará meus sonhos. Os olhos familiares de Shay também.

Quem diabos é ele? E por que ele se parece com Punky?

CINCO

PUNKY

Sequer consegui dormir na noite passada, tentando me lembrar de todas as vezes que Aoife e eu transamos. Contabilizei oito, talvez nove vezes. Algumas lembranças são mais confusas do que outras porque, quando eu ia parar na enfermaria, era porque estava com alguma concussão ou sangrando a ponto de desmaiar.

Nunca quis analgésicos, mas, às vezes, precisava deles para ajudar a lidar com a dor. Essa porra de medicação sempre bagunça a minha cabeça e é por isso que odeio usar. Agora me pergunto se talvez em uma daquelas vezes em que estava fodido, eu tenha feito algo estúpido – como engravidar Aoife.

— Não estou te julgando, mas como isso foi acontecer? — Cian pergunta, tomando um gole de café.

Eu, por outro lado, estou no meu terceiro uísque.

— Riverbend House não era uma prisão comum, Cian. Não havia regras. Mas não tem como esse menino ser meu filho.

Cian não parece tão convencido.

— Se você trepou com ela, e inúmeras vezes, então é muito possível. Não importa o quão cuidadoso você pensou que tinha sido. Acidentes acontecem.

Ele tem razão.

— Eu simplesmente não entendo… por que Sean estava dando dinheiro a ela?

— Ele poderia ser o pai? — Cian sonda, meio sério, mas logo percebemos que isso não é tão possível. — Não pode ser, caralho.

— Tudo é possível — afirmo, entornando a bebida. — Até eu falar com Aoife, estaremos apenas especulando.

Este seria o momento em que eu chamaria Rory para fazer aquela pesquisa sensacional no mundo cibernético. Mas estou sozinho nisso.

— Ninguém que me conhece, ou que se relacione comigo pode se aproximar dela. Preciso de um estranho para dar um recado para ela. Não quero enviar uma carta ou deixar um bilhete. É muito arriscado.

— Ah, você está certo. Mas quem?

— Alguém que a conhecia do trabalho parecerá menos suspeito, mas eu não... — Nem chego a concluir a frase, porque uma ideia surge na minha mente.

Pego meu telefone e faço uma rápida pesquisa on-line, procurando pelo oficial Scott Grenham. Ele não me deve nada, mas preciso tentar. Ele foi o único agente lá dentro que realmente se importou comigo.

— *Alô?* — ele atende no terceiro toque.

— Oi, hmm, não sei se você se lembra de mim, mas aqui é o Puck, Puck Kelly.

— *Puck Kelly* — diz ele, surpreso. — *Como você está?*

— Sinto muito por ligar assim do nada, mas queria saber se poderia pedir um favor...

— *Isso depende do que for* — ele responde, baixo.

— Você se lembra da enfermeira Aoife?

— *Sim, eu me lembro.*

— Bem, ela e você foram as únicas pessoas que se importaram comigo quando eu estava preso. Vocês foram os únicos que me trataram como um ser humano. Eu queria entrar em contato com ela, mas não queria que fosse algo, sei lá... estranho. Você acha que poderia passar uma mensagem minha?

— *Claro, Puck. Eu posso fazer isso.* — Ele quase parece aliviado.

— Você poderia dizer a ela para me encontrar amanhã? Para tomar um café?

— *Sem problema. Apenas me diga a hora e o endereço, e eu darei o recado.*

Posso ouvi-lo anotando os detalhes enquanto recito o endereço.

— Eu sei que isso é bobagem, mas você acha que poderia dar esse recado pessoalmente?

Cian assente, entendendo por que perguntei isso.

A maneira mais segura de transmitir uma mensagem é cara a cara. Não posso presumir que Sean não tenha acesso ao telefone dela. Aprendi que tudo é possível quando Sean Kelly está envolvido.

— *Aoife não mora longe de mim. Eu posso fazer isso.* — Ele não faz perguntas, porque sabe que é melhor assim.

Eu desligo, esperando que dê certo.

Tomando o resto do uísque, decido ligar para outra pessoa – Ron Brady.

Ele não estava na reunião com Sean, mas o fato de ter me ligado inúmeras vezes significa que ainda acredita que posso fazer o que combinamos antes que a merda acontecesse.

— *Punky?* — ele responde, a surpresa evidente em seu tom de voz.

— Olá, Rony. Obrigado por atender à ligação.

— *Achei que tínhamos perdido você, rapaz* — diz ele. — *Você pode nos encontrar no Bull and Crow em uma hora?*

Eu tinha esquecido a conversa que tive com Ollie Molony, o dono do pub. Ele deixou claro que não queria nada com os Doyle, pois eles o exploravam, assim como a muitos outros. Com Brody morto, e Sean de volta, eu me pergunto se a postura dele é a mesma de Ron.

— Sim. Eu estarei lá.

Com tudo organizado, resolvo chamar um táxi, já que não tenho mais a caminhonete à disposição. Mas Cian balança a cabeça.

— Eu vou com você.

— Não, Cian, você fez mais do que suficiente. — Não espero que ele entre nessa briga comigo.

— Eu só quero que essa porra acabe — declara, me jogando as chaves do carro. — Nenhum de nós está seguro até que isso seja resolvido. De uma vez por todas.

Ele tem razão.

Não sei como isso vai acabar, mas tenho que tentar.

Concordo com um aceno, pegando minha arma e colocando-a no cós da calça, às costas.

— Eu gostaria de poder prometer que vamos ganhar essa porra, mas não sei.

— Então morreremos tentando — diz Cian. — Agora é a hora. Esta é a nossa última chance.

— Sim, é mesmo.

Sem mais nada a dizer, Cian e eu deixamos minha casa e seguimos para o *Bull and Crow*.

Sean ainda não me convocou. Então quero fazer isso rápido. Se alguém nos vir, a desculpa de ter saído para tomar uma cerveja será verossímil.

Estaciono o carro, sem acreditar em como as coisas estão silenciosas. Este lugar costumava ser agitado, mas graças às vitrines fechadas e cobertas por muros de tijolos, esse lugar é apenas a sombra do que costumava ser. Cian e eu entramos no pub e, quando fazemos contato visual com Ollie e Ron, Ollie gesticula para que nos sentemos à uma mesa.

Há dez clientes bebendo e jogando sinuca, bastante inofensivos. Mas trato todos ali como inimigos.

Ollie coloca quatro cervejas na mesa e se senta perto de Cian, conforme pegamos nossas canecas casualmente.

Ollie se inclina mais à frente.

— Estou feliz em ver você, Puck. Fiquei sabendo do que aconteceu. O que nós podemos fazer para ajudar?

Ron se senta perto de mim, examinando os arredores antes de falar, baixinho:

— Ele está com Camilla, não é?

Ron não é burro. Ele sabe que a única razão pela qual eu ficaria do lado de Sean é porque ele tem algo que quero mais do que minha própria vida.

— Sim — respondo, bebendo minha cerveja. — Eu não sei onde ela está. Até encontrá-la, sou forçado a obedecer às ordens de Sean.

— Aquele filho de uma puta — Ron murmura. — Eu sabia. Eu sabia que você não faria isso sem motivo. Você tem alguma ideia de onde ela está?

— Nenhuma ideia — respondo, segurando a caneca com força. — Eu nem sei se ela está viva. Quero acreditar que sim, mas não posso deduzir nada quando Sean está envolvido.

— Porra — resmunga Ollie, recostando-se na cadeira. — Como ele chegou até ela?

A mandíbula de Cian se contrai quando ele desvia o olhar.

— Rory — respondo, com pesar. — Ele nos traiu.

Todos os homens ficam em silêncio diante das minhas palavras.

— O que podemos fazer? — Ron pergunta, assim que supera o choque de Rory ter traído a todos nós.

— Não podemos deixar Sean saber que há algo errado. A vida de Cami está em jogo.

— Você apenas esperava fazer o trabalho sujo dele, até que o filho da puta decidisse dizer onde ela está?

Dou de ombros, porque agir com violência foi o que me trouxe até aqui. Mas quando Ron olha em volta mais uma vez, percebo que ele pode ter as respostas que preciso.

— Acho que tenho uma ideia.

Esperamos que ele continue:

— Austin Bailey é um amigo meu. Ele costumava ser peixe-pequeno, mas suas negociações com um traficante russo, um mafioso, fizeram dele um inimigo temido que ninguém gostaria de ter. Acredito que ele vai querer nos ajudar.

— Por que um completo estranho iria querer ajudar? — pergunto, arqueando uma sobrancelha.

— Porque o chefe dele não aceita muito bem que homens como Sean aprisionem mulheres.

— E com que condições?

Porque sempre há condições nesses casos.

Ron se inclina para frente, olhando para todos nós com seriedade.

— Ele vai querer uma parte. Ele vai te ajudar a acabar com Sean, mas a um preço, é claro.

— Qual é o nome do chefe dele? — Quero saber com quem estou lidando antes de assinar minha sentença.

— Aleksei Popov, um dos homens mais poderosos de toda a Europa.

Nunca ouvi falar dele.

— Vou te dizer uma coisa — afirmo, passando o dedo pela borda do copo, de repente tomado por uma epifania. — Se ele encontrar Cami, ele pode ficar com a porra toda. Pra mim já deu com essa vida. Não quero mais fazer parte disso.

E quero dizer isso a sério. Eu quero sair dessa porra.

Ron e Ollie ficam surpresos com minha admissão, mas entendem que tudo o que essa vida fez foi tirar coisas de mim.

— Vou dar alguns telefonemas — diz Ron. — Enquanto isso, você deve continuar a agir normalmente. Nós vamos vencer essa merda. Eu te prometo.

Aprendemos com os nossos erros, mas não vou ter muitas esperanças. Sean tem suas garras tão profundamente enraizadas neste lugar que perdi a confiança em todos. No entanto, isso não significa que não tentarei pelo menos uma vez.

Já ficamos aqui por tempo suficiente, então Cian e eu terminamos nossas bebidas e apertamos as mãos de Ollie e Ron. Este é o primeiro plano que traçamos. Não posso deixar de me sentir apreensivo.

— Você sabe quem é esse tal sujeito... esse Aleksei? — Cian pergunta a caminho do carro.

Eu nego com um aceno.

— Não faço ideia. Mas se Ron acha que o cara pode ser confiável, isso é bom o suficiente para mim.

— E você está de boa mesmo em entregar tudo para ele? Tudo pelo qual nossos pais trabalharam tanto?

— Esta vida foi o que matou nossos pais, Cian — retruco, com amargura. — Ele estaria me fazendo um favor.

E eu quero dizer isso.

Quando entramos no carro e eu vou embora, sinto que o silêncio de Cian está cheio de dúvidas.

— Desembucha logo, porra.

Ele se vira para olhar para mim, exalando um suspiro profundo.

— Eu só quero acabar com isso — ele confessa. — Mas, por outro lado, estou zangado por termos chegado a este ponto. Este deveria ser o nosso legado, mas agora não posso deixar de sentir que decepcionei meu pai. Não parece haver um resultado em que sairemos vitoriosos.

— Não há vencedores — afirmo, apertando o volante. — Apenas sobreviventes.

— Isso mesmo.

— No entanto, nem todos sobreviverão a isso. Sean me mandou matar Liam. Isso já era esperado. Mas só depois de uma festa que o filho da puta vai dar.

— Esses idiotas nunca aprendem?

— Parece que não. Sean quer que qualquer competição seja eliminada para que os homens não tenham outra escolha senão servi-lo.

— E o que acontece quando você é o único adversário que resta?

— Só espero vencê-lo antes que isso aconteça — respondo, mas minha resposta carece de confiança.

— Aconteça o que acontecer, estou com você.

Normalmente, eu argumentaria, mas a verdade é que preciso dele. Preciso de todos os aliados que puder arranjar.

Percorremos o resto do caminho em silêncio e, quando deixo Cian em casa, vejo uma fresta da cortina se abrir. É Amber.

Ela fecha um segundo depois, claramente nem um pouco interessada em ver seu namorado sendo arrastado para a minha merda mais uma vez.

Cian me emprestou seu carro, mas pretendo comprar um assim que puder, porque não posso continuar abusando assim dele. Eu sei que ele não se importa, mas eu me importo.

Eu me afasto dali e fico surpreso por não ter tido notícias de Sean. Ele normalmente já teria me ligado a esta altura. O silêncio total me preocupa, porque tenho certeza de que seja lá o que está tramando, não deve ser nada de bom.

Quando entro na garagem e vejo que não há ninguém à minha espera, não sei se fico preocupado ou aliviado. Essa paranoia é até normal por conta do que eu fiz, mas não posso deixar que essa porra me afete. Preciso da minha cabeça focada.

Estaciono o carro e decido trabalhar no castelo enquanto espero uma ligação de Sean, o que tenho certeza de que acontecerá em breve.

O castelo é uma obra em andamento com andaimes que mantêm a estrutura no lugar. Trazê-lo de volta ao que era ficou em segundo plano, mas com Sean como o novo proprietário, eu não ficaria surpreso se ele derrubasse tudo.

Muitos fantasmas assombram este lugar. Acho que ele vai querer começar de novo quando, por fim, conseguir seu trono.

Destrancando a porta da frente – que foi substituída –, entro e, como sempre, sou atingido por lembranças agridoces. Quando esse lugar era próspero, este castelo era incomparável. Agora, mal se aguenta de pé. Não posso deixar de fazer comparações entre mim e ele.

A empreiteira contratada fez um ótimo trabalho, mas como não sou mais o dono e entreguei minha vida a Sean, a construção está à espera. Assim como todos nós.

Olho para cima e noto que a maior parte do teto foi substituída, mas o interior ainda está todo detonado, com apenas algumas paredes ainda de pé. Minha mãe e Connor ficariam doentes ao ver o estado do lugar, pois se orgulhavam desse lar. Tanta coisa mudou.

Perder-me nas lembranças do passado é perigoso, pois foi o presente que me causou mais danos, e agora não é exceção. Eu me viro, mas é tarde demais. Este passeio pelas recordações me custou caro quando meu mundo se vê envolto em trevas; graças ao pano que agora cobre a minha cabeça.

Eu chuto às cegas, mas é em vão quando alguém me dá um soco direto na boca do estômago. Perco o fôlego, recuando um passo, só para levar um murro nos rins. E, em seguida, nas costas.

Caio de joelhos e tento arrancar o pano da cabeça, mas alguém agarra meu braço e o torce para trás, ameaçando quebrá-lo.

Mas não aceito ser derrotado dessa forma.

Paro de me debater e apuro os ouvidos para os sons ao meu redor, e, quando escuto uma inspiração à esquerda, golpeio com a mão livre e acerto algo macio. O grunhido indica que o homem cantará fino por alguns minutos.

Ignoro a dor em meu braço, que está prestes a ser quebrado, e giro, dando uma cotovelada no queixo do meu atacante. Ele me solta, e quando estou prestes a arrancar a fronha da cabeça, uma dor na coxa me faz perder o fôlego novamente.

— Pare de brigar, ou juro por Deus, a próxima coisa que vou esfaquear será a porra da sua garganta.

Reconheço aquela voz e, honestamente, estou surpreso que ele tenha demorado tanto.

— Olá, Cormac.

Eu sabia que o pai de Rory descobriria a verdade um dia, e parece que o dia chegou.

Ergo as mãos em sinal de rendição, e nem mesmo retiro a lâmina cravada na minha coxa. Vou permitir que ele vingue seu filho, porque todos nós queremos vingança contra aqueles que nos injustiçaram. Nós merecemos isso.

— Você está me sacaneando, porra? — ele rosna, e posso imaginá-lo balançando a cabeça. — Você vai fingir que está tudo bem depois do que fez?

— Nada está bem há muito tempo. O que há de certo sobre Rory nos trair? Ou no fato de ele ter usado Cami como se ela não significasse nada para ele?

— Cale essa boca mentirosa! — esbraveja, arrancando a fronha da minha cabeça.

Tento me reorientar e vejo Cormac acompanhado de dois homens que não reconheço. Eles estão em busca de sangue.

— É verdade — afirmo, sem romper o contato visual com Cormac. — Ele teve o que mereceu.

Não vou desrespeitar Cormac mentindo para ele. Devo a ele mais do que isso.

Ele anda de um lado para o outro, claramente tentando entender tudo. Não sei quem contou a ele, mas não importa. O que importa é o que ele planeja fazer com a verdade.

— Seu pai ficaria enojado com o que nos tornamos — diz ele, imerso em pensamentos. — Quando ele morreu, levou um pedaço de nós com ele. Nada foi o mesmo desde que ele se foi.

— Sim, você está certo. Ele era um bastardo, mas as coisas eram muito mais simples com ele aqui.

— E só por causa dele que não vou te matar... mas vou te machucar... terrivelmente.

Assentindo, permaneço de joelhos. Não adianta lutar – ele não vai parar até conseguir sua vingança.

— Ele não merecia morrer daquele jeito! — ele grita, enfiando a mão no bolso de trás em busca de uma faca. — Ele era seu melhor amigo!

— O homem que matei não era o mesmo garoto da minha infância, porque o Rory que eu conhecia nunca me trairia. Ele nunca me trairia do jeito que fez.

Cormac inspira profundamente, olhando para cima como se precisasse de um momento para se recompor.

— Segurem-no — ele ordena aos dois homens, agora arregaçando as mangas de sua camisa branca.

Os homens obedecem e agarram meus braços – um de cada lado. Estou com os braços abertos, semelhante a uma crucificação. Eu não luto. Desafio Cormac a fazer o seu melhor porque esta é sua única chance de se vingar.

Não serei tão complacente da próxima vez.

Cormac olha para mim, não vendo mais o garoto que conhecia, mas o homem que matou seu filho. Com um rugido, ele me dá um soco no queixo. Minha cabeça pende para trás com um estalo agudo.

Cormac sequer me dá chance de me recuperar dos seus golpes brutais. Ele me esmurra repetidas vezes. Cada golpe é mais feroz que o anterior. Seus homens garantem que eu fique de pé, me segurando com força.

— Você era como um irmão para ele! — berra, me dando um soco no estômago e depois nas costelas. — E você o matou por causa de uma prostituta!

Cuspindo um bocado de sangue, eu o encaro através do único olho ainda aberto.

— Eu o matei porque ele era um traíra do caralho! E chame ela de prostituta novamente; Eu te desafio.

Cormac avança, agarrando meu cabelo e arqueando minha cabeça para trás.

— Não se atreva a dizer isso sobre meu filho!

Ele pressiona a ponta da lâmina na minha garganta.

— Vá em frente, então — debocho, com um sorriso. — Faça logo essa porra.

— O que aconteceu conosco? — ele grita, balançando a cabeça. — Eu tratei você como se fosse meu próprio filho.

— Não somos mais essas pessoas, Cormac.

— Sim, você está certo. Peça desculpas e eu o deixarei ir.

— Eu não sinto por ter feito o que fiz — respondo, preparando-me para as repercussões da minha confissão. — Ele fez sua escolha. Eu fiz a minha. Não vou insultar nenhum de vocês pedindo desculpas, porque se tivesse a chance, eu mataria aquele filho da puta novamente.

Ele deixa o passado de lado enquanto pressiona a lâmina no meu rosto. Ele começa acima do meu olho e depois vai baixando, deixando um corte profundo na pele. Sangue quente e pegajoso escorre da ferida, cobrindo meu rosto, mas não me encolho. Eu não grito.

Os berros de Cormac são guturais, pois ele sabe que não importa quanto sangue derrame, nunca preencherá o vazio. A faca cai no chão com um baque surdo assim que ele corta o lado esquerdo do meu rosto. Os homens me soltam, e eu desabo para frente, com falta de ar.

— Espero que ela sofra o mesmo destino que meu filho. Eu amaldiçoo vocês dois.

— Vá se foder.

Essas são minhas últimas palavras antes que ele me dê um chute no queixo, me nocauteando.

Luto com tudo o que tenho para abrir os olhos, pois sei que alguém está aqui; onde quer que seja.

— Você está machucado — diz uma voz que me transporta de volta no tempo. Assim como seu toque terno. — Você precisa ir ao hospital. Você tem sorte de ser apenas um ferimento superficial. Se fosse mais profundo, teria rompido os nervos.

Devo estar alucinando. Não há como ela estar aqui.

Mas quando abro meu olho bom, vejo que está, sim.

— Aoife? — resmungo, tentando me levantar. No entanto, ela gentilmente me impede.

— Descanse, Puck — diz ela, me persuadindo a deitar na cama. — Eu chamaria uma ambulância, mas acho que você não quer que os tiras se envolvam.

— O que você está fazendo aqui? — ofego, nem um pouco a fim de descansar.

Ela se senta ao lado da minha cama, com a mesma aparência que tinha quando cuidava dos meus ferimentos, com a mesma dedicação da qual me lembro.

— Podemos conversar mais tarde.

— Não — eu a interrompo, fazendo um esforço para me sentar e recostar à cabeceira. — Agora.

Ela mordisca o lábio inferior, obviamente nervosa. Ela esperava que nosso reencontro fosse diferente?

— Scott Grenham me visitou. Disse que você queria se encontrar comigo. Mas quando você não apareceu, eu sabia que algo estava errado.

Marquei um encontro com Aoife amanhã, mas amanhã é hoje? Então, parece que estou apagado há um dia. Cormac realmente me deu uma surra do caralho.

— Precisamos conversar — digo, estremecendo ao tentar encontrar uma posição confortável. Metade do meu rosto está com curativos, então ficar confortável é coisa do passado.

Ela assente, desviando o olhar.

— Eu sei. Eu nunca quis isso.

— Quis o quê?

Ela espera um tempo, seu suspiro traindo o nervosismo.

— Não quero que pense que eu estava... com mais alguém na prisão — diz ela, incapaz de preencher os espaços em branco, mas eu entendo. — Foi só você. Eu gostei de você, Puck. De verdade.

— Quem é o pai do seu filho, Aoife? — pergunto na lata, pois não estou com um pingo de vontade de recordar o passado. Preciso saber a verdade de uma vez por todas.

— Como você sabia? — Ela empalidece, engolindo em seco.

— Eu sei muitas coisas. Eu sei que Sean Kelly tem dado dinheiro pra você. Eu quero saber por quê.

Ela funga baixinho.

— Ele se aproximou de mim — diz ela, às pressas. — Eu quero que você saiba que eu não queria nada dele. Ou de você. Eu ainda não quero. Mas ele sabia que estávamos... juntos. Não sei como, mas ele sabia. E com você na prisão, ele se ofereceu para ajudar. Eu não tinha ninguém. Não poderia deixar ninguém saber quem era o pai. Eu estaria arruinada. E meu filho também.

— Quem é o pai? — pergunto, novamente.

Ela cobre o rosto com as mãos, chorando baixinho.

— É você, Puck. Ele é seu filho.

De repente, sinto como se alguém tivesse me dado um chute certeiro nas tripas de novo, porque isso é demais para lidar.

— Me desculpe por não ter contado. Mas se alguém descobrisse a verdade, eu perderia meu emprego. Eu seria conhecida como a vagabunda estúpida que trepou com um cond… — Ela interrompe as palavras, pois essa frase revela o tipo de pessoa que nós dois realmente somos. — Sean disse que queria ajudar o... neto. Você não poderia, mas ele, sim, e quero que Shay conheça suas origens. Que ele saiba de onde vem.

Fechando os olhos, dou as boas-vindas à escuridão porque não consigo acreditar. Deve haver algum erro.

— Ele realmente nos ajudou. Ele é gentil, Puck. Ele ama Shay.

— Você está louca se acha que ele se importa com alguém além de si mesmo.

— Então por que ele nos ajudaria sem pedir nada em troca? — ela rebate, o que me faz acreditar que Sean precisa de Aoife ao seu lado por um motivo.

Abrindo os olhos, concentro-me nela e tudo que vejo é sinceridade. Ela foi enganada por Sean, assim como todos nós.

— Não confunda este gesto como algo feito pela bondade de seu coração — disparo, pau da vida. — Ele vai te procurar quando precisar de você.

Algo cintila em seu semblante, algo que não consigo identificar.

Não tenho dúvidas de que Sean deseja Aoife por perto, pois planeja usá-los como garantia. Ele não queria que eu soubesse sobre a existência deles, pois essa era outra maneira de ele me surpreender. Mas, pela primeira vez, estou dois passos à frente.

— Você não pode permitir que ele saiba que nos vimos. Vocês dois estarão em perigo se fizer isso.

Ela arfa, agarrando o crucifixo de ouro em volta de sua garganta.

— Ele nunca nos machucaria.

— Sim, Aoife, ele machucaria. Por favor, apenas confie em mim. Deixe-me descobrir o que fazer para manter vocês... seguros.

Shay, meu filho. Não consigo acreditar.

— Tudo bem. Não vou contar ao Sean. Você queria conhecê-lo?

Inspirando fundo, assinto.

— Claro que sim. Só não desse jeito. E não se isso colocar suas vidas em perigo.

Ela sorri, parecendo aliviada por eu ter concordado. Mas se ele for meu filho, eu cuidarei dele. Eu cuidarei de ambos. Porém preciso ter certeza de que ele é meu mesmo, pois aprendi que até um teste de paternidade pode ser manipulado quando Sean está envolvido.

— Eu sei que vocês não se dão bem, mas seu pai tem sido bom para nós. Não entendo por que ele faria isso se não se importasse.

— Não se deixe enganar por ele, Aoife. Eu já fui enganado, e veja onde acabei — afirmo, sem rodeios. — Ele usa as pessoas para seu próprio benefício e depois se desfaz delas quando termina. Tem certeza de que ele não pediu nada a você?

Ela desvia o olhar, revelando culpa.

— O que é?

— Nada — responde, rapidamente, o que reforça ainda mais sua expressão culpada. — Não é nada.

— Por favor, pode parecer trivial, mas qualquer coisa pode ajudar.

— Ajudar com o quê? — ela pergunta, confusa.

— Qualquer coisa pode me ajudar a... encontrá-la — respondo, suavemente.

Aoife não tem ideia do que estou falando, mas estou perdendo o juízo. Não sei onde procurar. Cami poderia estar em qualquer lugar. Eu preciso de um maldito milagre.

— Quem é ela? — ela questiona, me observando com atenção.

— Ela é tudo pra mim — respondo, baixando a guarda. — E sem ela, estou completamente perdido.

Aoife franze o cenho, deixando claro que a magoei com essa verdade. Mas não há mais ninguém para mim. Nunca amarei ninguém tanto quanto amo Babydoll. E nunca vou parar de procurá-la.

— Então ela é uma mulher de sorte — diz ela, mas sinto sua amargura. — Você já sentiu alguma coisa por mim?

— Aoife... — começo, sem querer magoá-la. — Eu...

Mas ela me interrompe ao se levantar de um pulo.

— Eu tenho que pegar Shay.

Eu me sinto mal por magoá-la desse jeito, porém o que tive com ela não chega nem perto do que tenho com Babydoll. Usei Aoife para ajudar a anestesiar a dor que sentia pela ausência de Babydoll. Tenho vergonha das minhas atitudes, mas é a verdade.

— Tudo bem. Obrigado por cuidar dos meus ferimentos... de novo.

— Velhos hábitos são difíceis de morrer — ela responde, com um sorriso tenso. — Quando estiver se sentindo melhor, me ligue.

Eu concordo com um aceno, porque realmente planejo fazer isso. Se Shay é meu filho, então ele está em perigo.

Aoife parece querer dizer algo, mas muda de ideia no último minuto.

— Vejo você em breve. E chame um médico, se puder. Seu rosto...

No entanto, balanço a cabeça em negativa. Não preciso que ela me diga que o corte é tão ruim quanto parece.

— Adeus, Aoife. Foi bom ver você.

Ela sorri, e posso ter um vislumbre de esperança. É nítido que ela espera que quando eu conhecer Shay, meus sentimentos por ela mudarão de alguma forma. Mas isso nunca vai acontecer.

— Estou feliz que você tenha saído da prisão. Você nunca pertenceu àquele lugar.

Lembro-me dela me dizendo que eu era um bom homem, que era diferente do resto dos meus colegas de prisão. Eu não acreditei nela. E ainda não acredito.

Quando sou deixado a sós, expiro alto, sem acreditar como minha vida pôde mudar tão drasticamente em um piscar de olhos. Preciso chegar ao fundo disso e descobrir se ele é realmente meu filho. Mas antes, preciso ter certeza de que não pareço o monstro que sou.

Pegando meu celular na mesa de cabeceira, ligo para o Dr. Shannon, esperando que ele possa me ajudar a me recompor.

SEIS

CAMI

Ouço o clique da fechadura, mas não me viro.

Minha mente, corpo e alma estão esgotados. Eu tentei lutar. Eu implorei, mas não estou nem perto de escapar desse pesadelo. Não sei quantos dias, semanas se passaram. Tudo que sei é que estou perdendo a esperança.

Onde está Punky? Será que ele está realmente... morto?

Contenho as lágrimas enquanto a mulher que me mantém cativa entra correndo no quarto, porque ela, geralmente, está muito mais composta. Seu pânico me faz olhar por cima do ombro. Ela não pergunta nada, simplesmente abre minha boca e enfia uma meia dentro.

Antes que eu possa cuspir, ela amarra o cinto de um roupão de veludo em volta do meu rosto, prendendo a meia na minha boca.

Murmuro um abafado "Não!", mas ela fez um bom trabalho em me amordaçar.

Isso é novidade, e me leva a questionar o motivo para ela querer me silenciar. Eu a fuzilo com o olhar, deparando com puro ódio cintilando nos olhos dela. Não sei o que fiz para ela me odiar tanto, mas ela vai pagar. Todos eles irão.

Ela está elegante, usando um vestido verde justo, cabelo arrumado e de maquiagem. Eu me pergunto qual é a ocasião. Eu diria que ela é deslumbrante, se não fosse pelo fato de estar me mantendo aqui contra a minha vontade.

— Não faça barulho. Ou juro por Deus, que você vai se arrepender.

Minhas mãos podem estar algemadas, mas meus dedos estão livres para mostrar a ela o que penso do seu pedido quando mostro o dedo médio.

Ela ri antes de fechar e trancar rapidamente a porta.

Essa atitude desperta meu interesse, então apuro os ouvidos, na esperança de conseguir alguma pista sobre o que está acontecendo. Quando ouço uma batida na porta, prendo a respiração. Foi por esse motivo que ela me amordaçou?

— Oi. — Eu a ouço dizer. — Entre.

Passos pesados revelam que o convidado aceitou o convite e que, provavelmente, é um homem. A porta da frente se fecha e o piso de tábuas range conforme os passos se aproximam do cômodo em que estou.

— Shay! — Eu a ouço gritar.

O lugar é pequeno, então não importa onde ela e Shay estejam, geralmente consigo ouvi-los. Shay dispara para o corredor, mas para abruptamente ao cumprimentar quem quer que sua mãe tenha convidado para sua casa.

— Oi — ele diz, meio desconfiado.

Passei a gostar dele porque, quando a mãe dele está dormindo, ele costuma entrar furtivamente no meu quarto. Toda vez, ele me garante que ainda está procurando a chave pequena, e eu acredito nele. Alguém tão pequeno não entende o que é mentira.

Já sei onde é meu cativeiro: em uma casa a cerca de uma hora de Belfast.

Quando ele me trouxe o telefone da mãe, pensei que daria um fim ao meu tormento, mas sem senha não consegui enviar mensagens de texto ou ligar para ninguém. Queria chamar a polícia, mas sei que os tiras são corruptos, então não posso correr esse risco. Vou sair daqui – de um jeito ou de outro –, e sei que Shay será a chave.

Estar perto dele me traz uma sensação de… paz. Eu não sei por quê. Ele me lembra…

— Olá, Shay.

Puck?

Não pode ser.

O mundo para de girar e tenho medo de parar de respirar, e isso não tem nada a ver com o fato de estar amordaçada. Minha mente está me pregando peças, tenho certeza disso, mas o tempo congela quando ouço a voz que ansiava ouvir, me envolvendo em um abraço caloroso.

— Meu nome é Puck. Mas você pode me chamar de Punky, se quiser.

Meu coração aperta. Ele está aqui. Ele está realmente aqui. Finalmente acabou. Um soluço me escapa porque ele está vivo. Meu mundo está inteiro novamente.

— Punky? — Shay pergunta, e eu o imagino franzindo os lábios em desgosto. Então esta é a primeira vez que eles se encontram? É também a primeira vez que ele conhece a mãe de Shay?

— Sim. Ganhei esse apelido ainda pequeno. Da sua idade...

A mãe de Shay, cujo nome ainda não sei, ri.

Shay, claramente, não compartilha do sentimento.

— Esse é um nome bobo.

— Olhe os modos! — ela repreende.

— Não, não repreenda o garoto.

Essa voz, essa voz sempre foi minha salvação, mas não entendo por que ele está aqui. Quero acreditar que ele está aqui para me salvar, mas sei que não está, e isso porque... ele nem sabe que estou aqui.

Isso está prestes a mudar.

— *Puck!* — grito, mas é apenas um berro abafado graças à meia enfiada na minha garganta.

Mas não posso desistir.

Chacoalhando as algemas na cabeceira da cama, espero que Puck possa ouvir. Mas o barulho é abafado, porque elas estão apertadas demais.

— *Puck! Eu estou aqui!* — grito em vão, aos prantos, porque ele não pode me ouvir, mas eu posso ouvi-lo.

— Posso ir brincar agora? — Shay pergunta, nem um pouco a fim de conversar com Punky.

— Talvez possamos combinar outro horário para nos encontrarmos? — ela diz.

Mas ele não está interessado nessa ideia, ao que parece.

— Eu não quero.

— Shay! Sinto muito — diz ela, horrorizada com a reação de Shay.

— Está tudo bem — Punky garante a ela.

O que está acontecendo?

Mas Shay não gosta que ela fale por ele, e quando ouço um baque, acho que alguém acabou de levar um chute.

— Ai, céus! — ela resmunga.

Mas uma risada rouca, que incendiou minha alma, escapa de Punky.

— Bom trabalho. Nunca deixe ninguém te obrigar a fazer algo que você não queira.

Os passos de Shay se afastando revelam que ele se foi, mas sua mãe e Punky ainda estão do lado de fora da minha porta. Eu estou correndo contra o tempo.

— *PUCK!* — grito, me debatendo loucamente na cama.

Eu me debato na cama, na esperança de fazer algum ruído, na esperança de fazer qualquer coisa que alerte Punky de que estou a poucos metros de distância. Mas o que ouço a seguir faz com que eu morra um pouco por dentro, e, de repente, é assim que me sinto.

— Eu só preciso entender isso, tudo bem? — explica Puck. — Isso é muito para assimilar.

— Eu nunca quis incomodar você com isso, mas Shay é teimoso... assim como o pai dele.

Eu estremeço com suas palavras.

— Aoife, traga uma prova de que ele é meu, depois conversaremos.

"Uma prova de que ele é meu" se repete inúmeras vezes na minha cabeça, conforme tento aceitar o que acho que está acontecendo.

— Ele tem o direito de saber quem você é. Não quero nada de você.

— Sim, você disse isso, mas precisa entender de onde venho.

Eu faço as contas. Shay foi concebido quando Punky estava na prisão. Ele teve visitas íntimas? Ele viu Aoife ao invés de mim? Dediquei minha vida a ele enquanto ele afogava o ganso? Legal.

"Você é rápida em defendê-lo, mas você realmente o conhece?"

Foi o que Sean me disse uma vez. Considerei isso apenas como mais um de seus jogos mentais, mas agora percebo que ele está certo. Eu não conheço Punky de jeito nenhum. Ele não mencionou que tinha um filho, o que posso até desculpar, pois está claro que ele não o conheceu até hoje.

Mas ele sabia que ele existia? Ele estava tentando mantê-lo seguro como fazia com a gente? É o que Punky faz de melhor: proteger aqueles que ele ama.

Não posso deixar de me sentir traída por ele não ter tido nenhum escrúpulo em me ver sendo barrada para visitá-lo na prisão. Entendo que ele estava tentando nos proteger, mas o fato de ter visto Aoife me dá náuseas.

Eu sei que segui em frente com Rory, mas a idade de Shay revela que Punky estava com outra pessoa muito antes de Rory e eu ficarmos juntos. Eu estava com saudades dele, colocando minha vida em espera enquanto tentava libertá-lo, e o tempo todo ele estava trepando com outra mulher.

Não posso deixar de me sentir traída.

— Eu entendo. Você sabe que tudo que fiz foi me preocupar com você.

— Eu sei disso, embora não mereça essa preocupação. Você é uma boa mulher, Aoife. Você me salvou na prisão. E várias vezes.

Cada palavra é apenas mais um chute no peito, e meu coração se parte em um milhão de pedaços irreparáveis.

— Eu... amo você, Puck, e sei que você sente algo por mim também. O que passamos, ninguém vai entender.

Espero que ele negue. Que diga a Aoife que a única pessoa que o entende sou eu. Mas ele não faz isso.

— Sim, você está certa. Ninguém vai entender isso. O que compartilhamos é algo entre nós e não vou esquecer.

Lágrimas escorrem pelo meu rosto, molhando a mordaça com a qual sua querida Aoife me amarrou. Cada palavra gentil que ele diz a ela me arrebenta ainda mais.

— Eu tenho que ir. Te ligo mais tarde.

Quando ouço o som inconfundível de um beijo sendo depositado no rosto de alguém, eu amaldiçoo o mundo. Já ouvi o suficiente.

Segundos se transformam em minutos, minutos se tornam horas enquanto fico ali deitada, tentando processar que Puck estava aqui. Ele estava realmente aqui. Mas ele não estava aqui para *me* salvar.

A porta se abre e posso sentir o cheiro do perfume de Aoife. Ela está aqui para se gabar.

Eu permito que ela remova a mordaça, movendo meu queixo de um lado ao outro. Não digo uma palavra. Mas ela sabe que ouvi tudo.

— Desculpa aí. Eu não queria que meu namorado ouvisse.

Ela está tão exultante com o fato que seu sorriso quase me cega. Essa puta não tem ideia de que conheço Puck. Mas também não tenho ideia se ela está mentindo ou não. Não quero acreditar que ele é o namorado dela, mas meu espírito está rachado. Eu não sei de mais nada.

— Por que estou aqui? Que utilidade eu tenho para você?

Aoife dá um largo sorriso.

— Você vai reunir minha família. Eles simplesmente não sabem disso... ainda.

Um arrepio percorre minha coluna, porque suas palavras ameaçadoras emanam uma advertência. É apenas uma questão de tempo até que minha utilidade se concretize.

Aoife fecha a porta, me trancando mais uma vez na prisão, mas desta vez é diferente. Não vou mais esperar que alguém me salve. É hora de me salvar e, quando o fizer, cada pessoa que me traiu pagará.

Cada um deles...

SETE

PUNKY

Já se passaram três dias desde que conheci Shay e ainda não sei como processar que ele pode ser meu filho.

Quando Aoife saiu da prisão, repentinamente, pensei que o motivo era por ter arranjado um emprego melhor em outro lugar, longe dos depravados. Mas quando vi o garotinho de cabelo loiro e olhos azuis, percebi que ela foi embora por outro motivo.

Pela primeira vez em muito tempo, fiquei sem palavras. Tudo o que pude fazer foi olhar para a criança que não deve ter mais do que 5 anos. Ele não abaixou a crista em momento algum, e manteve a postura enquanto me observava com a mesma curiosidade que eu o encarava. Não quero acreditar que poderia ser o pai dele, mas posso ver as semelhanças.

Aoife estava certa. Nós compartilhamos algo que só ela e eu podemos entender. Sou grato por tudo que ela fez por mim. Mas não nutro os mesmos sentimentos por ela. Eu não a amo. Nunca amei. Eu sei que isso me torna um bastardo sem coração, mas é a verdade.

Nunca pensei na vida que ela levava em momento algum, porque, honestamente, não estava nem aí. Achei que ela estava transando comigo pela empolgação com o sobrenome Kelly. Nós dois demos prazer um ao outro, e achei que isso era o suficiente.

Mas fui burro em pensar que nenhuma ação fica impune.

Pedi a Aoife um teste de paternidade, com o qual ela concordou, mas ainda estou esperando.

Um carro para na entrada e sei pelo som do motor que é Sean.

Ele tem mantido discrição, o que me preocupa. O que ele está aprontando?

Só posso esperar que Aoife cumpra sua palavra e não conte a Sean que sei sobre Shay, porque é a primeira vez que estou em vantagem.

Quando Sean entra no castelo, ele assobia, obviamente nem um pouco impressionado com toda a devastação.

— Este lugar já viu dias melhores — diz ele, e quando vê o meu estado, balança a cabeça. — O mesmo pode ser dito sobre você. O que aconteceu com seu rosto?

Ele parece sincero enquanto avalia os pontos em meu rosto, mas alguém disse a Cormac que eu fui o responsável pela morte de Rory, e não me surpreenderia se esse alguém fosse Sean.

Dr. Shannon suturou o corte, mas disse que vai deixar uma cicatriz, o que eu já sabia. Quanto aos meus outros ferimentos, eles vão sarar, pois meu corpo está acostumado com as surras constantes.

— Eu caí de uma escada — respondo, com sarcasmo. — O que você quer?

Sean sorri enquanto olha para o castelo.

— Este lugar está uma bagunça.

— É a porra da sua bagunça agora — retruco, já que entreguei tudo a ele.

— Sim, suponho que você esteja certo. Connor ficaria furioso se estivesse aqui.

Cerrando a mandíbula e ignorando a dor que se alastra pelo meu rosto, rosno:

— Bem, ele não está. Nem minha mãe... graças a você.

Não esqueci que ele é a peça final desse quebra-cabeça interminável. Ele é a razão pela qual comecei minha busca por vingança. Eu simplesmente nunca imaginei que terminaria assim.

— Cara adorava este castelo. Mesmo que ela odiasse Connor, este lugar sempre foi seu lar. Ela muitas vezes desejou que fosse a nossa casa... de nós três.

Expiro lentamente, tentando me acalmar, porque cada vez que ele menciona minha mãe, parece que ele está cuspindo no túmulo dela.

— Lembro que ela derramou vinho tinto na cadeira favorita de Connor. — Ele ri como se estivesse relembrando a memória. — Ela era tão desajeitada. Procuramos em todas as lojas para encontrar uma substituta, mas não importava. Connor ficou sabendo e a puniu.

Eu odeio que ele seja o único que pode me oferecer uma visão sobre algo que quero desesperadamente saber.

— Ela era tão cheia de vida...

— Antes de você roubar isso dela — interrompo, irritado.

— Eu já disse o porquê tive que fazer isso. Era ela ou eu. Não tive nenhum prazer nisso.

— Mentira — rosno, dando um passo à frente. — Eu estava lá, lembra? Eu vi o que você fez.

— De quanto você realmente se lembra, Puck? — ele questiona, com firmeza. — Você tinha 5 anos. Quanto daquilo pode ser uma lembrança real e quanto é a sua mente preenchendo as lacunas?

Eu sei o que ele está fazendo. Ele está tentando me manipular.

— Sim, eu matei Cara, mas não queria fazer isso. Ela fez sua escolha e eu fiz a minha. Exatamente como você fez com Rory; você eliminou alguém que te traiu. Não somos tão diferentes.

— Somos completamente diferentes — corrijo, sério.

— Se isso te faz dormir melhor à noite... — ele rebate, voltando sua atenção para o castelo. — Mas no fundo você sabe que é filho do seu pai.

Suas palavras me dilaceram, porque me pergunto se meu filho será como eu.

— No final deste mês, chega um carregamento da Holanda para Dublin.

Não tenho ideia do porquê ele faz questão de anunciar isso, já que é apenas mais uma negociação. Ele revela o motivo um segundo depois:

— Vale cerca de... um milhão.

Este carregamento é o maior com o qual já lidamos. O fato de estar chegando a Dublin significa que não é nosso – é de Liam. E Sean quer roubá-lo.

— Como você sabe disso?

— Pelo delegado Shane Moore — responde, com arrogância.

Eu não deveria estar surpreso.

— Este é um dos contratos de Brody, e há rumores de que o chefão não sabe que ele está morto. Mas vamos enviar uma mensagem, e vamos fazer isso executando Liam publicamente e roubando seu dinheiro.

— Quando você diz "nós", você quer dizer "eu" — corrijo, cruzando os braços.

— Sim, pensei que você ficaria feliz... Dar cabo de Liam depois de tudo que ele fez.

— Não finja que essa porra não é só para o seu benefício.

— É para *nosso* benefício — ele rebate, enfiando a mão no bolso e tirando algo que pensei ter perdido.

O colar de Babydoll.

— Faça isso e eu lhe direi onde Cami está.

O broche em formato de rosa pendurado na corrente é como um pêndulo, me hipnotizando com tudo o que representa porque, pela primeira vez na vida, sei que Sean está me dizendo a verdade.

Se fizermos isto, a sua reputação será notória. Ninguém ousará desafiá-lo, porque não haverá mais inimigos. Ele será rei – na Irlanda do Norte e na Irlanda. E é por isso que ele soltará Cami.

Esse é o objetivo pelo qual ele tem lutado a vida toda e, para conseguir isso, ele precisa de mim ao seu lado. Ele arriscará sua vida, pois sabe que no segundo em que eu a encontrar, sua cabeça será minha. Eu faço o que ele quer, e nossas vidas estarão em perigo, pois ele irá me caçar, assim como vou caçá-lo.

Mas não vou perder.

Eu farei o que ele quiser. Será um imenso prazer matar Liam Doyle, já que ele é apenas uma entrada para a refeição principal. Assim que eu roubar o dinheiro e coroar Sean, arrancarei a coroa e a cabeça de seu cadáver. Posso não ter um exército, mas lutarei com a força de mil homens, pois a vingança me alimenta.

— Parece uma festa de arromba — afirmo, estendendo a mão para o colar. — Mas se você mentir para mim, essa é a última coisa que você fará.

Ao arrancar a corrente de sua mão, imediatamente sinto que posso respirar outra vez, com a joia em minha posse.

— Eu prometo a você, você faz isso por mim e está livre para ser feliz para sempre.

Isso é uma mentira, porque essa porra só acontecerá com a morte dele.

Ele está bastante confiante de que não vou matá-lo quando conseguir o que quero. Eu me pergunto se isso tem alguma coisa a ver com Aoife? Ou talvez ele simplesmente planeje me matar quando eu cumprir a missão. Ele terá centenas de homens, aqui e na Irlanda, desesperados para trabalhar para ele. Sean acredita que não posso vencer um exército.

O tempo vai dizer.

— Então, esta festa do Liam é para comemorar uma das maiores compras de drogas da história? — Não admira que ele esteja tão ansioso para que eu compareça.

Sean assente, com um sorriso malicioso.

— E será algo para lembrar quando você usar as entranhas de Liam para pintar as paredes de vermelho. Nós o matamos e depois roubamos as drogas. Se isso não enviar uma mensagem, não sei mais o que enviaria.

— Não existe nós, só para deixar claro — corrijo. — Sem dúvida, você garantirá que outros façam o trabalho sujo para você.

— Você é meu filho, portanto, está representando o nome Kelly. Todo mundo ganha.

Não consigo conter a zombaria.

— E o que faz você ter tanta certeza de que não vou te matar? Depois que eu fizer isso, o poder estará em minhas mãos, não nas suas.

Sean sorri. Não é a resposta que eu esperava.

— Porque eu sei que você nunca quis esta vida, Punky. E, pela primeira vez, você tem uma escolha. Eu sei o que você vai escolher.

Eu odeio que ele esteja certo. Odeio que ele me conheça melhor do que eu mesmo.

— Você escolherá Cami. Escolherá a segurança de seus amigos. Eu sei disso, porque é por esse motivo que estamos aqui. É porque se importa que posso fazer isso e sei que se tiver escolha, você sacrificará tudo pelas pessoas que ama. Se não o fizer, você sabe que este ciclo entre nós nunca terminará. Eu sei como você pensa. E é por isso que sempre vou te vencer. Você lidera com o coração, e essa é a sua maior falha, filho. Você quer ser um líder, mas os líderes não podem amar.

Ele para por um segundo.

— O amor só leva à dor de cabeça. É isso que te levará à morte.

Respiro com calma, porém a segundos de mostrar a ele o que estou pronto para fazer por amor.

— Você pode tentar me matar quando eu conseguir o que quero, mas enquanto tiver pessoas em sua vida pelas quais faria qualquer coisa para proteger, você sempre sairá perdendo. Sabe como fazer alguém mostrar o que possui de mais precioso neste mundo?

Não quero ouvir, porque já sei o que ele vai dizer. É o que tenho feito uma vez atrás de outra.

— Ateie fogo na casa deles e observe qual será a primeira coisa que eles tentarão salvar.

Foi o que fiz com Cami, com Cian, com cada pessoa que tentei proteger.

— Então, temos um acordo? — Ele estende a mão como se esta fosse uma transação recíproca. Mas que escolha eu tenho?

Nunca tive escolha e, quando aperto a mão de Sean, percebo que este é o último acordo que devemos fazer, porque posso perder essa luta.

— Ótimo — diz ele, cantando vitória. — Vou avisar Shane. Ah, Punky.

Como sinal de boa-fé, quero te dar o castelo. Essa sempre foi mais sua casa do que minha. Cara teria desejado isso.

Eu não discuto ou sequer agradeço. Eu simplesmente concordo com um aceno de cabeça.

— Vou pedir a Darcy que prepare a papelada.

Ele está fazendo esse gesto apenas porque não aceitaria morar na casa que seu irmão governava. Os fantasmas nunca o deixarão em paz. O que ele quer é começar de novo, como uma Nova Era – uma Era que ninguém nunca viu antes.

Meu pai vai mudar a história e eu vou ajudá-lo.

— Eu preciso que você cuide de algo para mim. — Ele enfia a mão no bolso e me entrega um pedaço de papel com um endereço.

Com um suspiro, assinto.

— Considere feito.

Sean não fica por perto para conferir se vou cumprir a ordem, porque sua mensagem foi recebida em alto e bom som.

Depois que ele vai embora, encaro o teto e respiro fundo três vezes – longas inspirações muito necessárias. Estou um passo mais perto de encontrar Babydoll. Eu gostaria que fosse diferente, que pudesse encontrá-la sozinho e me livrar de Sean, mas não vou arriscar.

Tentei fazer isso por conta própria, contando com a ajuda de bons homens, mas me recuso a permitir que a história se repita.

Matarei Liam e terei grande prazer nessa missão. Roubarei suas drogas e, ao fazer isso, farei de meu pai o homem mais poderoso desde Connor. Não tenho um plano além disso, porque, verdade seja dita, não sei se sobreviverei depois de dar a Sean o que ele quer.

Não sou ingênuo. Eu não confio nele, mas acredito que ele me entregará Babydoll porque a troca por ela dá a ele tudo o que sempre quis.

Não sei como será o nosso reencontro; Não pensei tão à frente. Não sei como ela reagirá à notícia de que Rory está morto – morto, porque eu o matei. E não sei como ela reagirá ao saber sobre Shay.

Mesmo que ele não seja meu filho, posso imaginar que ela ficará magoada por eu ter transado com Aoife quando não aceitei às suas inúmeras tentativas de me ver.

Essa porra toda é uma confusão do caralho.

Tudo de que preciso está na minha caminhonete nova – que comprei com o que restou do meu dinheiro –, então vou em direção ao endereço que Sean me deu. Memórias de quando fui enviado pela última vez para uma missão vêm à mente, e exalo um suspiro, pensando em Orla.

Quando estaciono a alguns quarteirões da casa abandonada, não consigo deixar de pensar que é apenas mais uma casa em outro bairro. Esta vida tirou muito de mim. Espero que pare em algum momento, porque não sei quanto mais posso aguentar.

Com a mochila em um ombro só, nem sequer me preocupo em camuflar minha presença quando sigo até a porta destrancada e entro. A casa é um antro de vagabundos. Não há portas nos quartos, então observo cada um deles com cautela. Quando olho para o último quarto e vejo um homem de costas para mim, olhando pela janela, toco na arma na parte inferior das minhas costas.

— Você não vai precisar disso.

Ele se vira lentamente e sorri.

Não tenho ideia de quem ele é ou por que não está amarrado a uma cadeira. Pensei que fosse alguém que devia dinheiro ao Sean. Mas parece que eu estava errado.

— Prazer em conhecê-lo, Puck. Meu nome é Austin Bailey. Eu sou um amigo, então você pode guardar sua arma.

Estou impressionado que ele soubesse que eu realmente estava pronto para sacar a pistola.

Ron Brady aparece logo depois. Não sei o que Austin quer, mas estou aqui para ouvir.

— Por que *você* está aqui? — pergunto, tirando a mão da arma... por enquanto. — Sean me enviou, então se você é um amigo, desembucha.

Ele ri, nem um pouco incomodado com meu tom.

— Seu pai é um idiota. Não posso acreditar que ele esteja na posição em que está. Mas isso não é por causa dele, não é? É por causa de você. Eu fiquei sabendo sobre o que fez com Brody... bom para você, rapaz. Nunca gostei daquele babaca. Mas a questão é que ele era fácil de controlar.

— Então, o seu chefe, esse tal Aleksei, estava mancomunado com os Doyle?

Eu me pergunto se talvez eu tenha dado a ele o benefício da dúvida rápido demais.

Austin sorri, casualmente enfiando as mãos nos bolsos.

— Aleksei Popov não negocia com ninguém — afirma, com orgulho. — Eles negociam com ele. Eu cuido dos assuntos irlandeses dele, e Brody

Doyle era apenas um idiota que fazia o que lhe mandavam. Mas você é diferente, não é, Puck Kelly?

— O que você quer dizer?

— Você não é de todo ruim — ele alega, me observando com atenção. — Acho que você luta pela honra. Acho que tem moral e que você é o líder legítimo, não seu pai. Falei com Alek sobre sua situação. Ron me disse que Sean está chantageando você. Ele está com sua garota?

Eu aceno uma vez.

— Alek não aprecia homens que não têm coragem, e pelo que parece, Sean não tem nenhuma. Alek também não gosta muito de homens que maltratam mulheres. É pessoal.

Ele não dá mais detalhes.

— É por isso que ele tem uma proposta. Ele quer tratar com você, só com você, e em troca, ele vai te ajudar a encontrar sua garota.

Bem, isso muda tudo.

— Se você concordar, não apenas recuperará sua garota, mas também será um homem muito rico e poderoso.

Estalando a língua, balanço a cabeça com um sorriso.

— Suponho que sou diferente mesmo, porque não tenho interesse nisso. Encontre Camilla e Alek terá tudo. Mas eu tenho uma condição.

Austin espera que eu continue.

— Quero Sean morto e quero que seja pelas minhas mãos. Quero que ele sofra de maneiras inimagináveis. Também quero Liam Doyle morto.

Austin cai na gargalhada.

— Não, rapaz, você não é tão diferente, afinal. Tenho certeza de que Alek será bem favorável aos seus termos.

Decido não contar a Austin sobre a carga que devo interceptar. Preciso ter pelo menos um Ás na manga, caso Austin seja corrupto, mesmo que Ron ateste a favor dele. Aprendi isso da maneira mais difícil.

— Deixe-me discutir tudo com Alek e entrarei em contato com você. Tem certeza de que deseja desistir de seu reinado? Será diferente com Alek e comigo aqui. Eu não conhecia Connor Kelly, mas ele parecia um bom homem. Ele parece com você. Você foi para a prisão para salvar as pessoas que ama. Alek e eu respeitamos isso. Seria bom ter um homem como você do nosso lado. E a Irlanda do Norte é sua por direito.

— Agradeço isso, mas a única coisa que importa, para mim, é encontrar minha garota.

Austin assente, deixando claro que respeita minha honestidade.

— Tudo bem. Ligarei para você em breve. — Ele enfia a mão no bolso e tira um maço de dinheiro. — Você não pode voltar de mãos vazias.

Não sei como Austin conseguiu enganar Sean e seus capangas, mas estou impressionado.

Pego o dinheiro – preso com um clipe de ouro –, e enfio no bolso. Estou prestes a virar para sair dali, mas Austin me impede.

— Queremos a mesma coisa, Puck. Que os mocinhos saiam vitoriosos.

Com uma risada de escárnio, respondo:

— Existe tal coisa? Porque a linha fica mais confusa a cada dia.

Austin assente.

— Alek é um cara legal naquilo que importa, assim como acho que você também é.

Seu comentário me impacta profundamente, pois eu o entendo com perfeição.

Sem mais nada a dizer, deixo Austin com um novo sentimento de esperança. Se ele conseguir encontrar Cami, então os dias de Sean estão contados.

Meu telefone toca e vejo que é Aoife.

— Alô, posso te lig…

Mas ela não me deixa terminar.

— *Ela está com ele!* — ela grita, seu pânico palpável.

— Quem?

— *Shay!*

— Quem está com Shay? — pergunto, calmamente, pois entrar em pânico não resolverá nada.

Mas o que ela diz a seguir muda tudo:

— *Desculpe. Eu menti pra você. Achei que estava fazendo a coisa certa.*

— Quem está com ele? — repito, correndo para a caminhonete. — Aoife!

Ela começa a soluçar, mas através das lágrimas ouço a única coisa que importa:

— *Camilla. Sinto muito.*

Meus pneus deixam marcas de derrapagem conforme acelero pela rua, com o coração na garganta, rumo ao desconhecido.

OITO

CAMI

Três horas antes...

Meus pulsos estão em carne-viva, mas continuo firme porque posso sentir as algemas folgando.

Cansei de ser prisioneira, especialmente quando não tenho ideia de quem me mantém cativa. Aoife é apenas uma marionete. Liam foi quem me trouxe aqui, mas por quê?

Para qual propósito, afinal?

Nenhuma exigência foi feita. Não para mim, de qualquer maneira. Mas tenho certeza de que fizeram para Punky. Estou sendo mantida como moeda de troca, mas para quê? E para quem?

Seja qual for o motivo... eu me recuso a ficar sentada esperando.

Enquanto giro o pulso, ignorando a dor, ouço a porta da frente se abrir e Aoife entrar com Shay. Deduzo que ela o tenha buscado na escola. Seus passos animados ecoam pelo corredor enquanto ela o segue.

Ela não se preocupa em me verificar, o que é um erro, porque estou saindo desta porra de casa. Hoje.

— Oh, merda, esqueci o leite. Mamãe não vai demorar. Não abra a porta para ninguém. Okay, Shay?

Ouço o tilintar das chaves e então a porta se fecha.

Não sei se isso é um sinal do universo, mas vou explorar essa oportunidade.

— Shay! — chamo, ouvindo qualquer movimentação. Um segundo depois, a porta é destrancada e Shay entra no meu quarto.

— Oi, Cami — diz ele, estendendo a mão. — Você quer um pouco do meu biscoito?

Passei a gostar muito desse garotinho.

— Obrigada, mas não estou com fome. Mas posso pedir um favor?

Shay assente, mordendo seu biscoito de chocolate.

— Claro.

— Você acha que pode encontrar um sabonete ou creme e trazê-lo para mim?

Ele olha para mim como se eu tivesse enlouquecido, mas quando percebe que estou falando sério, rapidamente sai correndo do quarto. Ele retorna pouco depois com uma barra de sabão.

— Ah, bom menino! — elogio, incapaz de conter a felicidade.

Ele caminha até a cama e me oferece a barra, no entanto preciso de sua ajuda.

— Você acha que poderia esfregar o sabonete no meu pulso direito? Eu prometo que vai ficar tudo bem.

Posso sentir sua apreensão, pois ele sabe que estar aqui é errado, mas quando ele enfia o biscoito na boca, sei que seu lado rebelde leva a melhor. E isso me faz lembrar de outra pessoa…

No entanto, me concentro na tarefa que tenho em mãos quando Shay estende a mãozinha e começa a esfregar meu pulso. Mordo o interior da bochecha para conter meu grito de dor.

Arqueando o pescoço, vejo que o sabonete precisa de mais espuma. Estamos ficando sem tempo.

— Você pode ir ao banheiro e colocar o sabonete na água? Precisamos que tenha bastante espuma. Você pode fazer isso?

Ele deve ser capaz de sentir a urgência no meu tom à medida que corre para o banheiro, onde ouço a torneira sendo aberta. Ele volta, a espuma cobrindo suas mãozinhas e pingando no piso de madeira.

— Obrigada, Shay. Você é um garotinho muito corajoso.

Meu incentivo o estimula e a determinação toma conta quando ele, furiosamente, começa a esfregar o sabonete em meu pulso e punho. Movo o pulso de um lado para o outro, implorando para que escorregue da algema. Cada vez que o movo, posso senti-lo se mover, pouco a pouco.

Shay continua ensaboando minha pele e, com um giro brusco, deslizo meu pulso.

— Oh! Graças a Deus! — grito, abraçando Shay com o braço livre e dando um beijo em sua testa. — Eu posso fazer isso agora.

Ele me entrega o sabonete, com um sorriso todo feliz. Em seguida, eu me levanto, ignorando as pernas bambas, e esfrego freneticamente meu pulso algemado, puxando o metal. Ele se move um pouco, mas ainda me mantém cativa.

Quando estou prestes a pedir a Shay para colocar mais água no sabão, ouço a porta de um carro se fechar e passos se aproximando cada vez mais.

— Shay — sussurro —, você consegue ver quem está lá fora? Eu preciso que você tenha muito cuidado, tá? Ninguém pode te ver.

Ele vai na ponta dos pés até a janela e espia com cautela. Felizmente, a cortina de renda oferece-lhe alguma proteção contra quem está do lado de fora.

— É o homem.

— Que homem? — pergunto, ainda passando o sabonete no pulso, em desespero.

— O homem que trouxe você aqui.

Meu coração quase salta pela boca, porque se Liam está aqui, então tem alguma coisa errada. Significa que Shay está em perigo. Mas não vou deixar nada acontecer com ele. Eu o protegerei com minha vida.

— Eu preciso que você se esconda. Você pode fazer isso por mim? Por favor, não faça barulho — imploro, esquecendo do sabonete para me libertar.

Lágrimas escorrem dos meus olhos e amaldiçoo o universo por permitir que a história se repita, pois outra criança de 5 anos está sendo forçada a se esconder enquanto monstros batem à sua porta.

— Eu não vou deixar você — ele contesta, com teimosia.

Quero discutir, mas não tenho tempo.

— Okay, vire-se de costas e cubra os ouvidos — ordeno e expiro de alívio quando ele obedece.

À medida que os passos se aproximam da porta da frente, fecho os olhos e mordo a língua. Agarrando meu pulso, conto até três, antes de empurrá-lo para baixo, fraturando o osso bruscamente. Vejo estrelas e quase desmaio de dor, mas quando tiro meu pulso da algema, esqueço de tudo, menos de dar o fora daqui.

— Vamos — digo, removendo a fronha para fazer uma tipoia.

Assim que passo meu braço pelo tecido, ofereço a mão boa a Shay e caminho silenciosamente pelo quarto. Minhas pernas estão fracas e tenho medo de não conseguir dar três passos, mas quando vejo Liam subindo os degraus da frente, através da cortina, esqueço tudo, porque não vou permitir que as coisas acabem desse jeito.

Faço um gesto com a cabeça para que caminhemos pelo corredor. Assim que saímos, coloco meu dedo sobre os lábios, e Shay assente.

Entrelaçando as mãos mais uma vez, andamos na ponta dos pés pelo corredor, cada passo uma aposta pelas nossas vidas. Eu não olho para trás. Não posso. A campainha toca, o que me faz acelerar os passos desesperadamente pela casa, procurando uma porta dos fundos.

Quase choro de alívio quando a avisto.

Puxo uma faca grande do bloco de madeira, e a escondo na tipoia, tocando a maçaneta da porta com cuidado. Giro com tanta lentidão, que chego a temer que não se abra, mas ao ver que está destrancada, abafo um soluço de emoção.

Shay e eu saímos pela porta dos fundos, então a fecho suavemente. O quintal é pequeno, mas tem uma cerca alta, à qual teremos que escalar.

— Venha aqui, querido — digo, sem nem perceber o apelido que uso para ele. — Eu preciso que você segure firme.

Eu me curvo e o pego no colo, com todo esforço por usar um braço só. Ele me obedece e enlaça meu pescoço com os bracinhos.

Usando meu pé, movo cuidadosamente a lata de lixo em direção à cerca e subo nela, tomando cuidado para não fazer barulho. A adrenalina flui pelo meu corpo e eu me impulsiono, pulando a cerca com Shay agarrado a mim. Assim que meus pés descalços tocam o chão, começo a correr loucamente, sem nem saber para onde estou indo.

Eu só preciso dar o fora daqui.

Meu corpo protesta para que eu pare, porque estou desidratada, desnutrida e sem força alguma nos músculos. Mas eu me recuso. Continuo correndo, segurando Shay com força.

Como estou descalça, solto um berro ao pisar nos cacos de uma garrafa quebrada, e sigo em frente mancando para impedir que o vidro penetre mais fundo na sola do meu pé. Sei que não posso continuar correndo, mas não sei para onde ir. Não sei em quem posso confiar.

Sem celular ou dinheiro, estou à mercê de um Bom Samaritano. Mas aprendi que não há muitos deles por aí.

Vejo um parque à frente cercado por um bosque denso. Isso terá que servir por enquanto. Mancando por entre a folhagem, sigo avançando até que meu corpo ameaça desabar por conta da fadiga.

— Acho que este é um bom lugar para recuperar o fôlego — digo a Shay, com calma, sem querer assustá-lo mais do que já estou.

Eu o coloco no chão com gentileza, e somente quando ele está seguro, desabo contra o tronco de árvore, incapaz de ficar de pé por mais tempo.

Ele olha para mim com a preocupação refletida em seus olhos azuis.

— Vai ficar tudo bem — prometo, gesticulando com a mão para que ele venha sentar comigo.

Ele se aconchega em meu colo, me abraçando com força, e é aqui que permanecemos enquanto mergulho em um sono comatoso.

Meus olhos se abrem de supetão, porque não tenho ideia de onde estou. A última coisa da qual me lembro foi de escapar do inferno e correr para salvar minha vida. A dor no meu pulso confirma que não foi um sonho. Saímos vivos.

Eu me sento na marra, semicerrando os olhos para tentar ver qualquer coisa na escuridão da noite.

— Shay? — chamo, procurando da esquerda para a direita. O pânico toma conta de mim ao não vê-lo. — Shay!

O farfalhar das folhas me faz enfiar a mão na tipoia para pegar a faca que guardei, mas quando Shay aparece, suspiro de alívio.

— Achei que você estaria com fome e sede — diz ele, me oferecendo uma garrafa de água e uma cesta de piquenique.

— Onde você conseguiu isso?

Ele sorri.

— Eu roubei, mas eles tinham duas cestas. Então podemos compartilhar.

Não consigo reprimir o sorriso, pensando que a maçã realmente não cai longe da árvore. Quanto mais olho para Shay, mais evidente fica que ele é filho de Punky. Sua aparência e maneirismos são os mesmos, e também sinto uma conexão inexplicável com ele.

Punky não está aqui para proteger seu filho, mas farei isso até poder devolvê-lo em segurança.

Shay se ajoelha ao meu lado e abre a cesta, vasculhando ali dentro até encontrar um sanduíche embrulhado e me oferecer.

— Você pode comer o que quiser. Meu estômago está um pouco nauseado. — Isso porque não como há dias. — Mas posso tomar um pouco de água?

Shay balança a cabeça e me passa a garrafa. Quando ele percebe que estou olhando para a tampa, ele abre para mim.

— Obrigada. — Bebo quase toda a água de golada, mas paro logo depois, pois não sei quanto tempo ficaremos aqui.

Eu preciso de um telefone.

Não posso confiar na polícia. Só há uma pessoa em quem confio e tenho certeza de que ele está com Aoife, que procura o filho.

— Shay, quando você terminar de comer, precisamos procurar ajuda. Sua mãe vai ficar muito preocupada.

Ele mastiga seu sanduíche alegremente.

— Por que mamãe prendeu você?

— Não sei — respondo, honestamente. — Mas não acho que ela teve escolha.

— O amigo da mamãe pode nos ajudar. Ele terá um telefone que podemos usar.

— Quem é amigo da sua mãe?

— O nome dele é Sean — ele responde, e eu me engasgo com a água que ainda estou bebendo.

Isto não pode ser uma coincidência. Sean tem que ser Sean Kelly, o que significa que Aoife estava cumprindo as ordens do filho da puta. Eu queria dar a ela o benefício da dúvida, mas não vou perdoar e esquecer essa porra de jeito nenhum. Assim que devolver Shay, vou retribuir o favor e ver se ela gosta de ser prisioneira de alguém.

De repente, eu me preocupo com Punky. Ele certamente não sabe que Aoife está envolvida com Sean. Se soubesse, duvido que teria feito aquela visita casual.

Depois que Shay termina de comer seu sanduíche, fico em pé, trêmula, porque estou com muita dor. Meus pés ainda têm cacos de vidro incrustados na pele, mas não posso parar. Preciso chegar a Punky e preciso fazer isso agora.

Cada segundo que Shay e eu estamos aqui coloca a segurança dele em risco.

— Eu posso carregar você — ele afirma, observando enquanto manco alguns passos.

— Não tenho dúvidas sobre isso — respondo, com um sorriso. — Mas eu vou ficar bem.

Estendo minha mão e ele a aceita.

Com a cesta de piquenique em mãos, começamos uma caminhada lenta em direção ao local que espero que nos leve à segurança. Não tenho ideia de onde estou, mas Shay sabe. Ele espera pacientemente enquanto manco pela floresta, usando a lua como nossa única fonte de iluminação.

Demora cerca de meia hora, mas quando chegamos a uma clareira que leva a uma estrada, um suspiro trêmulo me deixa. Ele fez isso.

Esse garotinho é admirável.

Não reconheço nada por ali, qualquer marco ou rua, mas continuamos andando, na esperança de encontrar algo que nos pareça familiar. Alguns carros passam por nós, mas ninguém para – o que é ao mesmo tempo uma bênção e uma maldição. Precisamos de ajuda, mas não vou arriscar, caso o Bom Samaritano trabalhe para Liam ou Sean.

Continuamos pelo que parecem horas, e quando estou prestes a desistir, avisto uma fonte que não fica muito longe da casa de Fiona. Estamos mais longe do que eu pensava, mas agora que tenho algum senso de direção, nada pode me deter.

Nós nos mantemos escondidos nas sombras, para que possamos passar despercebidos. De jeito nenhum serei capturada assim tão perto da liberdade. Ouço o som de um carro se aproximando atrás de nós, diminuindo a velocidade quando seus faróis nos iluminam no caminho.

— Shay, quer apostar uma corrida?

Ele olha para mim com um sorriso, sem saber por que pedi para ele correr.

— Pronto, pronto, vá!

Disparamos em uma corrida louca, eu segurando sua mãozinha e o orientando a virar à direita, para tomar um beco que não permite a passagem de carros. Assim que acessamos o lugar, expiro aliviada, mas não paro de correr.

Shay tropeça e eu o levanto, ignorando a dor que irradia pelo meu corpo. Nada mais importa além de levá-lo para um lugar seguro. Sei que estou respirando com dificuldade, e meu coração ameaça explodir no peito, então, quando meus passos frenéticos são os únicos sons que ouço, quase desabo.

Eu paro e olho por cima do ombro, segurando Shay com força enquanto verifico se estamos sendo seguidos.

Não estamos.

Solto um soluço. Minha paranoia pode parecer absurda para alguns, mas é assim que fica evidente o quanto minha vida é fodida. Cada sombra é um monstro em potencial e à espreita no escuro.

Assim que recupero o fôlego, sorrio para Shay quando ele diz:

— Você venceu.

— Nós dois ganhamos — corrijo, meu coração derretendo quando ele beija minha bochecha. — Vamos. Uma amiga mora por perto. Podemos ligar para sua mãe quando chegarmos lá.

Ele balança a cabeça, mas não faz menção de descer do meu colo, e tudo bem. Eu me sinto reconfortada com ele em meus braços.

Ando os três quilômetros com ele agarrado a mim, e quando avisto a casa de Fiona ao longe, asseguro-me de que basta só mais um pouquinho, porque sei que assim que chegar lá, tudo o que passei, e fiz, vai recair sobre mim, e não será nada bonito.

O portão enferrujado geme quando eu o abro e, enquanto cambaleio pela curta distância até a porta da frente, não posso acreditar que esses passos finais sejam os mais difíceis que já dei. Bato o ombro na porta, recusando-me a soltar Shay, com a última gota de energia que me resta.

Não tenho ideia de que horas são, mas presumo que todos estejam acomodados em segurança em suas camas.

O mundo começa a oscilar; no entanto, me recuso a me render.

— Oi! — grito, chutando a porta com o pé descalço.

Meu corpo está coberto de hematomas e machucados, e já quase nem sinto dor.

Quando estou prestes a chutar a porta novamente, uma luz se acende lá dentro e vejo movimento através da cortina de renda. Quando a porta se abre e vejo Ethan com a arma na mão, coloco Shay suavemente em pé, sem me preocupar em explicar quem ele é.

Eva aparece no corredor atrás de Ethan, ou acho que aparece, porque tudo, de repente, escurece. Dou boas-vindas à escuridão, porque estou muito cansada. Antes de sucumbir ao silêncio, o último pensamento que tenho é: conseguimos.

No entanto, não faço ideia do que vem a seguir.

NOVE

CAMI

Ouço sussurros, mas não estou pronta para enfrentá-los.

Cada parte do meu corpo dói e sei que, quando acordar, terei que lidar com essa dor – tanto física quanto emocionalmente. Não sei o que me espera, mas ser covarde não é uma opção.

Parece que minhas pálpebras pesam mil quilos, porém supero a angústia e abro os olhos lentamente. Tudo está confuso e, quando tento esfregar os olhos, percebo que meu braço está mais pesado do que as pálpebras, graças ao gesso.

— Ela está acordada! — Eu reconheceria essa voz em qualquer lugar. *Eva.*

— Nunca mais faça isso comigo!

Ela se joga em cima de mim, me abraçando com força. Tento retribuir o gesto, mas sinto dor só de respirar.

— Por que você ainda está aqui? — resmungo, e logo estremeço, por que quem diria que até falar seria doloroso?

— Eu não voltaria para casa de jeito nenhum, não com você desaparecida — ela responde, felizmente afrouxando um pouco o aperto. — Eu não poderia. Eu sabia que você voltaria. Foi por isso que fiquei.

— Mamãe está bem?

— Sim, ela está bem. Pare de se preocupar com todos os outros. Você é que parece que levou uma surra num ringue de UFC.

É bom saber que pareço tão ruim quanto me sinto.

Ethan entra com um copo d'água, e quando Eva se vira para olhar para ele, com as bochechas coradas, percebo que há outro motivo para ela ter ficado.

Oh, céus.

— Trouxe um pouco de água pra você — diz ele, colocando o copo na mesinha de cabeceira.

Eva sorri e gentilmente me solta, ficando de pé.

— Você é tão atencioso.

E agora meu estômago embrulha, doido para vomitar toda a demonstração de afeto melosa.

Hannah aparece um momento depois e para à porta, porque o quarto é pequeno e apertado.

— Graças a Deus, você está bem. Eu sabia que estaria.

Sorrindo, me ajeito nos travesseiros e me recosto à cabeceira de madeira da cama.

— Você tinha que ver o outro cara — brinco, tentando assobiar, mas parece mais como se fosse um balão esvaziando.

Todo mundo ri, mas é tenso, e isso porque ninguém quer se referir ao elefante grande e gordo na sala: onde está Punky?

No entanto, quando ouço um grito histérico e passos apressados pelo corredor, parece que o elefante já chegou atacando.

— Como você teve a ousadia de levá-lo? — grita Aoife, não dando a mínima para o quarto cheio.

Eva, Ethan e Hannah vão para a cozinha timidamente, sem interesse em fazer parte desse showzinho de merda.

— Meu pulso está quebrado, não minha audição. Não há necessidade de gritar — zombo, o que só a enfurece ainda mais.

— Não dê uma de espertinha comigo! Você levou meu filho!

— Bem, Aoife — respondo, presunçosamente, querendo que ela saiba que sei quem ela é. — Você me algemou a uma cama. Você me alimentou com pão velho e água. E me deixou apodrecer na minha própria merda. Então, eu diria que estamos empatadas.

O cômodo parece encolher e meu coração começa a bater em staccato ensurdecedor.

Ela empalidece, e isso acontece por causa do homem que se ergue atrás dela – o homem que roubou meu fôlego desde o primeiro momento em que nos conhecemos.

— Isso é verdade? — Punky pergunta, suavemente, sua cara de pôquer em jogo. — Você a tratou como uma... prisioneira?

Ela olha para ele, por cima do ombro, sua atitude arrogante definhando conforme puxa o crucifixo de ouro em volta de sua garganta.

— Puck, eu...

— Responda a minha pergunta. Agora — ele interrompe, não dando a mínima para as desculpas dela.

— Sean me disse que ela estava magoando você — ela chora, implorando que ele mostre misericórdia. — Eu fiz isso para o seu próprio bem.

Ela estende a mão para tocar sua bochecha, e quando estou prestes a afastar o cobertor, pronta para derrubar essa vadia, Puck agarra seu pulso no ar.

— Talvez eu devesse quebrar seu pulso então? — ele sugere, a mandíbula cerrada enquanto ela choraminga.

— Você está me machucando.

— Ah, confie em mim, não estou.

Um arrepio percorre meu corpo porque lá está ele, meu Punky feroz e cruel, que não mostra piedade por ninguém. E essa vadia não merece nada depois de tudo que fez.

— Desculpe. Por favor, me perdoe.

Curvo o lábio, enojada com a facilidade com que ela se rendeu.

— Não é pra mim que você tem que pedir desculpas.

Seus gemidos ficam mais altos, e quando ela se concentra em mim, eu vejo o ódio irrestrito. Ela quer Puck para si, e não importa a história de que ela pensava que estava fazendo a coisa certa, eu sei que essa puta não é confiável. Ela fará tudo ao seu alcance para ter sua família feliz – sem mim por perto.

Punky a solta, mas fica por perto, sentindo uma briga se armando.

— Sinto muito, Camilla. Eu não sabia. Sean disse que você...

— Economize seu fôlego — rebato, nem um pouco interessada em suas mentiras. — Você sabia a diferença entre o certo e o errado, e o que fez foi errado, muito errado. Portanto, não aceito suas desculpas.

Seus olhos se estreitam enquanto eu a desafio a dizer outra palavra para mim.

— Eu entendo — diz ela, por fim. — Shay me disse que você cuidou dele.

A mandíbula de Punky cerra.

Temos muito o que conversar, mas algo está... errado. Não consigo definir o que é, mas ele está evitando fazer contato visual comigo. Eu não esperava um reencontro cheio de rosas e arco-íris, mas pelo menos esperava que ele pudesse olhar para mim.

— Ele é um bom garoto — respondo, desviando o olhar.

O silêncio é ensurdecedor e só aumenta o latejar nas minhas têmporas.

— Vou te dar um tempo a sós — diz Aoife, como se estivesse nos fazendo um favor; como se eu fosse a intrusa ali, não ela.

Eu me remexo nos travesseiros, focando na colcha floral em vez de Punky quando ele entra no quarto. Seus passos são meticulosos. Ele também está nervoso.

Esta não é a primeira vez que nos reencontramos após acontecimentos trágicos, mas parece diferente.

Ele não se senta. Apenas fica ao lado da minha cama; o silêncio imperando.

Meus olhos ardem por conta das lágrimas, mas eu as reprimo, porque chorar não resolve nada. Quero perguntar tantas coisas a ele, mas não sei por onde começar. Já estivemos separados antes, mas desta vez dói muito mais.

Com o toque mais gentil, Punky estende a mão e levanta meu queixo. Assim que nossos olhares se encontram, eu me sinto inteira novamente. No entanto, há um sofrimento brutal refletido em seu olhar azul.

Ele me examina lentamente, esfregando com ternura o polegar no meu queixo. Permaneço imóvel, presa sob seu feitiço. Sonhei tanto com este dia.

Seu cabelo está bagunçado, a barba desgrenhada. Uma cicatriz brutal e recente em seu rosto me faz arfar em choque.

— O-o que a-aconteceu?

Ele estremece como se minha voz o tirasse de um devaneio.

— Cormac — ele responde, e eu arqueio uma sobrancelha, confusa. Por que o pai de Rory faria algo tão cruel?

A menos que…

— O que você fez? — sussurro, quase com medo da resposta.

Ele esfrega o polegar no meu lábio inferior, parecendo hipnotizado por ele.

— Eu fiz tudo o que você pensa que fiz. Rory nos traiu... e pagou com a vida.

Pisco uma vez, sua declaração direta me deixando sem fôlego.

— V-você... o matou?

— Sim, matei — confessa, sem remorso, enquanto meu estômago embrulha.

Acho que vou passar mal.

Pegando o copo de água que Ethan deixou ao lado, bebo de uma só vez; as palavras de Punky se repetindo, embora minha mente se recuse a aceitá-las como verdade.

— Como você pôde? — grito, com a voz vacilando. — Eu sei que o que ele fez foi errado, mas ele era seu amigo. Ele significava algo para nós dois.

— E foi por isso que eu o matei — ele rebate, de pronto.

O copo treme na minha mão. Agora sei por que as coisas parecem tão diferentes desta vez.

— Conte o que aconteceu. — Não é um pedido por parte dele, mas, sim, uma exigência.

Lambo meus lábios, nervosa.

— Rory disse que íamos nos encontrar com você. Mas quando chegamos ao apartamento e vi Liam, concluí que ele havia armado para nós. Ele não me disse por que ou o que recebeu em troca, mas posso adivinhar. Ele fez isso porque nós o machucamos, Punky — digo, com total pesar. — Não é uma desculpa, mas é uma explicação. Somos todos culpados, mas você e eu ainda estamos vivos. Podemos tentar consertar as coisas. Mas Rory não.

Punky enrijece na mesma hora.

— Eu sei que você me odeia por isso, mas fiz o que tinha que fazer. Aceito quaisquer que sejam as consequências.

Exatamente como ele aceitou a agressão de Cormac.

Ele aceita as consequências, porque não é desprovido de sentimentos – eu sei que a morte de Rory o afeta. Ele não seria humano se isso não acontecesse. Puck sabia quais seriam as repercussões de matar Rory, mas as aceita, pois sua necessidade de vingança sempre vencerá qualquer disputa.

Durante toda a sua vida, ele buscou vingança, e ela continua a crescer.

— Shay é seu... filho? — pergunto, já que estamos no campo das verdades.

— Eu não sei, mas ele poderia ser. Estou esperando os resultados do exame de DNA.

— Puta que pariu, foda-se esse ciclo vicioso — sussurro, balançando a cabeça. — Está esperando, assim como esperou pelos resultados do teste de paternidade sobre quem realmente era seu pai? Quando isso vai acabar?

Expressar minhas frustrações em voz alta só me faz sentir pior. Não sei se Punky e eu algum dia viveremos uma vida "normal". Estamos presos em um ciclo interminável, sempre olhando por cima dos ombros para derrotar os bandidos. Mas percebi uma coisa: e se formos os vilões?

— Então você teve visitas íntimas? Você não teve problemas em transar com outras mulheres, só comigo, né? — Não consigo evitar, porque preciso saber.

Esfregando a nuca, ele suspira.

— Aoife era enfermeira. Ela...

— Legal — disparo, cutucando a bochecha por dentro com a língua. — Ela claramente leva seu dever em cuidar dos pacientes muito a sério.

— Eu não quero brigar com você.

— Quem disse alguma coisa sobre brigar? Eu estava apenas fazendo uma pergunta. Quero dizer, é bom saber que você teve tempo de enfiar o pau em qualquer coisa ambulante, mas não aceitou a minha visita.

— Cami — diz ele, derrotado. — Não foi assim.

— É exatamente assim — argumento, de repente pau da vida. — Você sabe o que ela fez comigo? Ela teve prazer em me ver sofrer. A historinha dela sobre ter feito isso para proteger você é mentira pura. Ela fez isso porque quer uma família feliz na qual eu não faço parte.

— Se Shay for meu filho, então vou sustentá-lo — declara, o que eu sabia que ele faria. — Mas isso não significa que eu queira ter alguma coisa a ver com Aoife.

— Não foi isso que ouvi — contesto, lembrando-me de suas palavras como se tivessem sido ditas há poucos segundos. — *Ninguém vai entender o que vocês dois compartilharam*. E você não vai esquecer. Não é mesmo?

Ele infla as bochechas e depois exala profundamente.

— Você entendeu mal o que eu quis dizer. Aoife era a única pessoa boa em um lugar que quase me destruiu. Você não entenderia, porque não estava lá.

— Porque você se recusou a me ver — rebato. — Você sabe como isso me faz sentir?

— Eu entendo isso, mas já expliquei o porquê. Exatamente como você seguiu em frente com Rory. Levei a vida o melhor que pude, considerando as circunstâncias, mas mal me considerava vivo na maioria das vezes. Se eu pudesse voltar atrás no que fiz com Aoife, eu o faria. Eu sentia sua falta pra caralho. Ela era uma distração. Tenho vergonha de admitir essa porra, porque tudo que eu queria... tudo que eu sempre quis... é você!

Sua confissão arrefece o espírito combativo dentro de mim. Mas isso não muda em nada em como essa coisa toda é fodida.

— Por que fui mantida prisioneira? — Não consigo lidar com nada além disso agora.

— Ethan e Eva eram apenas uma distração. Você sempre foi o objetivo final, porque Sean sabe que ninguém significa mais para mim do que você.

Eu pigarreio de leve, tocada com a expressão de seu sentimento.

— Ele nos enganou ao nos fazer pensar que havíamos vencido, porque sabia que Rory estava do seu lado. Rory trabalhou com Sean porque tinha uma motivação pessoal. Ele sabia que eu e você não éramos irmãos. Ele leu o diário de Sean.

O tempo parece congelar.

— O quê?

— Ele confessou logo antes de eu... — Ele faz uma pausa, e é o suficiente para que eu preencha as lacunas. — Ele me disse que queria mais tempo com você, e que te pediu em casamento quando descobriu que eu estava saindo da prisão.

— Ai, meu Deus — arfo, embalando meu braço ferido. — Eu não sei mais quem é quem. E isso inclui a mim mesma.

Eu sei que minha confissão magoou Puck, mas tudo está mais do que fodido. Rory está morto. Punky pode ser pai, e a mãe de seu bebê é uma vadia diabólica. Sean e Liam ainda estão por aí, ameaçando nossas vidas. E a lista continua a crescer.

A proposta de Rory foi rápida e inesperada, e agora sei o motivo. Ele sabia que eu nunca teria aceitado seu pedido quando Puck estivesse fora da prisão porque, em algum momento, a verdade viria à tona. Ele mentiu para mim, mesmo sabendo que eu nutria sentimentos por Punky, sentimentos dos quais me envergonhava, mas me permitiu sofrer quando poderia ter me contado a verdade.

Estou tão cansada de mentiras.

— Sean escondeu sua localização de mim, ciente de que eu faria qualquer coisa para me assegurar de que você estivesse bem — diz ele. — Eu nem sabia se você estava viva. Eu não sabia onde procurar. Cada vez que penso que o venci, ele prova que estou errado.

Ele respira fundo.

— Eu não podia arriscar a sua vida. Portanto, fiz o que ele queria. Eu faria qualquer coisa se isso significasse trazer você de volta para mim. Fiz algumas coisas deploráveis... e faria novamente. Tudo que eu queria era te encontrar, e agora que consegui, temo que você ainda esteja perdida para mim.

Meu lábio inferior treme, mas mordo o interior da bochecha para conter as lágrimas.

— Então esse era o plano de Sean o tempo todo? Para afirmar seu domínio? Ele não pode te matar, porque precisa de você. Mas também não pode confiar em você. Então ele me sequestrou e me manteve como moeda de troca, sabendo que você faria qualquer coisa que ele ordenasse?

Punky assente.

— Como ele conhece Aoife? Ele sabe que Shay é seu...

— Sim, ele sabe. Aoife me disse que Sean os tem ajudado financeiramente. Ela desapareceu do nada. Eu não sabia da existência de Shay até alguns dias atrás. Suspeito que Sean tinha algum olheiro dentro da prisão, provavelmente o delegado Shane Moore, e descobriu por que Aoife largou o emprego. Ela e Shay são apenas mais peões para ele usar contra mim. Ele sabe que eu nunca abandonaria meu filho. Ele não faz ideia de que sei da existência deles, no entanto. Finalmente consegui uma vantagem sobre ele.

— E você confia nela? — pergunto, porque, eu, com certeza, não confio.

— Não sei — responde, com sinceridade. — É por isso que preciso mantê-la por perto.

— Ou você poderia simplesmente matá-la. — Minha resposta não deveria ter sido tão dura, mas não consigo evitar o que sinto.

Por que ela, Sean e Liam ainda não estão mortos? Eles são os inimigos.

— Eu nunca faria isso com Shay — diz ele, com evidente decepção. — Eu sei o que é crescer sem mãe. Eu não desejaria isso a ninguém, especialmente ao meu filho.

Tenho vergonha de mim mesma por pensar nisso.

— Por que você o levou? — ele pergunta.

Agora sou eu quem está decepcionada.

— Eu não o peguei como refém, se é isso que está pensando. Independentemente de quem seja a mãe dele, eu realmente gosto de Shay. Ele é a razão pela qual consegui escapar. Quando Aoife me deixava sozinha no escuro, ele ia me visitar. Ele roubava comida fresca e água para mim, e mesmo que eu não pudesse comer, porque cada segundo que ficava algemada àquela cama me deixava cada vez mais doente, seu gesto significou muito. Se não fosse por Shay, eu ainda seria uma prisioneira.

Abafo as lembranças quando elas ameaçam me deixar nauseada.

— Sempre tive uma sensação de paz... perto dele. Como se ele fosse familiar para mim, e agora sei o motivo. Ele me salvou. Sua coragem me lembra outra pessoa que conheço.

O peito de Punky esvazia à medida que ele exala pesadamente.

— Havia uma oportunidade e eu aproveitei. Eu não iria esperar para ser salva. Eu tive que me salvar e estava preparada para fazer isso a qualquer custo. — Mexo o braço engessado, prova de que estou falando sério em cada palavra. — Aoife saiu para buscar leite e eu sabia que era naquele momento ou nunca.

Ele estremece e eu me pergunto por quê.

— Shay me levou uma barra de sabonete e ajudou a me libertar das algemas. Mas enquanto trabalhava no outro pulso, ouvi alguém se aproximando da porta da frente. Era Liam.

Raramente vejo Punky surpreso, então quando seus lábios se abrem e ele fica sem palavras, sei que fiz a coisa certa ao ir embora.

— Quebrei meu pulso, porque estava ficando sem tempo. E levei Shay comigo, porque ele estava em perigo. Nós escapamos e nos escondemos em uma floresta. Desmaiei e, quando acordei, andamos por um bom tempo até que percebi onde estávamos.

Minha exaustão retorna, de repente, quando detalho o que passamos para chegar até aqui.

Espero Punky falar, mas ele se mantém calado. Ele simplesmente fica congelado, mal piscando.

Enquanto me ajeito na cama em busca de uma posição mais confortável, sinto a pontada aguda subindo pela perna. Eu tinha esquecido dos meus pés. Puxando a colcha, vejo que meus pés estão enfaixados.

Eu me pergunto há quanto tempo estou dormindo.

Mas faço a pergunta mais importante:

— Onde está Shay?

— Ele está assistindo TV — Punky responde, inexpressivamente.

Essa conversa toda travada é novidade. Nunca ficamos sem palavras. Não quero nada mais do que ele me confortar, mas preciso de... espaço. Muita coisa aconteceu e preciso de tempo para digerir tudo. Não consigo deixar de pensar em Rory.

Foi uma morte misericordiosa? Suponho que não exista tal coisa em nosso mundo.

É difícil aceitar que ele sabia a verdade durante todo o tempo que estivemos juntos. Eu me sinto uma idiota. Mas suponho que nunca deveria ter aceitado a proposta dele. Suponho que deveria ter feito muitas coisas de maneira diferente.

Mas quando olho para Punky, sei que não importa a nossa história, eu nunca mudaria o fato de ter me apaixonado por ele.

— Eu vou matá-lo — ele rosna, baixinho, me assustando com sua fúria.

— Quem?

Ele finalmente encontra meu olhar, e quando o faz, percebo que este é o capítulo final. Para Punky, já deu. Aqueles que nos traíram vão pagar – de uma vez por todas.

— Liam.

— Quando?

— Agora. E quando eu acabar com ele, farei o mesmo com meu pai.

Abro a boca, mas logo a fecho, porque quero isso tanto quanto Puck. Mas não pode haver margem para erros. Se fizermos isso, faremos sem falhar.

— Você tem um plano?

Punky balança a cabeça lentamente.

— Nenhum plano. Só vou encontrar aquele filho da puta e explodir seus miolos.

Punky é conhecido por seu temperamento, mas nunca o vi tão irritado antes, e é por isso que tenho que ser a voz da razão entre nós dois.

— Você faz isso e depois? Continuaremos a lutar pelo resto de nossas vidas? Cansei dessa bosta de fugir e sei que você também.

— Então o que você propõe que façamos? Apenas esperar que eles nos ataquem? Já esperei bastante. Quando você sumiu... — Mas ele logo se detém e não continua.

Nunca pensei que nosso reencontro seria tão fragmentado, e era isso que Sean queria. Ele sabe que Punky e eu somos mais fortes juntos, todo mundo sabe, e é por isso que tentaram nos separar.

— Nós os matamos sem um plano, um plano sólido, então isso nunca terá fim. Sempre haverá outro inimigo que desejará retaliação. Essa rivalidade nunca cessará. Estou cansada, Puck. Eu só quero acabar com isso.

Ele passa a mão pelo cabelo, exalando pesadamente.

— Eu também. Mas a ideia de Liam e Sean ainda respirando... não consigo lidar com isso. Com eles vivos, você está sempre em risco. Não vou perder você de novo. Não posso.

Ele ainda está imóvel, parecendo não querer me tocar. Nós dois precisamos de tempo.

— Talvez eu devesse dar um sumiço ao prêmio pelo qual todos estão lutando — afirmo, enquanto a mandíbula de Punky se contrai.

— Você não vai a lugar nenhum. — Ele dá um passo à frente, sua postura dominante quase me sufocando... e eu gosto disso. — Eu não vou deixar você fora da minha vista.

Uma onda de calor toma conta de mim, porque gosto da ideia de Punky estar por perto.

— Então, o que fazemos?

Aqueles olhos azuis astutos me examinam com atenção, e sinto cada parte minha reagir de um jeito que enrubesce minhas bochechas em um tom vibrante de vermelho.

— Deixe-me pensar sobre isso, mas você está certa, precisamos de um plano. Temos uma vantagem agora, algo que nunca tivemos. Sean não tem mais garantias sobre mim, e isso... — Ele inspira profundamente, precisando de um momento antes de continuar: — E é por isso que estou achando tão difícil me conter. As pessoas desaparecem, pedaço por pedaço. Quase não me lembro mais da minha mãe. Não sei se as lembranças que tenho são reais ou se minha mente está inventando lembranças que quero desesperadamente que sejam verdadeiras. Mas independente disso, ainda preciso vingá-la.

Ele suspira.

— Simplesmente matar Sean não será suficiente. Preciso que ele sofra e seja humilhado depois de tudo que fez. Mas isso não é apenas sobre minha mãe agora. É sobre todos nós. Sua ganância destruiu as nossas vidas e sua hora chegou.

— Você está falando como um homem que tem um Ás na manga. — Não tenho dúvidas de que Punky tinha um plano antes de eu fugir por conta própria. As coisas podem ter mudado, mas o que quer que Punky estivesse planejando, agora podemos realizar juntos. — O que posso fazer para ajudar?

Uma contração curva seus lábios e meu estômago dá uma cambalhota porque ver o sorriso de Punky é algo que sempre arranca o meu fôlego.

— Você pode descansar.

Antes que eu possa protestar, ele se inclina e gentilmente dá um beijo na minha testa. Assim que nos tocamos, as memórias vêm à tona, quase me derrubando com a intensidade. Quando um grunhido escapa de seus lábios, sei que ele também sente o mesmo.

Ele rapidamente se afasta enquanto eu, nervosa, coloco uma mecha de cabelo atrás da orelha.

— Okay, vou descansar porque estou exausta. Mas quando não estiver mais, quero saber tudo.

E eu quero dizer tudo. Para seguirmos em frente, preciso conhecer o que é bom e o que é ruim.

Ele balança a cabeça, lendo nas entrelinhas.

— Eu te ligo mais tarde. Acredite ou não, estar aqui, na casa de Fiona, é o lugar mais seguro para você no momento. Mas você não pode ficar aqui por muito mais tempo, pois tenho certeza de que Sean descobrirá em breve.

Não tenho ideia de onde Fiona está e duvido que ela fosse tão complacente em me hospedar aqui. Eu sei que estamos com um prazo apertado.

Punky olha para mim, brincando distraidamente com o piercing em seu lábio inferior. Esse simples gesto não deveria me deixar com tanto tesão… mas deixa. Contudo, minha atração por Punky nunca foi o problema. São todas as outras coisas intermediárias que têm sido o problema.

E essas outras coisas agora, talvez, incluem um filho.

— Tudo bem. Eu falo com você em breve.

Detesto toda a formalidade entre nós. Mas preciso resolver as coisas na minha cabeça e não agir com o coração. E acho que Punky sente o mesmo.

A atração entre nós me deixa sem fôlego, a ponto de eu quase jogar a cautela ao vento – quase.

Eu me enfio ainda mais sob as cobertas e viro de costas para ele, só então permitindo que as lágrimas escorram no mesmo ritmo de seus passos se distanciando.

DEZ

PUNKY

Não consigo me concentrar em nada, porque essa raiva dentro de mim ameaça me devorar por inteiro. Tudo o que consigo pensar é em Aoife mantendo Babydoll prisioneira, enquanto eu estava a poucos metros de distância.

Eu falhei com ela.

Prometi protegê-la e falhei em todos os sentidos da palavra.

Não consigo imaginar como ela se sentiu ao descobrir sobre Shay daquele jeito. Eu estava do lado de fora da porta do cômodo em que ela se encontrava algemada à porra de uma cama. E me mata saber que ela estava ao meu alcance e que não pude fazer nada a respeito.

Mas agora posso.

Aqueles que a machucaram pagarão, e pagarão de maneiras inimagináveis – incluindo Aoife.

Estou andando de um lado ao outro na minha sala quando a porta se abre. Cian, Ron, Ronan, Ollie, Logan e Ethan entram. Liguei para eles, pois são os únicos homens em quem confio.

Alguns se sentam, outros permanecem de pé. Mas vou direto ao assunto no segundo em que tenho a atenção deles.

— Cami está de volta — começo, o que é uma novidade para alguns dos homens. — Ela conseguiu escapar sozinha. Ela é mais corajosa do que qualquer um de nós.

— Sim — eles dizem em uníssono.

— Isso significa que Sean e Liam não têm mais vantagem. Eu estava fazendo o trabalho sujo do Sean por causa dela, mas agora que ela está livre, é hora de aqueles filhos da puta pagarem. Liguei para vocês virem aqui, porque não posso confiar em ninguém envolvido com Liam ou Sean. Esse foi um dos muitos erros que cometi da última vez. Isso não vai acontecer de novo.

Aqueles homens não são leais, e se alguém descobrisse sobre Cami, teria garantias sobre mim, e me recuso a permitir que isso aconteça novamente.

Paro por um segundo antes de continuar:

— Vocês são os únicos em quem confio; ninguém pode saber disso. Preciso que me ajudem nessa empreitada.

Cian se senta mais ereto na cadeira.

— Que empreitada, exatamente?

Não tenho dormido desde que saí da casa de Fiona, pois há muito o que planejar.

— Preciso saber se Liam ou Sean já sabem que Cami não é mais uma prisioneira — digo, odiando o fato de que ela tenha vivenciado essa experiência. — Se souberem, perdemos o elemento surpresa. E isso não pode acontecer. A mulher que estava com Cami em cativeiro... era uma enfermeira que conheci na prisão. O filho dela pode ser meu. Não preciso entrar em mais detalhes. Por mais que eu queira puni-la pelo que ela fez, não posso. Pelo menos, ainda não. Sean se infiltrou no mundo dela, sabendo que ela seria útil para ele.

Olho para todos ao redor.

— Se ela contar a ele que Cami se foi... estaremos todos mortos. Cami era a única razão pela qual eu estava cumprindo suas ordens. Se ele descobrir que ela fugiu, ele sabe que irei caçá-lo. E fará tudo o que estiver ao seu alcance para acabar comigo primeiro. Ele não vai se preocupar com qualquer jogada desta vez, e é por isso que as apostas são muito mais altas.

Os homens acenam com a cabeça, entendendo meu raciocínio.

— Preciso que ele acredite que ainda está no controle, porque isso o deixará complacente. É isso que o deixará fraco... e é aí que eu atacarei. Se pudesse, eu iria até sua casa e o mataria agora mesmo. Mas não posso.

— E por que não? — Ollie pergunta, franzindo as sobrancelhas escuras.

— Porque isso nunca vai acabar. Essa rivalidade durará gerações. Não quero isso para meu filho. Para qualquer um dos nossos filhos. Precisamos agir com inteligência sobre isso. Preciso acabar com essa porra de uma vez por todas. Liam e Sean têm que morrer ao mesmo tempo, para que não haja chance de fuga ou retaliação.

— E depois? — Ron questiona.

— Depois... eu entrego tudo.

A sala fica em silêncio, pois eles claramente não esperavam por isso.

— Punky — murmura Cian, balançando a cabeça.

Seus sentimentos mudaram claramente desde quando conversamos na outra noite. Ele agora vê o quanto estou falando sério sobre entregar tudo, e é nítido que não concorda.

— Belfast é sua por direito. Pertence a um Kelly. Tem sido assim há gerações. E quanto a Connor? E meu pai? E todos os homens que morreram em prol de uma guerra na qual acreditavam? Nós simplesmente os esquecemos, é isso?

— Não, Cian, estou fazendo isso por causa deles. Não há vitória. Apenas rendição.

Sim, nós venceremos esta guerra contra Liam e Sean, mas para que isso aconteça, tenho que entregar a minha amada Belfast. É hora de ela ser governada por outro.

— Falei com seu amigo, Ron, o tal Austin Bailey. Embora as coisas tenham mudado, o negócio ainda está de pé. Se ele e Alek me ajudarem a derrotar Liam e Sean, então eles poderão ficar com tudo.

— Vamos até lá e matar aquele filho da puta! — Cian dispara, instigado pela raiva. — Nós vamos lidar com as consequências. Você tem Cami de volta agora. O que está nos impedindo?

— Os dez anos perdidos da minha vida. É isso que está me impedindo — respondo. — Estamos nesta confusão porque continuamos a subestimar o poder de Sean. Como sabemos se ele não tem um plano B, onde Amber e outros membros de suas famílias — lanço um olhar a cada homem ali — são as segundas melhores coisas como garantia?

Eles ficam em silêncio.

— Ninguém está fora dos limites. E tanto os homens de Liam como os de Sean retaliarão se não afirmarmos o nosso domínio. Se simplesmente os matarmos e não fizermos deles um exemplo, então alguém tomará seus lugares num piscar de olhos, e estaremos de volta ao começo. Não. Nós precisamos que eles vejam que não podem nos sacanear. Que há sangue novo na cidade.

Ron suspira e sei que ele entende por que escolhi esse caminho.

— Você está certo, Puck. Para Alek afirmar o seu lugar na Irlanda do Norte e na Irlanda, ele precisa ganhar o respeito dos homens. Caso contrário, eles simplesmente o verão como um russo que não pertence a este lugar. Eles vão desafiá-lo, e isso dificilmente é um acordo com o qual Alek vai querer concordar.

— Exatamente — reafirmo, grato por ele entender. — Se Sean ficar sabendo disso, ele fugirá, mas não antes de matar todos que amamos, garantindo nosso sofrimento e nos forçando a perseguir fantasmas por toda a vida. Eu vivi essa vida e estou cansado dela.

Há inúmeros fatores nesta equação. Muitos homens que podem se levantar e desafiar um lugar para o trono. Precisamos simplificar as coisas e deixar claro que só pode haver um rei. E vou oferecer isso a Alek em troca da minha liberdade. E pela liberdade daqueles que amo.

Cian se levanta, curvando os lábios em desgosto.

— Se é assim que se parece a rendição, então não conte comigo. Não vou ficar sentado vendo você cuspir no túmulo do meu pai. Isso não faz sentido. Poderíamos ir até lá, agora mesmo, e acabar com isso tanto para Sean quanto para Liam. Ainda assim, você está escolhendo se esconder. Está optando em doar tudo! Poderíamos fazer isso juntos, mas você está escolhendo a saída mais covarde!

Ele sai e fecha a porta com um baque surdo.

Fico chateado ao ver Cian dessa maneira, mas os termos não são negociáveis. Isso está acontecendo do meu jeito.

— Se mais alguém sente o mesmo, agora é a hora de ir embora — digo, calmamente. — Eu sei que parece mais simples matar os dois logo de vez. No entanto, isso significará que teremos que nos manter vigilantes pelo resto da vida. Eu não quero isso. Não mais. Não quero ter medo de entrar em um pub e acabar correndo o risco de levar um tiro por retaliação de um filho da puta que pensa que está fazendo isso para vingar o líder deposto.

Olho para todos.

— Se fizermos o que estou falando, demonstrando nossa influência e os laços que temos, então ninguém mais vai mexer com a gente. Se decidirem se aliar a Austin e Alek, a escolha é de vocês. Mas quanto a mim... eu só quero sair. Mas antes de fazer isso, Sean deve pagar, e pagar de maneiras inimagináveis pelo que fez à minha mãe. Pelo que ele fez comigo.

Espero que eles assimilem o que acabei de compartilhar, porque a opção mais fácil seria a sugerida por Cian. Mas esse não é o plano de ataque mais inteligente. Um predador sagaz espera o momento perfeito para atacar, pois uma oportunidade perdida pode significar a diferença entre a vida e a morte.

Olho para Ethan e não vejo mais um menino. Ele é um homem que tem o direito de escolher o caminho que decide seguir, pois Belfast também é dele. Foi o pai dele quem governou, não o meu. Não posso fazer essa escolha por ele.

Eu queria protegê-lo, mas não posso mais fazer isso. Esta luta é tanto dele quanto minha. Sean tirou Connor de Ethan, usou Ethan para seu próprio ganho e depois se livrou dele quando ele já não tinha mais utilidade. Então, entendo que Ethan também queira vingança.

— Vamos fazer esse filho da puta pagar por tudo que ele fez. Em nome do nosso pai. — O reconhecimento de Ethan de que Connor era nosso pai fez meu coração inchar. — Sei que não estou em condições de ocupar o lugar de Connor, mas acho que gostaria de aprender.

Assentindo, concedo-lhe a escolha, porque a vida é dele e ele tem o direito de seguir pelo caminho que bem quiser. Não posso proteger todos eles, mas posso ensiná-los a se protegerem.

— Então eu vou te ensinar. Connor ficaria orgulhoso do homem que você se tornou. E eu também.

Os olhos de Ethan, tão parecidos com os de Connor, se enchem de lágrimas, mas ele rapidamente as afasta.

— Quando você organizar a reunião com Alek e Austin, quero estar lá. Quero que eles saibam quem eu sou e o que quero fazer.

— Se é isso que você quer, então é claro.

Verdade seja dita, me aquece o coração saber que Belfast ainda estará nas mãos de um Kelly. Hannah não ficará satisfeita com a escolha de Ethan, mas os dois já cresceram. Não posso protegê-los para sempre.

— Tudo o que você precisar, prometo minha lealdade a você, Puck — Ron diz, baixando a cabeça.

— Eu também — concorda Ollie, assim como o resto dos homens.

E assim, um plano – um plano sólido – é traçado, e acho que um que nos levará à vitória.

— Ótimo — afirmo. — Será como o de costume, okay? Não podemos deixar ninguém saber o que planejamos. Para que isso funcione, Sean, Liam e seus homens precisam pensar que ainda estão no controle. Sean quer que eu intercepte um carregamento de drogas e mate Liam publicamente, como fiz com o pai dele. Isso é para mandar uma mensagem para quem quiser foder com Sean Kelly. Ele também conhece o impacto que uma execução pública tem. Faço isso por ele, e ele percebe que ninguém ousará sacaneá-lo nunca mais. Mas o que ele não sabe é que pretendo matá-lo também. O acordo era que se eu fizesse isso, ele me devolveria Cami. Então ele não pode saber que ela está livre.

— E você confia nessa tal Aoife? — Ethan pergunta, os olhos semicerrados. Ele viu em primeira mão o que ela fez com Babydoll.

— Não, eu não confio. Mas preciso dela, Ethan. Que esta seja a primeira lição que te ensino quando se trata de derrubar seu inimigo. Às vezes, você tem que fazer coisas que não quer para conseguir o que deseja.

Ele balança a cabeça, entendendo que dormir com o inimigo, às vezes, é para um bem maior.

— Ela pode estragar tudo para nós, e não vou permitir isso. Não tão perto da vitória. Entrarei em contato assim que falar com Austin. Até então, lembrem-se, tudo continuará como sempre. O que quer que Sean e Liam queiram, nós faremos.

Sei que é pedir muito, mas não será por muito tempo.

Todos nos cumprimentamos com apertos de mãos, uma nova onda de esperança renascendo, porque, finalmente, estamos em vantagem. Depois que os homens vão embora, bate a tristeza por não ter Cian ao meu lado. Só posso esperar que ele recobre o bom-senso, da mesma forma que entendo sua atitude. Parece que estou desistindo de tudo o que me pertence, mas não posso mais fazer isso.

Eu nunca quis esta vida. Isso me foi imposto por conta do sobrenome Kelly. Agora tenho uma escolha, algo que nunca tive.

Uma batida soa na porta. Ela chegou na hora certa.

Passando a mão pelo cabelo, coloco minha máscara invisível, reflexo daquela que pinto sempre que preciso de forças, e só então abro a porta.

— Oi, Puck.

— Ei. — Dou espaço para que Aoife entre na minha casa.

É preciso toda a minha força de vontade para não estrangulá-la ali mesmo.

Ela examina o local, com um sorriso.

— Sempre me perguntei como deveria ser a sua casa. Sobre quem você era antes de ser jogado na prisão. Eu gosto de ambos.

— Obrigado — respondo, seu elogio me deixando desconfortável. — Posso pegar uma bebida para você?

— Obrigada.

Passando por ela, entro na cozinha e sirvo um pouco de uísque para nós. Fica nítido, pela maneira como me observa, que ela não confia totalmente em mim. Bom, porque ela não deveria.

Ofereço o copo e uso a bancada central da cozinha como barricada entre nós. Preciso colocar espaço entre nós, porque mesmo sendo forçado a ser gentil com essa puta, não é certeza de que meu temperamento não subirá à tona.

— Precisamos conversar — começo, passando o dedo pela borda do copo.

Aoife assente com a cabeça, tomando um gole de sua bebida.

— Preciso que você me diga se Sean alguma vez foi à sua casa para visitar Cami.

Um fio de uísque escorre por seu queixo e ela rapidamente enxuga com as costas da mão.

— Não — ela responde. — Ele geralmente perguntava como ela estava. Ele confiava em mim, e que eu sempre diria a verdade. Não tenho motivos para mentir para ele.

Sua lealdade e fé em Sean me preocupam.

— Agora temos um problema — afirmo, calmamente. — Cami não está mais lá. Então preciso saber o que você dirá a Sean se ele perguntar por ela.

— Eu te juro, Puck, que pensei que ela estava te magoando. Essa foi a única razão pela qual fiz o que Sean pediu. Ele disse que estava fazendo isso para te proteger. Quero dizer, ela estava noiva do seu melhor amigo. Eu nunca trairia você assim.

Eu controlo meu temperamento.

— Está tudo bem, Aoife. Não estou bravo com você. Mas agora, se continuarmos como se nada tivesse acontecido, é isso que realmente vai me proteger. Preciso que você finja que está tudo bem. Que Cami ainda está em cativeiro.

Ela engole em seco, o copo tremendo em sua mão.

— Eu posso fazer isso. Mas e se ele aparecer?

— Então você precisa dar um jeito de enrolá-lo. Ele não pode saber que Cami está livre. Se souber, isso colocará a vida de todo mundo em perigo. Cami levou Shay porque o filho do homem que matei estava chegando na sua casa, procurando por ela, o que significa que você precisa ter cuidado.

— O quê? — ela arfa, empalidecendo. — Eu não sabia disso. Achei que ela o tivesse levado…

— Você não sabe nem metade — interrompo. — É por isso que estou oferecendo proteção a você. Eu até te ofereceria um lugar para ficar, mas não podemos fazer isso. Não podemos fazer nada que alerte alguém de que há alguma coisa diferente. É só por um tempinho, porque isso vai acabar logo.

— O que isso significa?

— Quanto menos você souber, melhor será — respondo, falando sério em cada palavra.

— Estou com medo, Puck.

— Eu sei.

— Não estou com medo por mim. — Ela abre a bolsa e tira um pedaço de papel, deslizando-o pela bancada. — Mas estou com medo pelo nosso filho.

O chão quase se abre debaixo de mim quando pego o documento e confirmo os resultados do exame de paternidade.

— Shay é seu filho.

Os resultados são claros como o dia, mas no fundo, não precisei de um teste para reconhecer o parentesco. Eu sabia que ele era meu filho. E farei de tudo para protegê-lo.

— Diga alguma coisa — sussurra Aoife, me observando com atenção em busca de alguma pista de como estou me sentindo.

— Não quero ser desrespeitoso, mas preciso fazer meu próprio teste também. Já mentiram para mim antes e não vou deixar isso acontecer novamente.

Deslizo o pedaço de papel de volta para Aoife, que parece decepcionada por eu precisar de uma segunda opinião.

— Claro. Mas eu não mentiria pra você. — Ela coloca a mão sobre a minha. — Eu sei que errei com Cami, mas pensei que estava fazendo a coisa certa. Tudo que eu sempre quis fazer foi proteger você.

— Como Sean sabia que ficamos juntos na prisão?

Suas bochechas se tornam mais vermelhas.

— Não sei. Ele apareceu na minha porta um dia e disse que era seu pai e queria ajudar com Shay. Eu estava tão desesperada por dinheiro. Ele foi uma dádiva de Deus.

Não consigo segurar a risada de escárnio.

Isso prova que o alcance de Sean é amplo. Ele sabe coisas que não deveria, o que significa que precisamos redobrar os cuidados.

— Não me sinto segura em minha própria casa — ela confessa, apertando minha mão.

Cada parte minha exige que eu afaste a mão de seu toque, mas me contenho.

— Eu sei disso, mas você nunca esteve em segurança, de fato. Ao aceitar o dinheiro de Sean, ele se tornou seu dono, tanto que te chamou quando precisou de você. E ele continuará fazendo isso pelo resto da sua vida.

Aoife baixa o olhar, parecendo envergonhada.

— Não quero esta vida para Shay — afirmo, ainda achando difícil dizer que ele é meu filho. — A vida que vivi quando era pequeno só termina de uma maneira.

Aoife concorda com um aceno e os olhos marejados.

— É por isso que preciso que você faça o que estou mandando para protegê-lo. Farei o que for preciso para garantir que ele nunca leve a vida que eu vivi.

— E quanto a mim? Meus sentimentos por você, Puck... são verdadeiros.

Preciso responder a essa afirmativa com cuidado.

— Você e eu sempre compartilharemos algo especial. Apesar de todo ódio, criamos algo notável. E por causa disso, você sempre terá minha proteção.

— Mas e quanto ao seu... amor?

— Isso é algo que ainda preciso resolver — respondo, honestamente.

Eu sei o que Aoife quer. Eu sei que ela quer que o resultado do exame de DNA mude as coisas, que sejamos uma família feliz. Farei o que é certo, mas nunca ficarei com ela da forma que ela deseja. Temo que, se eu declarar isso agora, ela possa usar essa porra contra mim, então, é preciso muito cuidado.

— Posso confiar que você fará o que é certo? O que é melhor para o nosso... filho?

— Sim, sempre — diz ela, com sinceridade. — Ele é tudo o que importa.

Estou feliz por chegarmos a esse comum acordo. Agora, só posso esperar que Aoife não me traia. Espero que isso seja suficiente para ela, porque é tudo que posso oferecer.

Afastando minha mão de seu toque, abro a gaveta e entrego um celular.

— Vou entrar em contato com você através desse número de agora em diante. Por favor, não deixe ninguém saber que você o tem. É mais seguro assim.

Ela aceita, guardando o aparelho na bolsa.

— Então, o que acontece agora?

— Você vai fazer suas coisas diárias, como de costume. Preciso cuidar de alguns assuntos.

Ela balança a cabeça, lendo nas entrelinhas.

— Quando poderemos ver você de novo?

— Assim que for seguro. Eu prometo que não abandonarei vocês dois. E estou falando sério.

— Quando puder, quero fazer meu próprio teste de paternidade.

— Tudo o que você precisar.

Esses exames evoluíram muito desde a última vez que fiz os meus e, aparentemente, kits de DNA estão disponíveis para serem feitos em casa, podendo ser enviados para o laboratório em seguida.

— Preciso de um cotonete com a saliva de Shay — digo. — E um pouco de cabelo.

— Eu posso te entregar tudo isso.

No entanto, nego com um aceno de cabeça.

— Não, eu mesmo quero coletar.

A última vez que confiei esses resultados a alguém, acreditei que era um Doyle, então não pretendo correr nenhum risco.

Eu a ofendi, mas isso não tem nada a ver com ela. É sobre algo mais importante do que nós dois: Shay.

— Sem problema. Tudo bem, conversarei com você em breve. — Ela pega todas as suas coisas e segue até a porta.

Antes de ela sair, digo algo que espero que garanta que ela faça a coisa certa:

— Obrigado, Aoife, por fazer a coisa certa… a coisa certa para Shay.

Seus ombros sacodem quando ela sai porta afora.

Com um suspiro, sirvo outra dose de uísque, porque muitas coisas podem dar errado. Conto com Aoife para pensar em Shay e confiar em mim. Mas se ela contar a Sean, estaremos todos fodidos. Eu também preciso ficar de olho em Liam. Preciso saber se ele vai fazer outra visita à casa dela. Preciso saber por que ele estava lá em primeiro lugar.

Pego meu celular e envio uma mensagem para Ron, pedindo-lhe para ficar de olho na casa de Aoife. Em seguida, envio outra mensagem. Dessa vez, para Austin Bailey.

Puck: Quero conhecer seu chefe. Algumas coisas mudaram, mas o final do jogo ainda é o mesmo.

Ele responde um momento depois.

Austin: Ele quer conhecer você também. Eu vou organizar o encontro.

Não pergunto quando, porque sei como as coisas funcionam. Então, só me resta aguardar os detalhes.

Quando meu telefone toca e vejo que a mensagem é de Sean, não consigo evitar a paranoia que se alastra.

Sean: Jantar na minha casa. 19h. Te espero lá.

Não respondo, pois sei que este convite não é opcional. Não tenho ideia do que ele planejou, mas sei que não pode ser nada bom.

Quando entro na garagem de Sean, me preparo para qualquer coisa. Ninguém me ligou para alertar de que algo está errado, então espero que isso signifique que essa porra não passa de um dos jogos mentais de Sean.

Bato na porta e, quando Sean a abre, um grande sorriso irrompe em seu rosto, lembrando a mim mesmo de que seus dias estão contados.

— Filho, que bom que você conseguiu dar uma passada por aqui.

Com um grunhido em resposta, passo por ele, seguindo para a cozinha, porque preciso de uma bebida para lidar com esse showzinho do caralho. No entanto, quase desmorono quando vejo quem está à mesa de jantar.

— Uma grande família feliz — diz Sean, às minhas costas, conforme meu olhar intercala entre Ethan e Hannah.

— O que eles estão fazendo aqui? — Não consigo conter a raiva no tom de voz.

— Achei que seria bom jantar em família. Nós não fizemos isso antes.

Merda.

Sean está na nossa cola, e Ethan também sabe disso, demonstrando ao balançar a cabeça de leve. Hannah parece estar a segundos de enfiar o garfo na garganta de Sean. No entanto, estamos todos esperando para ver quais são as intenções dele.

— Sente-se. Vou pegar uma bebida para você. Uísque?

— Traga logo a garrafa — exijo, com firmeza, já que não confio nele me servindo uma bebida.

Quando ele se afasta, eu me inclino e sussurro:

— Por que você não me ligou?

— Porque um carro apareceu para nos buscar — Hannah responde, apressada. — Cami está bem. Mas tivemos que vir, pois não queríamos que o motorista entrasse em casa. Desde então, não ficamos sozinhos por nem um minuto.

— Porra — praguejo baixinho. — Ela ficou sozinha lá?

— Eva está com ela — responde Ethan, sua preocupação clara, já que ambas são alvos fáceis.

— Isto não é bom.

— Como assim?

— Isso indica que Sean não quer dar margem ao acaso. Lição número dois: criminosos são idiotas paranoicos.

Ethan suspira profundamente e Hannah beberica sua água.

O *déjà vu* me atinge com força, porque a última vez que Babydoll ficou sozinha, ela foi sequestrada. E se Sean tiver enviado seus homens à casa de Aoife, atrás dela? Não tenho tempo de enviar qualquer mensagem atrás de alguma ajuda, pois Sean aparece com a garrafa na mão.

— Seu favorito — diz ele, oferecendo a garrafa de uísque.

Aceitando, rompo o lacre do gargalo; Sean sabe que não deve me oferecer uma garrafa aberta.

— Pare logo com essa porra — disparo, pegando o copo. — O que você quer?

Sean solta uma risada.

— O que quero é que vivamos como uma família. Afinal, somos Kelly.

— Você não pensou dessa forma quando viciou Ethan naquela porra que ele injetava nas veias — respondo, enchendo meu copo até a borda com uísque. — Eu cansei desses seus joguinhos. Concordei com seus termos com a condição de que, uma vez feito, você me devolveria Cami. Não estou interessado nesse seu maldito showzinho.

Hannah choraminga, com medo. Mas é isso que Sean esperaria. Se eu me comportasse de outra maneira, levantaria suspeitas.

— Você realmente é meu filho — declara ele, me insultando da pior maneira possível. — Eu só pensei que, com tudo tão perto de ser concluído, seria uma boa ideia mantê-los por perto.

Eu estava certo. O filho da puta é paranoico. Ele quer nos vigiar, caso estejamos conspirando pelas suas costas. Sean não quer correr risco algum, ainda mais tão perto do fim.

— Não tenho o menor interesse em ficar perto de você — retruco, entornando minha bebida. — Eu disse que faria tudo o que você quisesse, então deixe Ethan e Hannah voltarem para casa. Eles não fazem parte de nada disso.

— Pelo contrário, eles fazem, sim — argumenta Sean. — Eles são Kelly, afinal de contas.

Mas o que Sean realmente quer dizer é que Ethan é uma ameaça. Por isso ele o colocou sob sua asa. Não para proteger de fato, e, sim, por controle. Ele sabe que Ethan poderia retaliar, e por ser um Kelly, filho de Connor, poderia representar competição.

Ele pensou que poderia usar meu irmão para cumprir suas ordens e ficar ao seu lado, mas agora que Ethan está reabilitado, ele o vê como um perigo ao seu trono.

Sean tem a mim no lugar onde quer – usando Cami como moeda de troca. E eu sei que ele agora tem algo a mais para usar contra Ethan: Eva.

Observamos Sean caminhar até a mesa de centro de madeira e abrir a gaveta. O que pega ali dentro me faz levantar de um salto para me postar diante de Ethan.

— Tire essa porra da frente dele. — Todos os planos são rapidamente jogados pela janela quando vejo o pequeno estojo de couro em sua mão. Eu vou matá-lo antes que ele chegue perto de Ethan.

— Acalme-se — ordena Sean, levianamente. — Não é nada que ele não possa lidar. É apenas algo para aliviar o estresse.

— Você nunca mais vai injetar essa merda nele. — Nas mãos de Sean está o ponto-fraco de um ex-viciado. Essa é também a forma de Sean subjugar Ethan até que ele consiga consolidar sua posição em seu trono.

Quando Sean dá um passo à frente, dou um soco no queixo do filho da puta.

— Não vou avisar de novo.

Ele limpa o sangue do lábio, sorrindo maliciosamente quando lhe permiti ver minha fraqueza.

— Ethan, o que você gostaria de fazer?

Não desvio o olhar de Sean, mais do que pronto para acabar com isso; estou pouco me fodendo para as consequências.

Ethan se posta ao meu lado.

— Está tudo bem, Puck — ele me garante.

— Não, não está tudo bem.

— Ethan, não! — Hannah grita, também se levantando.

São três contra um. Sean está em menor número, e gosto dessas probabilidades.

— Eu tenho muito em jogo e não posso correr nenhum risco.

Ele precisa de Ethan como um zumbi, porque qualquer ameaça, por menor que seja, ainda é uma ameaça.

— Por que eu faria isso? Essa merda arruinou minha vida.

Sean reflete diante de seu comentário.

— Não me lembro de ter sido tão ruim. Na verdade, lembro que você gostou bastante.

Ethan baixa o olhar, envergonhado.

— Mas se você não quiser, talvez eu possa oferecer para sua namorada? Ela ainda está na casa da Fiona, certo? Gostei do que ela fez com o cabelo.

Foda-se.

Ele não pode ir até lá. Se fizer isso e descobrir que Cami está em casa, tudo teria sido em vão. Mas não posso permitir que Ethan se drogue. Isso irá destruí-lo.

A quem devo escolher?

Eva cortou o cabelo recentemente, o que significa que Sean está de olho na casa ou, pelo menos, em Eva. Isso significa que ele já sabe que Cami está livre?

Duas opções se apresentam: faço o que Sean quer, ou... eu o mato.

Eu me decido pelo último.

Empurrando Ethan e Hannah para o lado, eu me atiro em direção a Sean, preparado para matá-lo com minhas próprias mãos. Não penso em nada além de destruir esse filho da puta. A raiva irrompe e eu ataco Sean sem piedade e sem lhe dar a menor chance.

Ele tropeça para trás quando dou um soco em sua barriga e depois nas costelas. Ele se choca contra um armário, quebrando tudo o que tem lá dentro. Agarrando-o pela gola da camisa, dou uma cabeçada em seu nariz, degustando de seu grito de dor.

Eu sei que essa decisão é errada, sei que ao fazer isso coloco todos em risco. Mas não consigo parar.

Dou uma cotovelada no rosto dele, esbravejando e em êxtase ao ver o sangue escorrer de seu nariz quebrado. Não faço ideia do que pode acontecer depois que eu o matar, mas não dou a mínima. O derramamento de sangue desperta minha sede de vingança e não ficarei satisfeito até que ele morra.

— Puck! — Hannah grita, mas não consigo me conter. Isso é tudo com o que sonhei.

Empurro suas costas contra a parede, pressionando o antebraço sobre sua garganta, sufocando-o enquanto seu rosto se torna vermelho. Ele não revida e, novamente, o *déjà vu* me vence. Estou prestes a matá-lo; ele deveria estar lutando por sua vida.

— Solta ele.

Quando ouço uma arma sendo engatilhada, lanço uma olhada por cima do ombro e vejo Hannah e Ethan sob a mira de Flynn e Grady. Lamento não tê-los matado quando tive a chance.

Sean dá uma risada.

— Seu temperamento será a sua morte, Punky.

— Do meu ponto de vista, parece que eu serei a sua morte.

— Mate-me agora e você nunca mais verá sua Babydoll novamente. — De repente, algo cintila em seus olhos. — Ou é possível que você já saiba onde ela está?

Penso no que suas palavras significam. Se eu seguir adiante, o que isso pode representar para Shay? Ele estará em risco, pois não tenho dúvidas de que se alguma coisa acontecer com Sean, suas ordens são para que meu filho pague com a vida. Não posso salvar todos eles. Já testemunhei isso em primeira mão.

E com Hannah e Ethan sob a mira de uma arma, não conseguiremos sair vivos daqui.

Por isso decidi planejar as coisas do jeito certo, porque sempre haverá alguém à espreita nas sombras. Não posso arriscar, mas, ao perder a paciência, talvez já tenha feito exatamente o que tentei evitar.

Sem outra escolha, liberto Sean do meu agarre.

Ele ofega, massageando a garganta enquanto recuo em meus passos, precisando me recompor.

— Deixe os dois irem embora.

— Não recebemos ordens suas — Flynn dispara, se aproximando ainda mais de Hannah.

Sean leva um momento para recuperar o fôlego, mas continua me avaliando, procurando por algum sinal que comprove sua teoria.

— Grady — sua voz soa rouca, graças ao esmagamento de sua traqueia —, preciso que você verifique a doce Camilla para mim.

Os olhos de Hannah se arregalam, porque Cami não está onde deveria estar. Se descobrirem isso, Aoife e Shay pagarão pelo meu erro. No entanto, mantenho a calma, pois preciso pensar rápido.

Grady acena com a cabeça e sai da cozinha. Flynn, no entanto, fica.

Sean manda que eu me sente, deixando claro que a hora da brincadeira acabou. Em vez disso, fico perto de Hannah e Ethan.

— Vai ficar tudo bem — prometo a eles, mas não sei como.

Grady está a caminho da casa de Aoife e, quando ela não mostrar uma Cami algemada, todos nós pagaremos. É isso… desta vez, estraguei tudo de um jeito surreal. Mas não poderia permitir que Ethan se sacrificasse daquela forma.

— O que há de errado, Puck? Você parece nervoso — diz Sean, puxando uma cadeira.

— Por que eu deveria estar nervoso? — questiono, com o semblante inexpressivo. — Você acabou de confirmar que Cami está viva, e que ela está em algum lugar em Belfast. E poderei deduzir o local, dependendo do tempo que Grady levar para ligar pra você. Então, talvez seja você que parece estar nervoso agora.

Sean exala profundamente, porque acabei de rebater sua jogada.

Ele se levanta e sai abruptamente, nos deixando sozinhos com Flynn.

Ao lançar uma olhadela para o relógio acima da lareira, estimo que levará cerca de trinta minutos no percurso daqui até a casa de Aoife. É quanto tempo tenho para salvar meu filho.

Meu olhar percorre todo o cômodo, em busca de uma arma, porém não encontro nada. Minha faca está oculta na bota, mas no segundo que eu a pegar, Hannah estará morta. Não trouxe minha arma, porque não queria que Sean pensasse que eu suspeitava de alguma coisa. Eu disse a mim mesmo para agradá-lo por apenas mais um pouco.

No entanto, estou totalmente arrependido dessa decisão.

O silêncio é ensurdecedor. Preciso agir e preciso agir agora.

— Você tem noção de que vou te matar, certo? — digo a Flynn, que dá uma risadinha.

— Tenho quase certeza de que sou eu quem está segurando a arma.

— Não por muito tempo — retruco, dando de ombros. — Você acha que ele se importa com você? Você não vale o chão que pisa.

— Você não sabe de nada. Sean cuidou da minha família.

— Sim, bem, nós somos a família dele, e posso te dizer uma coisa, ele não se importa nem um pouco com essa porra. Você será apenas mais um idiota que foi vítima de Sean Kelly. Fuja enquanto ainda tem chance, porque se Sean não te matar… eu te prometo uma coisa: eu vou.

Minha psicologia reversa está funcionando, porque plantei a semente da dúvida e posso vê-la germinando.

— Não estou aqui para oferecer um ultimato. Estou dando a opção de ir embora enquanto ainda pode. Você e Grady. Ligue para ele agora mesmo e avise que se voltar aqui, vou matá-lo também. E você sabe que não estou blefando.

A arma treme na mão de Flynn.

— Eu faço isso e quem cuidará da minha família?

— Vou te dizer uma coisa: faça isso, e eu cuidarei de você e de sua família durante sua existência miserável, e mais um pouco. Tudo o que você precisa fazer é ligar para Grady e dizer para ele continuar dirigindo.

— Eu quero meio milhão. E seu castelo.

Um negociador é um homem que pode ser comprado. Eu não esperava que fosse tão fácil, no entanto.

— Tudo bem. É seu.

— E Grady tem que receber o mesmo.

— Eu não sei como vou dividir o castelo, mas tudo bem, considere isso feito.

Neste ponto, eu daria meu rim direito se ele pedisse.

Não é nenhuma surpresa, a ganância é o motivador por trás de Flynn, e quando ele enfia a mão no bolso, gesticulo com a cabeça para Ethan. Vai ficar tudo bem. Tem que ficar.

Ele leva o aparelho ao ouvido, com a arma ainda apontada para a têmpora de Hannah.

— Onde você tá?

Não consigo ouvir o que Grady responde, mas estou pronto para acabar com Flynn se for necessário. Não há como Grady contar a Sean que Cami não está na casa de Aoife. Mas quando Flynn parece surpreso, me pergunto se já é tarde demais.

Sean aparece um instante depois, estacando em seus passos quando percebe que algo está errado. Flynn rapidamente guarda o celular no bolso.

— Quem estava no telefone?

— Era Grady. Ele ligou pra contar a novidade.

— É mesmo? E que novidade é essa?

Ethan sutilmente gesticula com o queixo, informando que pode golpear Flynn.

Eu balanço a cabeça de leve. Ainda não.

— Que ela está onde deveria estar.

Não sei se ele está mentindo. Não sei se minha proposta foi suficiente para convencê-lo a mentir. O que sei é que isso nos deu algum tempo.

— Sim, ele me telefonou também.

Ele ligou? Que caralho está acontecendo?

Não posso demonstrar alívio, entretanto.

— E onde ela deveria estar exatamente?

Sean ri, gesticulando para que Flynn entregue a arma, sendo obedecido na mesma hora.

Hannah suspira, aliviada, e se afasta aos tropeços.

— Sobre o que vocês estavam conversando? — Sean me pergunta.

— Aah, sabe como é... Sobre o clima e quem está se pegando com quem na série de TV *Love Island*. — Preciso me valer do sarcasmo, já que não tenho ideia do que está acontecendo.

— Alguma coisa não está certa — diz Sean, nos encarando com cautela.

— Isso é fato — respondo, mantendo a calma. — As coisas não estão certas há muito tempo.

— Sobre o quê, realmente, vocês estavam falando?

Não tenho ideia de onde ele quer chegar com isso, mas ou a culpa vai cair para mim, ou recairá sobre Flynn, e o filho da puta sabe disso.

— Ele tentou...

Antes que Flynn tenha a chance de contar a verdade a Sean, arranco arma da mão de Sean.

— Seus homens não sabem nada sobre lealdade.

Ethan agarra Hannah e a abraça com força, com o rosto escondido em seu peito, para que ela não tenha que me ver atirando no meio da testa de Flynn... que cai no chão com um baque surdo.

Com um gesto casual, devolvo a arma para Sean.

— Desculpe, acho que seu tapete vai ficar manchado.

Peguei Sean desprevenido, que simplesmente encara Flynn sangrando no tapete marrom.

— Se você terminou de brincar de família feliz, vou levar Hannah e Ethan para casa.

Sean não sabe como reagir porque, aparentemente, não tem nada de errado. Mas as coisas estão longe da perfeição – para ele. Ele nunca saberá o que Flynn estava prestes a revelar, nitidamente dando com a língua nos dentes. Foi por isso que o matei.

Não posso permitir que alguém estrague tudo para nós, inclusive eu.

— Flynn me fez uma proposta — digo, já que Sean não nos deixa sair sem uma explicação. — Ele se ofereceu para matar você... por míseros 500 mil. Não parecia que ele valorizava muito a sua vida. Eu teria oferecido pelo menos um milhão.

— Você espera que eu acredite nisso?

Rindo, gesticulo para que meus irmãos se preparem para sair.

— Estou pouco me fodendo se você acredita ou não. Acabei de te fazer um favor. Mantive minha palavra de te servir como o bom bichinho de estimação que sou. Matar você não trará Cami de volta para mim. Então, parece que estamos presos um ao outro até que ambos consigamos o que queremos.

Sean não sabe em que acreditar, porque meu raciocínio faz sentido. Babydoll está na casa de Aoife e meu comportamento não tem sido diferente. Mas ele sente que algo está errado.

— Estarei de olho em vocês — ele adverte, irritado por ter perdido esse *round*.

— Parece que você deveria estar vigiando seus meninos, não acha?

Deixo o filho da puta com essa manobra psicológica, porque nós dois podemos mover as peças desse jogo.

Eu, Ethan e Hannah não saímos correndo para a caminhonete. Pelo contrário, seguimos caminhando com calma, porque sabemos que Sean estava falando bem sério. Até que Liam morra e seu carregamento de drogas seja roubado, estaremos sob vigilância 24 horas por dia, sete dias por semana.

Dou partida no motor, e só quando tomo a estrada é que nós três exalamos em total alívio.

— O que está acontecendo? — Ethan pergunta, virando-se de lado no banco, para me encarar. — Cami está realmente na casa de Aoife?

— Não sei — respondo, de pronto —, mas não pretendo esperar para descobrir.

ONZE

PUNKY

Nunca estive tão alerta como estou agora. Se nosso plano fracassar, todos pagaremos o preço, e isso é inconcebível.

Sentado na caminhonete estacionada na rua de Aoife, permaneço escondido, porque ninguém pode saber que estamos aqui. Ethan e Eva estão comigo, enquanto Hannah está na casa de Fiona só por garantia. Ela disse que telefonaria se alguma coisa parecesse fora do lugar.

Estou grato por ter dado o celular a Aoife, pois é uma linha segura. Quando liguei pouco antes, ela confirmou que Babydoll estava lá. O que ela não explicou foi como sabia que ela deveria estar lá quando precisamos disso. Agora, o meu problema é em como tirar Babydoll de lá, sem ser detectada, porque de jeito nenhum eu a deixarei na casa de Aoife.

E é por isso que Eva está aqui.

Odeio esse plano, mas aprendi que não se pode impedir alguém de fazer algo que deseja. Eva quer assumir o lugar de Babydoll na casa de Aoife, e isso pode funcionar porque as duas são muito parecidas. Também duvido que quem esteja por ali vigiando a casa de Aoife consiga saber a diferença.

Sei que Babydoll vai odiar isso, mas preciso tirá-la dali.

Eva dará um jeito de escapar, assim que nos assegurarmos de que é seguro tentar sair daquele local. Mas, por enquanto, só preciso ter certeza de que Cami está bem.

— Tenha cuidado — digo a Eva, conforme ela se agasalha com uma capa. Está chovendo, o que ajuda a disfarçar enquanto ela cobre a cabeça com o capuz. — Você está com a arma?

— Tomarei cuidado. E, sim, estou com a arma.

— Se alguma coisa parecer suspeita, saia daí, okay? Encontraremos outra maneira de tirar Cami daqui.

A expressão obstinada de Eva revela que essa opção é inaceitável. Ela me lembra sua irmã – ambas são mulheres fortes e determinadas, por isso tenho certeza de que esse plano não vai falhar.

Ethan olha por cima do ombro para Eva, nitidamente preocupado.

O romance deles é recente. Do tipo de amor juvenil. Quase esqueci a inocência, mas quando penso na época em que conheci Babydoll e nos sentimentos que ela despertou em mim, lembro-me do vínculo inquebrável que formamos e de como prometi a mim mesmo nunca deixar que mal algum acontecesse com ela.

O amor jovem é realmente uma coisa linda.

— Não se coloque em risco. Prometa-me isso — Ethan implora a ela, e, de repente, sinto como se estivesse invadindo um momento íntimo.

— Eu prometo — ela responde, inclinando-se entre os bancos da frente e dando um beijo na bochecha de Ethan.

Ela não se acovarda – outra característica que ela e a irmã compartilham – e abre a porta traseira, pegando o enorme arranjo floral no banco de trás. Em seguida, fecha a porta e Ethan e eu observamos enquanto ela caminha em direção à casa de Aoife.

Seu corpo inteiro emana o estado de tensão, e tudo que posso fazer é tocar seu ombro para passar alguma confiança.

— Ela vai ficar bem. Ela é inteligente.

Ele assente com a cabeça, mas o gesto não ameniza o peso que pressiona seu coração.

Observamos em silêncio Eva bater à porta de Aoife. Este plano dará certo. Para alguém de fora, parece que Eva está simplesmente entregando flores. A porta se abre e suspiro de alívio quando Aoife atende com Shay em um braço e uma caixa no outro.

Eu a instruí a atender a porta com as mãos ocupadas, pois isso dá a Eva uma desculpa para entrar na casa. O espaço de tempo é curto, pois qualquer coisa acima de dois minutos levantará suspeitas. Portanto, só posso esperar que Babydoll siga o plano.

Aoife abre a porta com o ombro, permitindo que Eva entre em sua casa. Ela não fecha a porta por completo, deixando apenas uma fresta que oculta o que está se desenrolando lá dentro. Ethan se inclina para frente, com o nariz praticamente grudado ao para-brisa enquanto espera alguém reaparecer.

Dois minutos logo se transformam em três, um sinal claro de que algo está errado.

— Porra — praguejo, pegando minha arma no porta-luvas.

Ethan já está com a dele em mãos e assim que abre a porta, alguém sai da casa de Aoife. Nós dois sequer respiramos, observando a mulher, vestida com a capa de chuva, sair da casa e vir em nossa direção.

— Acalme-se, garoto. — Gentilmente agarro o antebraço de Ethan para impedi-lo de saltar da caminhonete. A energia que vibra de seu corpo quase me queima.

A mulher atravessa a rua, cabisbaixa, então não consigo identificar quem é. Quanto mais perto ela chega, mais rápido meu coração bate. Ela rapidamente abre a porta traseira e, quando entra, Ethan e eu nos viramos para olhar para ela. Com a cabeça ainda abaixada, ela lentamente afasta o capuz.

Gotas de chuva salpicam ao redor, e se este fosse algum filme romântico, seria agora o momento em que os olhares do casal se encontram, em meio a uma tempestade, com tudo escurecendo à volta. No entanto, não é um filme de amor, e tudo o que posso sentir é o coração de Ethan se partindo.

— Dirija — ordena Babydoll.

Não consigo decifrar o que se passa na cabeça dela, mas sei que está chateada.

Eu me acomodo direito ao volante, dou partida no motor e saio noite afora. O percurso de volta para a casa de Fiona é preenchido com nada além de um silêncio desconfortável. A atenção de Ethan está voltada para o lado de fora da janela, e quando arrisco uma olhada de relance em Babydoll pelo espelho retrovisor, parece que ela também prefere contemplar o céu noturno a olhar para mim.

Quando encosto a caminhonete no meio-fio, Ethan abre a porta, mas Babydoll não se move.

— Eu não vou ficar na casa da Fiona — afirma, inexpressivamente. — Leve-me para um hotel, por favor.

Ethan não se preocupa em ficar para testemunhar a discussão, então fecha a porta, nos deixando sozinhos. Espero até que ele entre em casa, antes de me afastar.

O silêncio continua.

— Babydoll…

— Não quero falar com você agora — ela me corta, com brusquidão. — Eu só quero dormir. Estou tão cansada. De tudo.

Meu coração afunda.

Esta é a primeira vez que ela admite a derrota. Ela está cansada disso? De nós?

Eu compreendo a bronca que levei quando ela voltou. Ela foi mantida em cativeiro pela mulher que pariu meu filho. É muito para processar. Achei que dar um tempo a ela ajudaria. Mas será que eu a afastei com isso? Eu não entendo mais nada.

Eu gostaria de poder levá-la de volta para minha casa, mas simplesmente não posso. Sean com certeza mantém o lugar em vigilância, e mais do que nunca agora. Temos que ter muito cuidado.

— Que hotel? — pergunto, estremecendo com minha própria grosseria. Mas não sei como abordar isso. Não sei como falar com ela sem dizer algo errado.

— Aquela Pousada Kavanagh. — Antes que eu possa perguntar como ela conhece esse lugar, ela acrescenta: — É onde eu costumava ficar quando voltei para Belfast para tentar ajudar você.

Não há maldade por trás de suas palavras. Apenas exaustão. Ela luta há quase onze anos. Não posso culpá-la por estar exaurida.

Sei muito bem onde a pousada fica, então seguimos até lá em silêncio.

Kavanagh é uma casa de família do século XIX, construída em um terreno com cinco acres de jardins. A casa branca de dois andares foi toda remodelada para acomodar os hóspedes, mas não acho que Babydoll tenha ficado aqui pelo conforto. Acho que o fato de estar no meio do nada, cercada por nada além de silêncio, é o motivo.

Fico triste em saber que ela tenha sofrido tanto por mim, a ponto de também ter perdido dez anos de sua vida.

Uma parte minha estava pau da vida com ela, por ter seguido em frente com Rory, mas Kavanagh é um sinal claro de que ela nunca foi embora. Ela sempre teve esperança de que algo mudaria, que um milagre nos reuniria, mas com o passar dos anos ela percebeu que era uma fantasia.

Essa porra toda é tão fodida.

Embora eu esteja fora da prisão, ainda estamos acorrentados ao passado. Tanta coisa aconteceu e me pergunto se talvez seja demais para superar. Achei que nosso amor poderia prevalecer em tudo... Será que estava errado?

Assim que estaciono, Babydoll abre a porta sem olhar para mim. Mas não posso deixá-la ir. Desligo o motor e a sigo conforme ela caminha em direção à porta da frente. Ela não me dá a menor bola, mas também não me manda embora.

Quando entramos, uma mulher mais velha sai da elegante sala de jantar, com as mãos cheias de talheres.

— Desculpe, nós estamos…

Ela para ao ver Babydoll.

— Camilla. — Seu sorriso amplo demonstra alegria. — Que bom te ver outra vez. Você precisa de um quarto?

Babydoll assente.

— Oi, Aine. Me desculpe por não ter ligado antes para fazer uma reserva. Eu entendo se você estiver lotada.

— Fique tranquila, querida — diz Aine, balançando a cabeça. — Eu te disse que você sempre será bem-vinda aqui. Venha.

Aine coloca os talheres sobre uma mesa antes de nos conduzir pela casa. Ela sobe as escadas, nossos passos ecoando nos degraus de madeira. Continuamos seguindo pelo corredor, por onde a mulher nos leva até o final.

Ela abre a última porta e, quando olho para dentro, a tristeza que senti antes volta com força total. Este não é um quarto, e, sim, um pequeno estúdio equipado com uma cama de casal, uma cômoda minúscula e uma poltrona reclinável de couro vermelho. O chão não é acarpetado, e provavelmente o cômodo deve ter sido usado como depósito, já que não possui qualquer luxo que se poderia esperar de uma pousada.

— Vou deixar toalhas e lençóis limpos no banheiro. Chame se precisar de mim. Se estiver com fome, há alguns sanduíches na cozinha.

Aine finge que não estou ali, o que deixa claro que ela sabe que sou o motivo pelo qual Babydoll morou em condições nem um pouco confortáveis durante anos. Ela fecha a porta, nos deixando a sós ali dentro.

A única lâmpada quase não ilumina o suficiente, e penso em Babydoll enfiada aqui, sozinha, por noites intermináveis, forçando as vistas enquanto examinava documentos para ajudar a me soltar da prisão. Ela não queria ficar em nenhum lugar luxuoso, pois sei que ela se sentia indigna.

Ela queria sofrer, ciente de que eu também estava.

— Como você ficou sabendo que ele ia atrás de você? — sondo.

De costas para mim, nem ao menos preciso ver sua expressão para saber que ela está sofrendo.

— Quando alguém apareceu para buscar Hannah e Ethan, imaginei que Sean estava por trás disso. Eu suspeitava que algo assim aconteceria em algum momento. Fui para a casa de Aoife, ciente das consequências. Então, por que você enviou Eva para assumir o meu lugar?

Eu sabia que ela ficaria brava comigo.

— Eu precisava tirar você de lá. É muito perigoso.

— E não é para minha irmã?

Finalmente, ela se vira, olhando para mim. Não tenho certeza de como chegamos aqui, a este lugar onde é difícil respirar.

— Claro que é. Mas aprendi que não posso comandar as atitudes de ninguém. Eu tentei isso e pessoas morreram.

Ela estremece.

— Você sabe como doeu, deixá-la para trás? Vê-la tomando meu lugar e colocando sua vida em perigo por mim?

— Sim, eu sei — respondo, sério. — Isso é o que vocês fizeram por mim. Isso é o que você fez por mim, uma e outra vez. Eu não queria que fizesse parte disso, mas foi você quem me disse que também queria sua vingança. Estou tentando, Cami. Estou realmente tentando…

Meu desespero irrompe, porque não sei mais o que ela quer que eu diga.

— Tentando o quê? — ela questiona, de braços cruzados.

— Estou tentando fazer o que é certo para todos! Estou tentando não ser o cara mau. Estou tentando ser o homem de quem minha mãe e Connor ficariam orgulhosos. E estou tentando ser um homem digno do seu amor, porra!

Ela empalidece, surpresa com minha explosão. Mas não posso evitar. Sinto que estou me perdendo – pedaço por pedaço.

— Quando eu não sabia onde você estava… — confesso, implorando para que ela acredite em mim. — Quando não sabia se você estava viva ou morta… eu queria acabar com isso. Eu queria desistir. Foi a primeira vez na minha vida que me senti indefeso… e é isso que você me faz: estou indefeso sem você.

Respiro fundo.

— Você é minha dona, Camilla. Não sou nada sem você. Eu sei que está tudo fodido. Sei que você provavelmente gostaria de nunca ter me conhecido. Se eu pudesse mudar isso, eu mudaria. Quero que você tenha uma vida normal, longe dessa porra toda. Longe de mim. Eu sinto muito que isso tenha acontecido. Eu gostaria de poder mudar as coisas, mas não posso e não sei como consertar.

Nunca me senti mais desamparado em toda a minha vida.

— Eu não acho que isso possa ser consertado — diz ela, envolvendo os braços em volta de si mesma.

Meu coração quase para, porque não sei o que ela quer dizer. Mas o que sei é que não posso renunciar a ela sem lutar. Tanta coisa aconteceu e isso estava fadado a mudar mais cedo ou mais tarde.

Eu saí da prisão. Ela estava noiva, então não estava mais. Ela pensou que éramos meios-irmãos, apenas para descobrir que não éramos. Eu matei o pai e o noivo dela. Ela foi sequestrada, mantida em cativeiro pela mulher com quem transei, e conseguiu se libertar com a ajuda do meu filho.

Estávamos exaustos, mas agora, com o fim quase à vista, precisamos deixar tudo isso às claras porque é a única esperança que temos de sobreviver a isso.

Ela suspira, derrotada. Mas não vou desistir – não quando ela nunca desistiu de mim.

Eu me aproximo, seus olhos arregalados confirmando que ela também não consegue decifrar minhas intenções. No entanto, quando me ajoelho diante dela em sinal de rendição, não há como confundir meus sentimentos.

— Por favor, me perdoe por tudo que fiz. Eu deveria ter contado que não éramos parentes. Eu não deveria ter tentado te salvar, porque você pode salvar a si mesma. Sinto muito por matar seu pai. Sinto muito por matar Rory.

É a primeira vez que peço desculpas pela morte de Rory, porque é a primeira vez que falo sério.

— Se tivesse que escolher novamente... eu escolheria de forma diferente. Mas vou viver com essa culpa pelo resto da minha vida — confesso, observando as lágrimas escorrendo pelo seu rosto. — Sinto muito por cada vez que fiz você chorar. Eu sinto muito. Não tenho o direito de pedir seu perdão, mas preciso dele. Eu preciso de você.

Ela soluça, em prantos, e cobre a boca com a mão.

— Eu te amo, Babydoll. Eu sempre amei. E preciso que você me ame também. Não posso sobreviver a isso se você não me amar. Eu sei que não é o que a maioria diria, mas não sou a maioria. Não posso te dar uma escolha, porque preciso de você... pra caralho. Eu sei que pareço um idiota. Um homem desesperado que está implorando por seu amor, e estou desesperado mesmo. Essa porra toda começou com o desejo de vingança, mas quero terminar com amor... com o nosso amor. É por isso que vou entregar tudo o que tenho. Eu só... eu só quero envelhecer ao seu lado.

Não consigo conter as palavras que jorram da minha boca. Quero que Babydoll saiba que ela me torna vulnerável, e estou de boa com isso.

Ela não fala nada. Simplesmente se ajoelha no chão também.

Neste momento, estamos desprotegidos – somos apenas Babydoll e eu contra o mundo. Estamos feridos e cobertos de hematomas, um sinal claro de que somos muito mais fortes do que qualquer coisa que tentou nos vencer, mas, juntos, somos imbatíveis.

— Eu também te amo.

Essas quatro palavras são um bálsamo para minha alma.

— Está tudo tão fodido — ela confessa, com o lábio inferior tremendo. — E estou com tanto medo. E se não vencermos? E se tudo isso tiver sido em vão?

— Isso... — apreensivo, seguro sua mão e a pressiono contra o meu peito, acima do coração — nunca será em vão. Isso é tudo o que importa.

As lágrimas continuam a rolar pelo seu rosto e eu não as enxugo. Cada uma carrega sua dor.

— Sinto muito por estar tão... pau da vida com você. Achei que a minha volta resolveria tudo. Mas as coisas são diferentes agora. — Eu sei que ela se refere a Shay.

— Ainda preciso fazer meu próprio teste.

No entanto, ela balança a cabeça em negativa.

— Ele é seu. Não tenho dúvidas sobre isso. Sua força, sua coragem correm nas veias daquele garotinho. Ele é um Kelly. Shay é um menino incrível e você será um pai mais incrível ainda.

A realidade do que ela diz é evidente: sou pai de um filho que salvou a mulher que amo. Eu não poderia estar mais orgulhoso.

— Eu nunca vou perdoar Aoife pelo que ela fez, mas Shay... ele é especial. Um presente.

Eu não a mereço. Ela aceitou Shay quando alguns podiam nem ter sido tão receptivos. Toda essa situação está longe do ideal, mas vamos fazer dar certo porque não chegamos até aqui para desistir agora.

Agarrando sua nuca, recosto nossas testas, porém fico calado. Simplesmente permito que este momento pacífico nos proteja do mundo. Agora que ela está de volta aos meus braços, nunca mais vou deixá-la ir.

Sua respiração constante me deixa num estado de letargia confortável, mas quando ela encosta o nariz no meu, entendo que ela quer mais.

— Seu braço — sussurro contra seus lábios, e ela se prepara para um beijo. Eu não quero machucá-la.

— Está tudo bem. Só precisamos ter cuidado.

— Não sei se consigo — respondo, com toda honestidade, porque no momento em que sinto o sabor de seus lábios, tudo em que consigo pensar é em jogá-la na cama e devorar cada centímetro de seu corpo lindo.

Ela não parece se importar e me beija suavemente. Seus lábios se moldam com perfeição aos meus, como sempre. Nós nos encaixamos em todos os sentidos possíveis. Nós trocamos muitos beijos, mas este parece diferente, como se desta vez o significado fosse muito mais profundo. Sabemos quais são os obstáculos que enfrentaremos adiante, mas vamos enfrentá-los juntos.

Pela primeira vez na minha vida, sinto que encontrei o meu lar.

Eu a conduzo de costas em direção à cama. Quando seus joelhos tocam o colchão, ela se senta e me puxa junto. Seu braço ainda está engessado, mas ela se acomoda na cama, recostando a cabeça no travesseiro.

Faço questão de garantir que meu peso não a esmague contra o colchão, conforme continuamos a nos beijar com languidez. Quando ela segura minha bochecha, recuo na mesma hora, no entanto, ela não me deixa virar o rosto para o outro lado.

— Me desculpe... sei que não é algo bonito de se olhar.

A cicatriz no meu rosto é para sempre e, embora não me incomode, tenho certeza de que não é algo que Babydoll queira ver pelo resto da vida. É um lembrete de todas as coisas horríveis que fiz.

— Não seja bobo — ela sussurra, acariciando a linha irregular. Os pontos saíram, mas a ferida está longe de cicatrizar. — Eu te amo... cada parte de você.

Cada vez que ela professa seu amor por mim, sinto como se um milagre tivesse acontecido.

— Somos um casal e tanto — diz ela, sorrindo de leve; suas palavras incitam algo dentro de mim, algo que eu nem sabia que queria até agora.

— Sim, somos mesmo. Eu... — Faço uma pausa, repentinamente inseguro, mas não deixo que qualquer dúvida se instale. Isso estava destinado a acontecer desde o primeiro momento em que nos conhecemos.

— O que foi? — Sua mão treme na minha bochecha, revelando seu nervosismo.

Não sei como prosseguir. Não sei qual é a maneira correta. Mas quando encaro os olhos lindos de Babydoll e não vejo nada além de amor, percebo que isso é tão natural quanto respirar.

— Camilla, eu quero que você... eu quero que você seja minha esposa. Você quer se casar comigo? — O choque a deixa abalada, o que me faz umedecer os lábios e acrescentar: — Por favor.

Dou a ela alguns segundos, pois essa decisão pegou a nós dois de surpresa.

— Não estou nem esperando que você responda de imediato. Mas eu...

— Sim! — grita, com lágrimas nublando seus olhos. — Sim, eu me casarei com você.

Nunca pensei que uma simples palavra, quando combinada com outras, pudesse me tornar o homem mais feliz do mundo.

— Você quer se casar comigo? — repito a pergunta, caso alguma palavra tenha saído truncada. Mas quando ela balança a cabeça rapidamente, com lágrimas escorrendo pelo seu rosto, sei que nós dois estamos prontos para consolidar nossa união – de uma vez por todas.

— Sim, vou me casar com você. — Ela ri e soluça ao mesmo tempo, e acho que isso é uma coisa boa.

Uma felicidade que nunca senti antes me atinge com força, então me sento, de repente, tonto. Babydoll faz o mesmo e se senta escarranchada no meu colo, sentindo a emoção que me domina.

— Eu quero ser sua esposa. Eu quero ser uma Kelly.

Sua admissão enche meu peito de orgulho, e depois de inspirar fundo, exalo o ar com um suspiro trêmulo.

Se fizermos isso, então ela não será mais uma Doyle... e esse pensamento me deixa de pau duro, tipo, mais duro do que uma rocha do caralho.

— Eu prometo fazer de você a mulher mais feliz do mundo. Bem... vou tentar.

— Você já faz.

Eu não aguento mais. Preciso dela, por inteiro, antes que eu exploda.

Tomo sua boca com a minha, em um beijo áspero e voraz. Ela enlaça meu pescoço com o braço que não está engessado, e nós dois nos agarramos, o mais perto possível, pois ela também sente que não importa o quão próximos estejamos, nunca é suficiente.

Ser o marido dela ajudará a preencher o vazio, mas sempre ansiarei por muito mais. Nunca ficarei completamente saciado. Ela é uma droga feita exclusivamente para mim, e eu sou um viciado, desesperado pela próxima dose.

— Me fode gostoso — ela ofega contra os meus lábios.

Fico grato que, embora este momento seja repleto de amor, ela ainda se refira aos nossos momentos de intimidade dessa forma. Porque é o que somos: nossa paixão é carnal, brutal e depravada. E isso não vai mudar.

Desabotoo sua calça jeans e deslizo a mão por dentro de sua calcinha. Quando sinto a sua carne quente e molhada, ambos gememos em uníssono, porque não existe nada melhor do que isto. Começo a fodê-la com os dedos, adorando vê-la saltar contra meu toque.

Não quero machucá-la e a única maneira dessa transa dar certo, por conta de seu braço engessado, é se ela me montar... e também foder meu rosto.

Afasto os dedos e, às pressas, arranco seu jeans e calcinha, deixando claro que a quero pelada, e agora. Eu a ajudo a se despir e, assim que a livro das peças, inverto nossas posições e a instigo a se sentar no meu rosto.

Ela se abaixa contra minha boca sedenta, e quando meus lábios tocam sua boceta, eu a devoro por inteiro. Sua boceta está em chamas, e à medida que ela se esfrega para frente e para trás, em movimentos contínuos, tenho certeza de que ambos gozaremos juntos. Eu a fodo com minha língua e lábios, agarrando seus quadris e encorajando-a a me cavalgar com vontade.

Ela arqueia as costas e começa a rebolar os quadris, sob meu olhar embevecido. Babydoll pode ver claramente o que estou fazendo com ela, e sei que é por isso que ela mudou de posição. Estendo a mão e dou um tapa forte em sua bunda, o que a faz quicar contra mim com um gemido.

— Mais.

Obedeço ao seu pedido e estapeio sua bunda voluptuosa mais uma vez.

— Ai, caralho, eu vou gozar.

Essas palavras são tão excitantes quanto ela dizendo que vai se casar comigo.

Eu chupo seu clitóris, o que a faz inclinar a cabeça para trás e liberar um grito gutural. Seu corpo treme conforme ela goza, mas eu não paro. Continuo comendo sua boceta, extraindo até o último espasmo de seu corpo.

Estou no paraíso com ela ainda toda aberta em cima de mim, mas quando ela se afasta e rasga freneticamente minha camisa, sei que isso está apenas começando.

Ela tenta tirar a própria camiseta, mas por causa do gesso não consegue.

— Esta é sua camisa favorita?

Ela me encara, confusa, mas nega com um aceno de cabeça.

— Que bom. — Antes que ela possa perguntar o motivo, agarro a gola e rasgo a peça em duas partes.

Quero ser gentil, pois ela está ferida, mas não sei se isso é possível com o tesão em que ambos nos encontramos. Também não faço ideia se a transa vai durar tanto tempo quanto eu gostaria. Basta sentir o cheiro de sua excitação, que já sinto meu pau querendo explodir.

Com um sorriso, ela remove a camiseta em farrapos, para em seguida desabotoar o sutiã. No segundo em que seus seios ficam expostos para mim, chupo seus mamilos enquanto ela monta em mim. Eles derretem na minha língua.

Ela se atrapalha com o botão do meu jeans, tentando abrir freneticamente, à medida que chupo seu seio com vontade. Estamos perdendo o controle, mas nunca me senti mais vivo do que agora. Levantando meus quadris, puxo a calça para baixo. Eu já estou duro e ela está tão molhada – a combinação perfeita. Eu a levanto, só para fazê-la empalar meu pau.

— Poooorra — praguejo, quase pirando de vez.

Ela não se move; fica apenas parada, contraindo os músculos internos em volta do meu comprimento.

— Continue fazendo isso e nossa trepada vai acabar antes mesmo de começar.

Seu sorriso atrevido revela que ela não dá a mínima.

Babydoll começa a balançar os quadris em uma tortura espetacular que não quero que acabe. Ela me fode gostoso, em movimentos longos e intensos, sentindo e dando prazer ao mesmo tempo. Saber que isso é para sempre me faz agarrar seus quadris, persuadindo-a a me montar até que ambos estejamos exaustos.

— Eu te amo! — ela grita, quicando freneticamente no meu pau.

Eu gostaria de expressar as mesmas palavras, mas perco o fôlego e a habilidade de falar quando ela se curva e começa a brincar consigo mesma. Essa intimidade entre nós é algo que só consigo usufruir com ela. Nossos muros foram destruídos e não aceito que sejam erguidos novamente.

Ela se move para frente e para trás ao mesmo tempo em que acaricia seu clitóris, e a visão me faz gozar com força. Começo a ofegar, bombeando os quadris, entrando e saindo de dentro dela. Sequer tenho forças para gozar fora, mas quando ela geme e alcança outro orgasmo, sei que também não se importa.

Assim que o clímax ameniza, Babydoll desaba para frente e eu a puxo contra mim, agora deitado de costas. Estamos sem fôlego e com a pele pegajosa de suor. Seu coração bate contra o meu, em um momento de absoluta perfeição, ainda mais por saber que temos uma vida inteira pela frente. Sem pressa, eu me inclino e beijo seus lábios com suavidade.

Ela geme e retribui o beijo com languidez.

Estou preocupado com o braço dela, então saio de dentro de sua boceta quente, sentindo falta na mesma hora do calor aconchegante. Ela sai de cima de mim e se aninha aos travesseiros enquanto tento encontrar forças para me levantar e ir ao banheiro em busca de um paninho para limpá-la.

— Não — murmura, agarrando meu bíceps. — Eu só quero ficar aqui com você; nós dois grudentos e saciados.

Não pretendo reclamar dessa exigência.

Eu a puxo contra o meu corpo e nós nos aconchegamos, curtindo a sensação extasiante do pós-orgasmo. A exaustão me domina, e, pela primeira vez na vida, estou disposto a me render ao cansaço e ao sono, deixando para cuidar de tudo no dia seguinte.

— E agora, o que vai rolar? — ela sussurra, desenhando padrões no meu peito com a ponta do dedo.

— É hora de organizar uma reunião com alguém que possa ajudar a acabar com isso.

— E o que ele quer em troca?

Ela já deve saber, mas quer ouvir da minha boca.

— Ele quer Belfast... e pode ficar com ela.

O silêncio dela me deixa apreensivo, temendo que ela não tenha gostado da ideia.

— E você acha que será capaz de fazer isso? Acha que está pronto para entregar tudo?

A raiva que Cian sentiu quando afirmei isso acaba me atingindo, pois ele acha que minha decisão é errada.

— Eu tenho tudo que quero bem aqui — afirmo, puxando-a para mais perto.

Ela não responde, e sei que é porque concorda com Cian. Ambos parecem pensar que entregar o meu legado não é o que devo fazer. Mas se eu não fizer isso, estaremos de volta à estaca zero.

Preciso de alguém muito mais poderoso para me ajudar, e se os termos dele são tomar meu reino em troca da destruição dos homens que me traíram, então esse é um sacrifício que estou disposto a fazer.

Belfast precisa ser expurgada e purificada da imundície que a dominou para que possa renascer.

À medida que nós dois caímos no sono, uma voz interior sussurra que esse intento é muito mais fácil de falar do que fazer.

DOZE

PUNKY

Detesto reuniões, ainda mais quando são com homens que nunca conheci antes. Mas para conseguir o que quero, preciso confiar em um estranho. Se Austin está mentindo para mim e isso é outra armadilha, vim preparado.

— Tudo bem — digo a Ron, escondendo minha arma às costas. — Fique aqui fora, a menos que ouça qualquer coisa que indique um problema. Nesse caso, entre atirando primeiro, e só pergunte depois.

Ron assente com firmeza. Seu pub, o *Lucky Leaf*, onde Austin organizou um encontro para nós, está cercado. Mas aprendemos que não importa quão preparados estejamos, as coisas podem mudar num piscar de olhos... e é por isso que Cami está aqui.

Coisas ruins acontecem quando estamos separados, e por mais que eu não queira colocá-la em perigo, o lugar mais seguro onde ela pode estar é ao meu lado. Além disso, esta luta é tanto dela quanto minha.

Cian não está aqui. Enviei uma mensagem com os detalhes, mas como não recebi resposta, só posso deduzir que ele se cansou de vez. Sei que ele vê tudo isso como uma rendição, como se eu estivesse cagando para as memórias dos nossos pais, mas é por causa deles que escolhi fazer isso.

Não vou acabar num buraco a sete palmos, ao lado deles, porque esse é meu destino certo se eu não renunciar a esse estilo de vida. No entanto, uma pequena parte minha – que não sossegou desde que concordei em me encontrar com Austin e Aleksei – continua a me incomodar: conseguirei desistir, realmente?

Seguro a mão de Cami e sigo em direção ao *Lucky Leaf*, prestes a descobrir se estou pronto ou não. Nós dois estamos em silêncio, pois não fazemos ideia de onde estamos nos metendo. Porém, só de saber que ela está comigo, em segurança, já é o suficiente para que eu seja capaz de lidar com qualquer coisa.

O lugar está abarrotado, motivo pelo qual Austin o escolheu, sem dúvida. Ele quer que as coisas pareçam casuais, mas a experiência provou que, com ou sem testemunhas, isso não faz diferença para mim. Se alguém me irritar ou tentar sacanear a mim ou à minha garota, eu matarei sem dó.

Os proprietários mudaram desde a última vez em que estive aqui, e Ron disse que eles são nossos aliados. É isso que vamos descobrir.

Idiotas bêbados gritam com seus companheiros, sem perceber a algazarra que fazem por conta das inúmeras cervejas ingeridas – deve ser bom levar uma vida simples. O ambiente é descontraído, me deixando mais à vontade. No entanto, não baixo a guarda, e pelo jeito nem Babydoll, já que ela se aconchega mais para perto de mim.

A última vez em que ela esteve em um pub, ela quase explodiu em pedacinhos. Só de pensar nisso, já cerro a mandíbula, com ódio. Mal posso esperar para que Sean morra de vez.

Faço contato visual com Austin, que levanta sua cerveja em saudação. O homem em sua companhia se encontra de costas, mas é nítido que não pertence àquele lugar, já que está vestindo uma camisa social branca impecável. Seu cabelo escuro está bem penteado e sou imediatamente atingido por sua aura de autoridade.

Caminhamos em direção a eles e, quando olho para o homem sentado à mesa, sutilmente puxo Cami mais para perto. O filho da puta é do tipo bonitão, mesmo para um cara velho. Ele cheira a poder e controle, alguém com quem não se fode de jeito nenhum.

Ele é alguém que você quer ao seu lado.

Cami se acomoda na cabine primeiro e eu a sigo, sem desviar o olhar de Aleksei Popov. No entanto, ele me surpreende quando solta uma risada rouca.

— Já gostei de você, caro amigo. Não precisa se preocupar; ela está segura comigo. Eu tenho minha própria beleza em casa.

Oculto o fato de que estou impressionado por ele conseguir decifrar tão bem os movimentos mais discretos.

Cami fica imóvel, sem se acovardar diante do homem que tem a capacidade de mudar nossas vidas para sempre.

— Olá, Aleksei. Meu nome é Puck Kelly.

Aleksei se recosta na cadeira com um sorriso.

— Por favor, me chame de Alek. Aleksei é tão... formal. E eu sei quem você é, Puck Kelly. Seu temperamento é tão notório quanto o meu.

Estou prestes a mostrar a ele o que meu temperamento pode fazer ao estragar sua camisa branca impecável com a cerveja que Austin tem em mãos. No entanto, refreio esse desejo quando ele acrescenta:

— Assim como sua honra, algo que admiro e respeito em um homem. Faço questão que saiba disso.

— Você parece saber muito sobre mim, mas eu quase não sei nada sobre você.

— Pergunte o que quiser — diz Alek, gesticulando que tenho a palavra.

Nossos olhares não se desviam em momento algum, o que mostra um respeito mútuo entre nós. Mas antes de concordar com qualquer coisa, preciso saber para quem estou vendendo minha alma.

— Como posso saber se meus inimigos não te enviaram? Como posso me assegurar de que você será um aliado, que trabalhará comigo, não contra mim?

Alek assente, parecendo ponderar cuidadosamente sobre minhas perguntas.

— Seu pai, Sean Kelly, não é um homem com quem eu negociaria — afirma ele, com convicção. — Ele é um covarde e, pelo que entendi, sequestrou sua garota, chantageando você para fazer o trabalho sujo com a condição de que a devolveria assim que você fizesse o que ele queria, estou certo?

Assinto de leve.

Os lábios de Alek se curvam em desgosto.

— Posso garantir que nunca faria negócios com um homem como ele. Ele é inconveniente e indiscreto, quase como se fosse um tanto quanto... estúpido.

Uma risada divertida escapa de Babydoll.

— Dez anos são um tempo longo demais, e o fato de ele precisar de você para recuperar seu trono... Bem, acredito que ele deveria parar de envergonhar a si mesmo em sua busca infrutífera.

Costumo demorar a realmente gostar de alguém, mas Alek é a primeira pessoa de quem gosto em muito tempo.

— Entretanto, o fracasso dele, bem como a inadequação para fazer as coisas me mostram quem é o verdadeiro líder. É você — ele afirma, com seu sotaque russo. — Sean é um Kelly, um sobrenome temido por muitos, mas ele não consegue colocar seus negócios em ordem sem chantagear, extorquir ou se esconder nas sombras como um covarde de merda enquanto você governa este país. Ele não merece continuar respirando, pois não passa de uma vergonha para qualquer homem que se autodenomina líder.

Ouvir esse mafioso russo falar dessa maneira sobre Sean me faz desfrutar de algo que não tinha cinco segundos atrás: esperança.

— Quanto a Liam Doyle... — Sua voz se transforma em um tom debochado: — Ele precisa parar de seguir os passos do pai. Brody era um pouco mais inteligente que Sean, mas ele não está sentado nesta mesa comigo, está?

Austin bebe sua cerveja em silêncio, mas está claro que respeita Alek imensamente, e posso entender o porquê. Alek faz questão de saber quem são seus amigos e inimigos, e suspeito que ele tenha negócios na Irlanda do Norte e na Irlanda há muito tempo.

— Então... você trabalhou com Liam? — pergunto, mantendo o contato visual com o homem.

Aquele sorriso arrogante retorna.

— Ele trabalhou para mim, Puck. Todos eles. Nunca conheci Connor Kelly, mas ele parece ser o epítome de um verdadeiro líder, e acredito que você também seja.

Não sinto nenhum sarcasmo por trás de suas palavras.

— E, pelo jeito, sua belezura sentada ao seu lado, toda orgulhosa, concorda. Mas isso não cabe a mim decidir. Essa decisão você deve tomar por conta própria. Quero ser honesto com você, Puck. Prefiro trabalhar com você.

Ele para por um segundo, antes de continuar:

— Você conhece esse negócio melhor do que ninguém. E para que isso dê certo, preciso de alguém como você. Sem ofensa, Austin.

Austin levanta sua garrafa de cerveja meio vazia, em uma saudação divertida.

— Este mundo tirou muito de mim — explico, não querendo simpatia, mas, sim, expressando o motivo pelo qual optei em não participar. — Tudo começou por conta de uma vingança, que só será concretizada quando eu estiver segurando a cabeça decepada de meu pai em minhas mãos. Isso é tudo o que eu quero. É preciso um monstro para lutar contra outro, e estou preparado para lutar. Quando terminar, só quero viver a vida que eu escolher. Não uma em que fui obrigado a ficar. Não uma vida em que sempre temerei pela vida da minha noiva ou do meu filho.

É a primeira vez que digo essas palavras em voz alta.

Alek rompe o contato visual para olhar Cami com atenção. Estou grato por confiar minha vida a ela, ciente de que minha garota não olha para Alek com estrelas nos olhos como o resto das mulheres e homens aqui.

— Eu também tenho um filho — Alek revela. — E três filhas pequenas.

Não consigo disfarçar um sorriso.

— Deus ajude seus futuros namorados.

Alek abre a boca, preparado para dizer alguma coisa, mas em vez disso, solta uma risada.

— Isto é verdade. Se souberem o que é bom para eles, ficarão longe.

E assim, o clima alivia... como se dois caras maus pra caralho estivessem conversando sobre carros.

— Eu entendo sua escolha e a respeito. Mas para que isso funcione, preciso saber se realmente quer desistir de tudo isso. Não existem segundas chances em nosso mundo, e você sabe disso. Se é isso o que quer, então vou te ajudar. Você se vingará daqueles que o injustiçaram e, então, obterá sua liberdade.

Respiro com calma calculada, porque esta é a primeira vez na vida que sei que posso vencer. Alek é o homem que preciso para vingar minha mãe e me libertar.

É tudo que eu sempre quis; então... por que sinto esse peso pressionando meu peito?

— Mas pense com muito cuidado, porque uma vez que você concordar e nós dois apertemos as mãos, não há como recuar. Você não pode mudar de ideia, pois não confiarei mais em você. Não confio em homens que voltam atrás em sua palavra. E serei forçado a matar você.

O corpo de Cami retesa ao meu lado enquanto Austin toma sua cerveja. Quanto a mim? Apenas começo a rir.

— Você pode tentar, velhote — caçoo, de brincadeira, não me intimidando nem um pouco.

Avisto uma bengala apoiada na parede, e me pergunto por que Alek precisa disso. Ele percebe que estou olhando para o objeto e responde à minha pergunta silenciosa.

— Cortesia do meu meio-irmão — afirma, sua raiva superando a calma. — Mas é um pequeno preço a pagar pelo que fiz a ele.

— E o que você fez?

— Cortei o pau dele e o obriguei a comer.

Tenho certeza de que ele disse isso em sentido literal. O que me leva a pensar no que o homem fez para merecer essa punição. Seja o que for, me fez gostar ainda mais de Alek.

Entendo sua posição quanto a isso, o porquê ele quer que eu decida. Ele está me dando uma escolha, algo que já compartilhei que nunca me foi dado. Se eu voltar atrás em minha palavra, serei visto como indigno de confiança. Se eu virar as costas a Belfast, apenas para mudar de ideia, Alek verá isso como um desafio, e só há espaço para um líder.

É assim que nosso mundo funciona. Não faz sentido para a maioria, mas se os papéis fossem invertidos, eu estaria fazendo a mesma coisa.

— Meu irmão, Ethan, ele merece governar. Eu não, pois ele é o verdadeiro filho de Connor.

Mas Alek balança a cabeça porque isso lhe parece pessoal.

— O sangue não importa quando se trata de assuntos do coração, e você, Puck Kelly, mostra seus sentimentos sem esconder. Não tenha pressa para pensar sobre minha oferta.

— Eu não preciso de tempo — afirmo, com segurança. — Você me ajuda a envergonhar publicamente meu pai antes de matá-lo, e quando digo "matá-lo", estou me referindo a uma morte lenta e dolorosa; também me dê a garantia de que a morte de Liam Doyle ocorrerá sem problemas, além de cuidar dos homens que foram leais a mim e a Connor... então você terá um acordo. As drogas, tudo... é seu.

Cami exala lentamente, um sinal de que ela gostaria que eu tivesse pensado um pouco na proposta de Alek. Mas não preciso de tempo. A morte de Sean e Liam significa mais para mim do que governar um reino que eu nunca quis.

Alek passa o polegar pelo lábio inferior, imerso em pensamentos.

— Você não quer me dar a resposta amanhã, depois de pensar melhor?

— Não — respondo, estendendo a mão acima da mesa. — Isso não será necessário. Então, temos um acordo? Você vai me ajudar a matar aqueles que merecem a morte, e governar com lealdade e respeito os homens que ficaram ao meu lado nos bons e maus momentos?

Alek simplesmente fica parado, contemplando minha oferta. Receio que ele tenha mudado de ideia.

— Não gosto de muitas pessoas — afirma ele, com franqueza. — Mas gosto de você, e é por isso que, sim, temos um acordo.

Assim que nos cumprimentamos, sei que este é o começo do fim.

Austin se levanta e vai até o bar.

— Ótimo. O plano ainda segue em frente. Permitimos que Liam e Sean pensem que estão no controle. Não interceptamos o carregamento do Liam até ao último minuto. Quero que ele seja humilhado e preciso que Sean acredite que não me rebelei contra ele.

— Não seria mais fácil matá-los agora? — Alek pergunta, ajustando sua abotoadura de ouro.

— Mais fácil, sim, mas onde está a diversão nisso? Nunca escolhi a opção fácil. Quero que eles sejam envergonhados e que sofram de maneiras inimagináveis por tudo o que fizeram. Exatamente como você fez quando fez seu meio-irmão comer o próprio pau.

Alek assente, um sorriso satisfeito se espalhando por seu rosto.

— Sean matou minha mãe, sabendo que eu estava assistindo a tudo, trancado em um guarda-roupa, impotente para ajudá-la. Eu tinha 5 anos de idade. Então, durante anos, ele fingiu ser meu protetor, quando, na verdade, estava me mantendo por perto, tentando me controlar. Ele não se importava comigo. Ele só se preocupa consigo mesmo.

— Filho da puta — Alek pragueja baixinho. — Agora entendo sua necessidade de vingança. Isto é muito pessoal para mim porque a minha filha, Irina... ela também não teve o melhor começo de vida. Então, garanti que todos que erraram com ela sofressem, e farei isso pelo resto da minha vida.

— Então você sabe por que preciso fazer isso. Não posso simplesmente matá-lo. Isso não vai — faço uma pausa, procurando a palavra certa — satisfazer essa raiva ardente dentro de mim. Ele precisa sofrer pelo que fez. Se eu acabar com a vida dele de forma rápida, não será suficiente. Saber que sou a última pessoa que ele vê antes de matá-lo, depois de ter humilhado e tirado tudo dele, vai me ajudar no processo de cura. É a única maneira de viver daqui pra frente sem o fantasma dele me assombrando até eu dar meu último suspiro.

— Eu entendo muito bem, meu caro. Admiro sua lealdade, não importa o custo.

Cami gentilmente coloca a mão na minha coxa, um toque reconfortante para me garantir que ela estará aqui até o fim.

— Você terá tudo que precisa e tenha certeza de que nenhum dano acontecerá novamente aos seus entes queridos.

— Isso é tudo o que eu quero.

Austin retorna com uma bandeja cheia de doses. Deduzo que só pode ser vodca. Ele coloca os copos sobre a mesa, e Alek desliza dois pela superfície para Cami e para mim.

— *Za zdorov'ye!* — diz ele, erguendo o copo em saudação.

Ergo meu copo e digo:

— Saúde.

Todos nós entornamos a bebida de uma só vez e batemos os copos no tampo da mesa. A vodca é até suave, o que indica ser de primeira qualidade. Nada além do melhor para Aleksei Popov – o homem que agora é meu parceiro.

Um aviso tácito permanece entre nós: respeitaremos o outro, pois, essencialmente, queremos a mesma coisa. No entanto, se um de nós sacanear o outro, as portas do inferno se abrirão. Acho que encontrei alguém à altura e sei que Alek sente o mesmo.

Sem mais nada a dizer, eu me levanto e saio da cabine. Alek permanece sentado, sempre me observando com aqueles olhos astutos.

— Meus melhores e mais leais homens estão à sua disposição. Para o que você precisar.

— O que preciso agora é que um deles resgate a irmã de Cami.

Eva ainda está na casa de Aoife, assim como Ethan, que está de tocaia nas redondezas. Como há homens de Sean vigiando a casa, não temos como tirá-la de lá.

— Está feito — diz Alek, com um aceno de cabeça. — E a sua casa? Você precisa de homens extras lá?

No momento, estamos hospedados na pousada, pois acho que é o lugar mais seguro para Babydoll.

— Não, está tudo bem. Esse é o meu território. Eu posso protegê-lo. Qualquer um que se atreva a me desafiar... pagará com a vida. Mas meus irmãos...

— O que você precisar.

Alek é o tipo de pessoa que consegue resolver as paradas, então me sinto muito melhor tendo-o em minha equipe.

— Tudo bem.

Eu me viro para sair dali, mas Alek me impede ao perguntar:

— Matá-lo será suficiente?

Os cabelos da minha nuca se arrepiam e não sei o motivo.

— Pergunto isso porque acho que, assim como eu, você também encontra consolo na escuridão. É onde seus demônios se alimentam, e você se sente dividido no meio. O bem contra o mal. Eu me pergunto qual lado vencerá.

Eu o encaro com um olhar afiado.

— Foda comigo e você descobrirá.

Meu aviso não é vazio, e o sorriso maldoso de Alek revela que ele gostou do fato de eu não me submeter. Posso ter dado a ele o meu país, mas não significa que me rendi ou arreguei.

Seguro a mão de Babydoll e caminho tranquilamente pelo pub, nunca me sentindo mais vitorioso do que agora. Não me passa despercebido que ela ficou calada durante todo o encontro, e seu silêncio prossegue durante o trajeto até a caminhonete.

Eu sei que ela não ficou nem um pouco feliz com minha decisão.

Enquanto sigo pelo percurso até a pousada Kavanagh, uma ideia brota na minha mente; algo que ajudará Babydoll a entender por que escolhi o caminho da renúncia.

Ela não diz nada quando passo do acesso à pousada e continuo dirigindo em direção ao castelo. Contudo, não sigo o caminho habitual, pois quero passar despercebido. O terreno é vasto, então pego a estrada secundária que leva a um beco sem saída.

Desligo o motor e saio da caminhonete. Quando ouço a porta do carro de Babydoll se abrir, suspiro de alívio, grato por ela estar disposta a me ouvir.

Passo por cima da mureta que cerca a minha propriedade e ando por entre a vegetação densa, as árvores frondosas nos protegendo de olhares indiscretos. Não fico cercando Babydoll, pois prefiro lhe dar espaço. Ela está me seguindo, sem dúvida vencida pela curiosidade.

Quando o castelo surge ao longe, paro perto de uma árvore imensa e observo tudo.

— É por isso que estou lutando — digo, sem tirar os olhos do lugar que sempre será meu lar. — Estou lutando pelo nosso futuro, um futuro em que não teremos que nos manter vigilantes o tempo todo, temendo por nossas vidas. Quero que este seja um lar novamente. E quero que seja com você.

Cami suspira suavemente.

— Eu sei que você não concorda com minha escolha, mas parece certo. Eu só me senti assim uma vez — viro-me para olhar para ela enquanto tiro meu colar — e foi no segundo em que te conheci. Não posso fazer isso sem você, Babydoll.

Ela mordisca o lábio inferior enquanto passo o colar – o colar dela – sobre sua cabeça.

— Eu estava mantendo isso em segurança pra você. Perto do meu coração. Assim como você está.

Eu a trouxe aqui para mostrar que esse é o futuro que quero, que quero construir com ela.

— E você nunca terá que fazer isso sem mim — diz ela, por fim, segurando o pingente de rosa. Essa visão me deixa mais do que emocionado. — Eu só não quero que você desista disso por causa dos outros. Por minha causa.

Antes que eu possa discutir, ela me encara.

— Responda-me isso, com toda honestamente. Se eu não estivesse aqui, sua decisão ainda seria a mesma?

— Mas você está aqui — argumento, e ela sacode a cabeça.

— Não foi isso que perguntei. Se nunca tivéssemos nos conhecido, você ainda desistiria de tudo? Você renunciaria ao seu lugar legítimo no trono?

Quero rebater suas palavras, porque refletem apenas hipóteses, mas ela me pediu para ser honesto.

— Não — admito, odiando como ela, às vezes, me conhece melhor do eu mesmo. — Eu não renunciaria. Mas agora tenho muito mais em jogo.

Quanto mais falo, mais evidente fica que parece que estou alimentando suas desculpas.

— Não permitirei que Shay tenha a mesma vida que eu tive. Eu o quero o mais longe possível dessa merda.

— Eu entendi isso, mas sendo seu filho, não sei se é o que ele quer. Seu sangue corre em suas veias, e temo que, quando ele tiver idade suficiente para fazer suas escolhas, pode ser que não concorde com a escolha que você fez. Se Ethan quiser participar do controle de Belfast, então os Kelly nunca estarão realmente fora do jogo, por assim dizer. Você não pode protegê-los para sempre.

— Sim, você está certa. Porém tenho que pelo menos tentar. Ethan é quase um adulto. Não posso impedi-lo, mas posso tentar oferecer-lhe uma vida longe disto.

Eu entendo o que ela está dizendo porque concordo com ela. Mas eles terão escolhas, algo que nunca me foi oferecido. Tenho a oportunidade de proporcionar um lar, longe desta vida de ganância e violência, e vou aproveitar essa chance.

— Você é um bom homem, Puck Kelly.

— Não sei nada sobre isso — respondo, baixinho, pensando em todas as maneiras que pretendo torturar Sean e Liam.

Meu telefone toca e, quando vejo que quem está ligando é Aoife, atendo rapidamente.

— E aí?

— *Oi. Alguém está aqui, em nome de Aleksei* — ela sussurra. — *É seguro?*

Alek passou por lá, embora eu não tivesse dúvidas de que ele cumpriria o prometido.

— Sim. Eles são confiáveis.

— *Okay. Eva ficará feliz em partir. Acho que ela não gosta muito de mim.*

— E você pode culpá-la? — questiono, na lata.

Ela arfa, chocada, e eu me sinto um babaca na mesma hora por ter explodido dessa forma. Mas ela é a razão pela qual Cami está com o braço engessado. Ela também é a razão de ainda estarmos todos vivos. Ela não correu em busca de Sean – ainda.

— *Você pode dar um pulo aqui?*

— Quando?

— *Agora.*

Olho para Cami que parece saber quem está do outro lado.

— Eu tenho um…

— *Quero falar sobre nosso filho* — ela interrompe, sabendo que essa é sua moeda de troca.

Eu realmente preciso pegar uma amostra de cabelo dele para poder fazer meu próprio teste. Tenho adiado isso, porque só consigo lidar com um dilema de cada vez. Mas agora é um momento tão bom quanto qualquer outro.

— Tudo bem. Cami e eu…

— *Você pode vir sozinho? Ela não gosta de mim e tem todo o direito de não gostar. Mas acho que isso é algo que precisamos discutir sozinhos. Vou te mandar uma mensagem com o endereço de onde nos encontraremos.*

Olhando para Cami, percebo que Aoife é a única coisa que sempre nos recordará de um passado que desejo esquecer.

— Sem problema. Vejo você em breve.

Desligo, me perguntando como Cami vai reagir.

— Os homens de Alek foram buscar Eva. — Começo com as boas notícias. — Aoife quer falar sobre Shay.

— Claro que ela quer. — Ela ri, revirando os olhos. — Me deixe adivinhar: ela quer fazer isso sozinha?

— Sim — respondo, massageando minha nuca. — Desculpe. Eu sei que isso é muito estranho pra você.

Ela balança a cabeça.

— Comparado com o quão fodidas nossas vidas estão agora, isso não é nada. Faça o que for preciso. Pegue as amostras para seu próprio teste para confirmar o que já sabemos.

Seguro sua mão e deposito um beijo no dorso, querendo que ela saiba o quanto eu a aprecio e a amo. E o que ela diz a seguir confirma que ela é a única para mim:

— Mas se ela tentar dar em cima de você, eu vou acabar com ela.

— Eu adoro quando você fala assim — digo, demonstrando o sentimento quando tomo seus lábios com os meus.

Ela não tem nada com o que se preocupar, embora seu ciúme me dê uma ideia. Mas primeiro preciso lidar com Aoife.

As instruções de Aoife me conduziram a um parque.

Deixei Cami na pousada, prometendo voltar assim que puder. Embora Aine não goste de mim, ela concordou com o que pedi. A única razão pela qual ela fez isso foi porque a mulher sabe que Cami merece esse favor. Fiz uma parada antes de vir para cá e escolhi algo que agora queima meu bolso.

Mas quando vejo Shay brincando nos balanços, me concentro no motivo de estar aqui.

Aoife está sentada em um banco, observando-o de perto. É evidente que ela é uma boa mãe. A forma como Shay foi criado é prova disso. Ela acena quando me vê.

Eu me aproximo e tomo o lugar ao seu lado. Estou com óculos escuros e um boné de beisebol, mas esse disfarce está longe de ser perfeito, e é por isso que preciso fazer isso rápido.

— Oi, Aoife. Sobre o que você queria conversar?

Meu tom é áspero, insinuando que não tenho tempo para jogos.

Ela pigarreia de leve.

— Achei que era hora de você fazer seu pequeno teste — diz ela, e sinto um toque de animosidade em sua declaração. — Shay está aqui, então você pode pegar o que precisa, já que não confia em mim.

— É isso mesmo. Não confio em você — afirmo, sem adoçar nada. — Não confio em ninguém, principalmente depois que um teste de paternidade que fiz se mostrou a porra de uma mentira.

— Bem, essa declaração não é verdade. Você confia em Camilla.

— Olha, essa porra não vai rolar — advirto, sem interesse em brigar. — Temos que coexistir por causa de Shay, mas nunca vou te perdoar pelo que você fez com Cami.

Antes que ela possa responder, Shay vem correndo e olha para mim com desconfiança.

Ele não demonstra a menor afeição, e isso é culpa minha, porque eu o mantive à distância, o que não é justo com ele.

— Ei, garotinho — cumprimento, esperando que meu tom soe leve.

— Não sou um garotinho — ele rebate, se mantendo firme. — Você está bem, mãe? Por que você parece brava?

Posso ver por que Cami tem tanta certeza de que Shay é meu filho, mas não consigo me deixar levar.

Vasculho minha mochila e pego o cotonete que recebi do laboratório de testes de DNA. Há também um pequeno frasco onde devo coletar uma amostra de cabelo. Não quero assustar Shay, então deixo Aoife assumir a liderança.

— Venha dar um abraço na sua mamãe — diz ela, abrindo os braços.

Ele me encara com raiva, com os olhinhos entrecerrados, mas a obedece. Assim que ela o abraça, Aiofe sutilmente arranca dois fios de cabelo da cabeça dele. Eu preciso dos fios com a raiz, o que ela sabia claramente, porque fez seu próprio teste.

Eu me sinto um idiota, mas isso precisa ser feito.

Ela gesticula para que eu lhe dê o cotonete.

— Você pode colocar isso na boca?

Ela gentilmente o afasta com o braço esticado e lhe oferece o cotonete. Ele aceita e faz o que ela pede. Assim que termina, ele devolve a ela.

— Isso vai fazer você feliz agora, mamãe?

Sua pergunta me toca lá no fundo, porque me lembro que quando tinha a idade dele, tudo que eu queria era agradar minha mãe também.

— Sim, vá brincar agora. Mamãe precisa falar com Puck.

Tento sorrir e, em troca, recebo uma carranca. Eu não o culpo. Eu estaria de cara fechada também com o homem que estivesse deixando minha mãe chateada.

Shay sai correndo, olhando por cima do ombro algumas vezes para ter certeza de que Aoife está bem. Assim que ele volta a brincar alegremente no escorregador, Aoife revela o motivo para ter marcado esse encontro:

— Quando seu teste voltar, provando que Shay é seu, o que vamos fazer? — Não há nenhum "se" na frase, pois ela me entrega o cotonete e a amostra de cabelo com confiança. — Eu quero que você faça parte da vida dele. Mas me prometa que não inventará de pedir a custódia total.

— Posso prometer isso — afirmo, guardando as amostras na mochila. — Eu nunca tiraria um filho de sua mãe.

— Obrigada. — Ela funga e afasta as lágrimas. — E quanto aos arranjos de vida? Quero dizer, o castelo é grande. Talvez…

— Se você está sugerindo se mudar pra lá, então é melhor tirar essa ideia da cabeça. Isso não vai acontecer. Nunca. Cuidarei de você e de Shay, mas nunca ficaremos juntos como uma família, do jeito que você quer.

— Eu sei que você sentiu algo por mim — ela argumenta, com teimosia, recusando-se a abandonar essa fantasia.

— Aoife, pelo amor de Deus — rebato, exalando fundo em frustração. — Já falamos sobre isso. Eu amo Cami. E isso não vai mudar.

— Mas por que você não tenta? Na prisão, a maneira como você me tocou. Eu…

Decido explodir sua bolha com rapidez.

— Tudo parece apetitoso para um homem faminto. Foi só isso. Eu trepei com você. E você gostou. Você me fodeu. E eu gostei. Foi apenas sexo.

Ela dá um tapa no meu rosto.

— Como você ousa?! Shay nasceu de algo muito maior do que apenas sexo.

— Sim, de uma situação horrível, algo incrível nasceu, e estou preparado para fazer o que for preciso para assumir minhas responsabilidades. Mas foi isso que significou para mim, Aoife. Não havia mais nada. Sinto muito se você pensou diferente.

Mas meu pedido de desculpas não significa nada para ela.

Ela se levanta de pronto.

— Não posso acreditar quão burra eu fui. Seu pai tem sido mais gentil comigo do que você. Diga-me por que eu deveria acreditar em você quando tudo o que fez foi me fazer sentir inútil? Talvez eu tenha que ser cuidadosa com você, e não com o seu pai. Talvez eu conte a ele o que sei e então decida quem está me contando a verdade?

— Escolha suas palavras com sabedoria — advirto, tirando meus óculos escuros para que ela possa ver a seriedade no meu olhar. — Eu não aceito ameaças muito de boa.

— Ameaças? — ela debocha, cruzando os braços. — Se eu te ameaçasse, eu lhe daria um ultimato: eu ou Cami. Se você a escolher, direi ao Sean que ela não está onde deveria estar. Isso é uma ameaça.

Antes que ela possa se gabar de sua presunção, eu me levanto e agarro seu braço, puxando-a na minha direção, de modo que nossos rostos fiquem a centímetros de distância.

— Faça isso e eu prometo que você nunca mais verá Shay.

— E você disse que nunca tiraria um filho da mãe dele — ela rosna, tentando se soltar do meu agarre, no entanto, essa vaca não vai a lugar nenhum.

— Eu não faria isso — afirmo —, mas Sean, sim. Depois que você contar a ele o que sabe, depois de cumprir seu propósito, ele mandará alguém te matar e levará Shay embora. Não duvide disso, porra. Mas você que sabe: vá em frente e conte ao Sean. Atreva-se.

Deixo que ela blefe, porque não serei chantageado. De novo não.

— Talvez eu vá. — Mas ela está mentindo.

— Você está tão desesperada assim para que eu te foda de novo? É isso? Você preferiria um afeto forçado do que algo real?

Seus olhos se enchem de lágrimas, porque sei bem como magoá-la. Ela acredita em contos de fadas. Eu não.

— Leve Shay para casa. Nós acabamos a conversa. — E só então eu a solto.

Preciso ir embora antes de fazer algo do qual me arrependerei.

Eu me afasto rapidamente e sigo até o lugar onde Shay está brincando. Quando me aproximo dele, ele protege o sol de seus olhos enquanto olha para mim.

— Cuide da sua mãe.

Ele acena com a cabeça, sem perguntar o motivo. Acho que ele está feliz em me ver indo embora.

Assim que entro na caminhonete, fico um tempo parado, sem me afastar. Eu só fico ali sentado, encarando o para-brisa. Aoife agora é um problema; um sobre o qual não sei o que fazer. Depende dela manter o nosso segredo. Se ela contar a verdade a Sean...

— Porra! — praguejo, socando o volante, precisando esmurrar alguma coisa antes de explodir.

Minhas mãos tremem quando pego o celular e envio uma mensagem para Austin.

Puck: Preciso de atenção com Aoife. Ela não é confiável.

Ele responde um momento depois.

Austin: Pode deixar. Ela vai ser um problema?

Odeio não saber o que responder a isso, então opto em dizer com o máximo de honestidade:

Puck: Não sei.

Aoife acaba de colocar um alvo na cabeça dela. Apenas mais uma vítima nesta guerra sem fim.

TREZE

CAMI

Tentei não pensar nisso porque Aoife sempre fará parte da vida de Punky, mas não consigo aliviar esse peso em meu peito. Faz apenas algumas horas desde que ele me deixou, mas parece muito mais do que isso.

Eu sei que é porque uma pequena parte minha continua sussurrando dúvidas em meu ouvido; que Aoife e Punky sempre compartilharão algo que eu não compartilharei. Eles têm um filho juntos, um filho incrível, e não importa o que aconteça no futuro, para mim e Punky, Shay sempre será o filho primogênito de Punky.

Tenho tentado me manter ocupada. Fui até uma loja local para comprar algumas coisas necessárias, pois só tenho as roupas do corpo. Não sei quanto tempo vou ficar por aqui, então comprei o essencial. Eu esperava que me vestir bem e aplicar um pouco de maquiagem me ajudasse a me sentir pelo menos um pouco melhor.

Não pareço mais uma morta-viva, mas ainda me sinto uma bosta.

O encontro com Alek, que exalava confiança e carisma, me deixou um pouco mais tranquila, porque desta vez sei que podemos vencer. Mas não acho que Punky conseguirá desistir de tudo isso. Ele diz que sim, e eu o amo ainda mais por isso. Porém, fugir disso não será fácil.

Este país, esta vida – tudo faz parte dele e eu aceito isso. Não quero que ele desista de algo por achar que é a coisa certa para os outros. Eu não gostaria que ele esperasse isso de mim. Mas o acordo está feito. Acredito que Alek o matará se Punky voltar atrás em sua palavra.

— Você está adorável.

Quando seus braços fortes e suas palavras me envolvem, toda a insegurança desaparece. Eu me recosto a ele, saboreando seu toque, já que não o ouvi entrar.

— Obrigada. Como foi?

Punky beija minha têmpora e me abraça mais apertado.

— Não quero falar sobre isso agora.

O pânico toma conta de mim e, antes que eu possa perguntar o motivo, seu sussurro faminto em meu ouvido silencia minhas preocupações:

— Feche os olhos.

Faço o que ele diz porque, honestamente, quero apagar a luz por um tempo.

Ele está atrás de mim e me guia para fora do quarto. Não abro os olhos, pois confio nele me segurando com força para descer as escadas. A curiosidade toma conta de mim quando ele vira à esquerda e me leva até os jardins dos fundos.

Mesmo sem ver qualquer coisa, conheço este lugar como a palma da minha mão.

—Para onde estamos indo?

— Confie em mim — diz ele, seu tom rouco me atiçando inteira.

Continuamos andando e quando meus pés descalços tocam a grama macia, sinto instantaneamente uma sensação de liberdade. Estar ao ar livre ajuda a me lembrar que sou apenas uma partícula nesse universo imenso, e que minhas escolhas pertencem somente a mim.

E eu escolho Punky – sempre.

Nós paramos, mas nem assim abro os olhos – fico esperando pelo comando de Punky. No entanto, ele não diz nada. Simplesmente ficamos ali juntos, saboreando o silêncio.

Estou quase dormindo quando Punky beija minha bochecha.

— Você pode abrir os olhos.

Eu não faço isso de imediato. Sou grata por este momento porque sinto que me lembrarei disso pelo resto da minha vida. Estar aqui com Punky parece tão certo.

Abrindo os olhos lentamente, pisco diversas vezes, certa de que estou vendo coisas, mas quando a visão à minha frente – luzes cintilantes e uma mesa cheia de comida deliciosa – não desaparece, sei que minhas vistas não estão me pregando uma peça.

Punky fez isso. Ele fez isso por mim.

— É lindo — sussurro, incapaz de desviar o olhar.

A mesa está posta com primor e a vela no centro aumenta o clima romântico. Eu me pergunto quando ele fez tudo isso.

— Estou te devendo um encontro — diz ele, o que me emociona, pois ainda se lembra da promessa que me fez tantas e tantas noites atrás. — Espero ter feito certo.

Sua preocupação é clara e, na verdade, me faz amá-lo ainda mais, já que ele sempre se mostra tão confiante em tudo o que faz, mas quando se trata disso, ele fica muito inseguro.

— Está perfeito, Puck. Eu adorei. Eu te amo.

— Diga isso de novo. — Ele acaricia minha bochecha com a ponta do nariz, quase me transformando em mingau.

— Eu te amo. Tanto... mas eu te amaria ainda mais se você me deixasse comer toda essa comida.

Sua risada rouca ameaça me distrair da comida na minha frente e deleitar-me com algo mais delicioso: ele. Mas consigo me controlar por enquanto.

Ele nos leva até a mesa, onde puxa a cadeira para mim. Eu aceito, com um sorriso. Ele se senta na minha frente, pegando a garrafa de vinho, e me serve uma taça enquanto apenas admiro tudo ao redor.

— Não posso levar todo o crédito — revela ele. — Aine ajudou. Mesmo que ela me odeie.

Não consigo segurar o riso.

— Ela é apenas protetora. Ela viu o que passei quando você se foi. Foi meu refúgio do mundo real.

O clima logo muda quando menciono o porquê vim para cá.

Não falamos nada após isso, e decidimos que agora é um bom momento para experimentar todas as comidas apetitosas que temos à frente.

Não percebo o quanto estou com fome até dar a primeira mordida. Comer é a última coisa em que penso, mas assim que o ensopado irlandês toca minha língua, é a única coisa em que consigo me concentrar. Estou engolindo a terceira colherada quando noto Punky olhando para mim com um sorriso enorme.

— O que foi? — pergunto, com a boca cheia.

Punky balança a cabeça, divertido.

— Nada. Eu só gosto de ver você comer.

— Bem, continue me dando comida desse jeito, todo dia, e é capaz que vou explodir.

Algo cintila no olhar de Punky, e quando estou prestes a dizer a ele que estou apenas brincando – bem, na verdade não –, ele me deixa em silêncio quando desliza uma pequena caixa de veludo azul sobre a mesa. Eu olho para a caixinha e depois para ele.

— Abra. — Ele sorri quando percebe minha expressão atordoada.

Não quero fazer suposições, mas minha mão treme quando a pego.

— Se você não gostar…

Mas não ouço mais uma palavra porque assim que abro a caixa não há como não gostar do que vejo, pois é a coisa mais linda que já vi.

Entre a seda branca está um anel de noivado de ouro branco. É simples: um fino aro de ouro branco com um diamante redondo.

Eu sei que Punky está esperando que eu diga alguma coisa, mas estou, literalmente, sem palavras. Tudo isso é emocionante demais.

— Sei que nem chegamos a discutir sobre o tipo de aliança que você queria, mas quando vi isso, soube que era perfeito para você. O anel da minha mãe era semelhante. Eu lembro disso. E quando perguntei ao joalheiro sobre aquele anel… — Ele faz uma pausa, precisando de um momento, e quando continua, entendo o porquê: — Ele me disse que se chamava Cara.

Lágrimas nublam meus olhos porque isso significa muito mais do que apenas uma bela joia. Isso significa nosso futuro – para sempre.

— Eu posso trocar por outro, se você não…

— Eu adorei — interrompo, suavemente, passando a ponta do dedo sobre o diamante brilhante. — É perfeito.

Punky suspira, aliviado.

Ele se levanta e, com gentileza, remove o anel da caixa. Em seguida, ele segura minha mão, se ajoelha e desliza o anel no meu dedo anelar esquerdo. A joia se ajusta com perfeição.

Nós dois admiramos a aliança, maravilhados com o que ela representa, com o que superamos para estar aqui. Nunca pensei que algum dia encontraria a felicidade nesta vida, às vezes, cruel, mas agora sou a mulher mais feliz do mundo.

Não consigo evitar e agito os dedos, a luz fraca refletindo o brilho do impressionante diamante.

— Para sempre sua — sussurro, essas palavras me agradando de uma forma que nunca pensei ser possível.

— Sempre — responde ele, umedecendo o lábio inferior com a ponta da língua. Ele tirou o piercing no lábio, mas ainda usa o do nariz. Um calor se espalha da cabeça aos pés.

Eu quero esse homem. E eu o quero agora.

Meu braço ainda está engessado, mas não me importo se tiver que quebrá-lo novamente para tocá-lo, para que ele me toque da maneira depravada e perversa que eu quero que ele faça.

— Babydoll — ele avisa, me lendo como um livro.

Eu sei que ele está agindo com cautela porque não quer me machucar, mas estou sofrendo com a distância entre nós.

Agarro sua camiseta em um punho e o puxo para mim, colando a boca à dele. Ele retribui o beijo com a mesma avidez, revelando que quer isso tanto quanto eu. Quando fizemos amor pela última vez, ele foi cauteloso, todo preocupado porque eu estava ferida, mas não essa noite.

Quero que ele perca o controle.

Não conseguimos acompanhar a ferocidade dos nossos beijos, e quando ele morde meu lábio inferior, quase imploro que me leve aqui e agora.

Porém, não querendo desrespeitar Aine dessa forma, eu me levanto, levando Punky comigo. Nossos lábios em momento algum se separam. Continuamos nos beijando sob esse brilho sereno.

Afastando-me um pouco, eu ofego:

— Venha comigo.

Ele assente em concordância, e sei que ele me seguiria até as profundezas do inferno se eu pedisse.

Segurando sua mão, eu o conduzo para um lugar isolado onde sempre encontrava paz quando as coisas se tornavam difíceis demais para lidar. Isso acontecia com frequência. Mas agora posso substituir a tristeza pelo contentamento enquanto o guio em direção a um galpão deserto. Abro a porta e estamos um em cima do outro antes que ela feche.

Estou rasgando a camiseta de Punky, desesperada para sentir seu calor contra minha língua. Assim que seu tórax fica exposto, mordo sua garganta, descendo. Lambo seus peitorais, saboreando os grunhidos animalescos que escapam de sua boca.

Quando chego em seu abdômen travado e passo a língua sobre cada gomo e reentrância, quase gozo aqui e agora porque seu corpo é musculoso, magro e me deixa louca de tesão. Meus dedos continuam a acariciá-lo conforme beijo, lambo, mordisco, até chegar ao cinto com um sorriso.

Seu V esculpido em granito me deixa com água na boca, e pretendo devorar cada centímetro dele porque ele é meu… meu… meu.

Desabotoo seu cinto e a calça, e quando abaixo a peça pelos quadris masculinos, seu pênis pesado se liberta, me fazendo gemer com vontade.

— Amor… — Mas ele não consegue terminar a sentença, porque agora é a minha vez de cair de joelhos.

Eu olho para ele por baixo dos meus cílios longos, lambendo os lábios antes de colocar seu comprimento em minha boca.

— Ai, caralho — ele pragueja, ofegando. — Puta que pariu.

Cada um de seus palavrões me estimula enquanto o levo bem fundo na garganta.

Eu me engasgo de leve, me afasto um pouco apenas para voltar a fodê-lo com a boca, em uma fome louca. Não consigo o suficiente e continuo trabalhando seu eixo desesperadamente, usando a mão para acariciá-lo em sincronia com minha boca.

Ele pulsa em minha boca e meu centro necessitado lateja por atenção, mas esse momento é dedicado a ele.

Estou saciada, me empanturrando enquanto ele impulsiona os quadris, deslizando para dentro e para fora da minha boca. Agarrando um punhado do meu cabelo, ele controla a profundidade e o ritmo, e não é nem um pouco gentil. Ele fode meu rosto com uma rapidez brutal, ciente de que posso aguentar.

Mais uma vez, eu engasgo quando ele toca o fundo da minha garganta, e quando ele ameaça se retirar, eu agarro suas coxas musculosas, me recusando a soltar.

Fazer tudo isso com uma mão é frustrante porque quero me tocar enquanto lhe dou prazer. Mas a antecipação só aumenta o desejo que sinto.

Seu pau endurece ainda mais, e sei que ele está perto de gozar.

— Babydoll — ele ofega, tentando desesperadamente me afastar.

Eu só o chupo com mais voracidade. Seu gosto é almiscarado e masculino, e quando passo a língua ao longo da parte inferior de seu comprimento, antes de chupar a cabeça com vontade, sinto o membro latejar. Puck grunhe e seu jorro quente enche minha boca, mas ao invés de me afastar, eu o tomo por inteiro.

Engulo mais fundo ainda, sua semente escorrendo pelo meu queixo diante do orgasmo selvagem que me deixa cada vez mais molhada. Os sons primitivos que ecoam de Punky contribuem ainda mais para este momento avassalador, e eu adoro isso.

Com duas bombeadas finais, ele suspira, saciado, enquanto eu, por fim, o solto.

Punky se curva, limpando meus lábios com o polegar e espalhando sua semente na minha boca e queixo. Cuidar de mim desse jeito é gostoso pra caralho. Mas sei que as coisas apenas começaram.

Ele fica completamente nu e me levanta do chão; em seguida, ele me empurra contra a parede, de costas para ele. Sequer tenho tempo de falar, pois ele ergue a barra do meu vestido e arranca minha calcinha. Ele me convence a abrir as pernas conforme se ajoelha atrás de mim.

— Me dê essa bundinha perfeita — exige, me empurrando para que eu fique mais curvada à frente.

Olho para ele por cima do ombro, gemendo quando seu rosto mergulha entre as minhas pernas, chupando gostoso meu buraco enrugado. Eu não sabia que gostava desse tipo de sacanagem até Punky me viciar, mas a maneira como ele me devora sem a menor vergonha ou nojo me faz balançar para frente e para trás em seu rosto.

Ele agarra minhas pernas e se abaixa para poder alternar entre minha bunda e minha boceta. Ele está em todo lugar, chupando, lambendo, me incendiando. Não dá nem para acreditar que vou experimentar isso pelo resto da vida.

A aliança em meu dedo parece perfeita ali – como se pertencesse àquele lugar desde sempre. Este é o meu destino. Punky é meu para sempre.

Ele toma todo o meu sexo em sua boca, me comendo com tanta intensidade que fico sem ar. Eu, literalmente, sinto como se ele estivesse me comendo viva. Enquanto devora minha bunda, ele afunda dois dedos em mim, me enchendo. Ele me fode com a boca e os dedos, me devastando.

— Punky — eu gemo, me esfregando contra ele, precisando gozar nesse instante.

Eu me movo contra ele, desesperada para acabar com esse anseio, mas sua risada rouca apenas vibra contra mim, insinuando que ele vai me fazer implorar.

— Quero que você diga. — Seu hálito quente aquece minha pele lisa.

— Por favor, me faça gozar.

Seu rosnado baixo expressa aprovação à minha súplica, e ele me dá o que preciso ao girar a língua dentro da minha boceta antes de circular meu clitóris. Agarrando minha cintura, ele me força a montar em seu rosto, e a fricção é demais.

Uma explosão me atinge por dentro, meu orgasmo ecoando com um gemido saciado.

Punky arranca cada um dos meus espasmos, me encorajando a continuar rebolando contra seu rosto enquanto ele lambe, chupa e morde minha carne sensível. Ele me segura pelo tempo que o clímax dura, quase uma eternidade, mas quando finalmente volto à terra, percebo que nós dois queremos mais.

De pé, ele me gira, e o olhar feroz em seu rosto me faz arrancar o vestido de uma só vez. Não estou usando sutiã, e Punky se aproveita disso ao abocanhar um mamilo sem dó.

Com a coluna arqueada, eu me delicio com o roçar de sua barba contra a pele sensível, intensificando ainda mais o prazer. Seu toque é maravilhoso em toda parte.

Puxo seu rosto para mim, e o beijo, indiferente ao meu cheiro que se espalha por toda a sua pele. Então, eu o conduzo em direção ao sofá pequeno. Assim que o empurro contra as almofadas, contemplo seu semblante refletindo todo o amor que sente por mim.

Quando monto seu colo, ele já está de pau duro de novo, e eu ainda estou incrivelmente molhada, então agarro seu comprimento e o guio com facilidade para dentro de mim, centímetro a centímetro. Nós dois gememos diante da conexão imediata, porque nada, absolutamente nada se compara a isso.

Com calma, eu desfruto na união de nossos corpos, e quando o sinto completamente enterrado até o talo, prendo a respiração. Eu não me movo. Simplesmente sinto que este homem é meu dono – mente, corpo e alma.

Eu o vi matar com brutalidade, mas estar com ele dessa maneira me fez apreciar ainda mais o nosso amor, porque sei que ele não ama com facilidade e de um jeito livre. Ele me escolheu para amar e proteger. Mesmo através de toda feiura em que vivemos, conseguimos encontrar isso, e é a coisa mais linda do mundo.

— Eu te amo — declaro, e só então começo a me mover.

Ele arqueia a cabeça para trás à medida que o cavalgo devagar, querendo saborear esse momento. Nossa paixão avassaladora já foi saciada, então agora quero desfrutar de nosso amor por horas, dias.

Balançando para frente e para trás, eu atormento a nós dois com movimentos delirantemente lentos, mas a antecipação só faz aumentar ainda mais o anseio.

Os olhos azuis de Punky se fixam no ponto onde estamos unidos, observando a forma como nos tornamos um.

— Eu também te amo — diz ele, seu leve sotaque fazendo vibrar meu centro. — Não consigo acreditar que você é minha.

Adoro pertencer a ele e ele a mim, porque, por fim, me sinto inteira.

Ele entrelaça nossos dedos, passando o polegar sobre a aliança. Também adoro que ele aprecie a importância dessa joia no meu dedo, pois significa mais do que apenas casamento.

Significa que conseguimos – sobrevivemos.

Continuo me movendo devagar, nossos gemidos apaixonados nos envolvendo firmemente em um mundo onde só nós existimos. Ele me permite assumir o controle, confiando em mim da mesma forma que confio nele.

Nossos corpos estão escorregadios, quentes, e quando ele coloca a mão em meu quadril, seus dedos cravando em minha carne, aumento o ritmo porque o quero mais fundo. Ergo os quadris, apenas para me abaixar lentamente de volta sobre ele.

— Porra, amor — ele grunhe, as veias de seu pescoço salientes e latejantes. — Você vai me matar.

— O melhor jeito de morrer — respondo, apertando meus músculos ao redor dele.

Ficamos daquele jeito, saboreando um ao outro, pelo que parecem horas, sem nunca romper o contato. Tenho certeza de que se alguma coisa acontecesse com Punky, a conexão seria tão profunda que eu não sobreviveria.

Ele se inclina para frente, chupando meus seios enquanto arrasto os dedos sobre seu peito e abdômen trincado. Não consigo me lembrar de uma época em que me senti tão perto dele. Eu o fodo sem pressa, balançando para frente e para trás e de um lado ao outro.

Ele espalma minha bunda, me encorajando a tomá-lo ainda mais fundo, e quando ajeito a posição para me agachar acima dele, sei que estamos no ápice de gozar.

Aumento o ritmo, quicando em seu pau, me apoiando em seu tórax musculoso para montá-lo com força. Ele agarra o encosto do sofá, quase rasgando o tecido em pedaços enquanto ergue a pelve, encontrando meus impulsos.

Em seguida, eu me inclino e o beijo com toda a paixão dentro de mim. Minhas pernas parecem gelatina, mas Punky agarra minha cintura com ambas as mãos e ordenha o prazer que tanto ansiamos. Em pouco tempo, meu corpo relaxa, e me torno uma marionete em suas mãos – Punky curva meu corpo ao seu bel-prazer, e passa a me foder com força. Ao mesmo tempo, ele acaricia meu clitóris do jeito certo, uma e outra vez, até que inclino a cabeça para trás e vejo estrelas enquanto gozo com um grito de satisfação. Meu coração ameaça explodir, meu corpo tremendo incontrolavelmente.

Com um gemido gutural, Punky goza alto e forte dentro de mim. Sequer penso duas vezes nas consequências, porque eu o quero ali, enterrado bem fundo. Sempre.

Meu corpo exaurido e agora lânguido tomba para frente. Estou zonza porque, puta merda, isso foi incrível. Punky me abraça com força contra seu peito, respirando com dificuldade enquanto nós dois recuperamos o fôlego.

Ficamos naquela posição por um bom tempo, simplesmente aproveitando o silêncio. Se dependesse de mim, eu nunca mais sairia dali.

Punky arrasta as pontas dos dedos pelas minhas costas, espalhando arrepios da cabeça aos pés. Estou quase dormindo quando o celular dele toca. Ele não faz nenhuma tentativa de atender, mas quando o toque se torna ininterrupto, ele suspira.

— Desculpe, amor.

Com um gemido, lentamente me levanto de cima dele, desabando no sofá e admirando sua bunda firme enquanto ele procura pelo celular. Assim que atende a chamada, nossa felicidade chega ao fim.

— Caralho! — pragueja, antes de encerrar a ligação.

Enquanto ele se veste freneticamente, eu me levanto de um pulo e faço o mesmo.

— O que aconteceu?

Passando a mão pelo cabelo, ele parece precisar de um momento antes de responder. Isso só pode significar que não vem coisa boa por aí.

— É Aoife.

Espero que ele prossiga, mas nada poderia me preparar para o que ele diz a seguir:

— Ela está morta... e Liam está com Shay. Temos que ir.

CATORZE

PUNKY

Isso tem que acabar, porque não aguento mais.

Quando Alek me telefonou e me contou o que havia acontecido, a história se repetiu na minha mente – de novo e de novo. Mas não permitirei que outra pessoa seja usada como moeda de troca, especialmente meu filho.

Os homens de Alek seguiram Liam até sua casa em Dublin, onde Cami e eu estamos estacionados agora.

Os caras do mafioso russo não quiseram intervir, pois estão cientes de que esta luta é minha. Não há como alguém tirar isso de mim. Alek disse que era tarde demais para Aoife, mas sabia que Liam não machucaria Shay porque precisava dele; exatamente como Sean precisava de Babydoll.

Não sei por que Liam pegou Shay e matou Aoife, mas suspeito que ele tenha descoberto que Babydoll não estava onde deveria estar. No entanto, pretendo chegar ao fundo disso agora.

Não consigo sequer formular uma frase coerente. Só consigo pensar em matar Liam.

Babydoll e eu saímos da caminhonete, ambos armados. Os homens de Alek, assim como os meus, estão escondidos, esperando meu comando para invadir a casa e destruir todos aqueles que me traíram. Não tenho um plano, e sei que não posso simplesmente ir até a porta da frente e bater.

Preciso de uma isca, e ela vem na forma de um mafioso russo.

Alek caminha casualmente até onde estamos, sem se preocupar com o que está prestes a acontecer. Eu tento de todo jeito manter a calma, mas preciso que sangue seja derramado para apaziguar essa fúria dentro de mim.

— Sinto muito pela mãe do seu filho — diz ele, com um aceno respeitoso. — Aconteceu muito rapidamente; não que isso sirva de consolo.

Antes que meus homens tivessem a chance de ajudar, ela já estava morta. Ela foi estrangulada.

Um gemido escapa de Babydoll.

Não faço barulho porque, pelo que Alek disse, Aoife convidou Liam para sua casa como se o conhecesse. Será que ela estava bancando a agente dupla? Ela estava disposta a contar tudo para se vingar de mim? Já não sei de mais nada.

— Obrigado por fazer isso — agradeço, porque Alek é a razão pela qual poderei entrar na casa de Liam.

— Não gosto de homens que envolvem crianças inocentes em seus jogos. É um ato bem covarde e demonstra fraqueza.

— Sim, concordo — respondo, cerrando a mandíbula.

— Vou te levar para dentro da casa dele, mas a questão é: o que acontecerá quando você entrar?

Sei que o que ele está dizendo é que, se eu matar Liam prematuramente, corro o risco potencial de estragar tudo. Sean vai querer saber o motivo, e o carregamento de drogas que deveríamos interceptar poderá ser interrompido. Os traficantes estão esperando Liam, mas a notícia de sua morte se espalhará, deixando seus aliados com medo.

Preciso manter meu temperamento sob controle. Ou pelo menos, tentar fazer isso.

— Não posso fazer promessas, mas tentarei não arrancar a cabeça dele.

Alek ri, mesmo sabendo que estou falando bem sério. Ele parece adorar o derramamento de sangue também.

— Tudo bem, enviarei uma mensagem quando for seguro para você entrar.

Não sei como, mas só acredito vendo.

Alek olha para Babydoll, sorrindo.

— Nenhum mal acontecerá ao seu amado — ele promete. — Você me lembra muito minha Ella... sempre corajosa e nunca desistindo de uma luta.

— Acho que gostaria dessa sua Ella — diz ela, baixinho.

— Acho que ela também gostaria de você.

Não sei por que, mas existe respeito mútuo entre nós. Estava lá desde o primeiro momento em que nos conhecemos. Será porque não somos tão diferentes?

Alek assente e, sem alarde, caminha calmamente em direção à casa de Liam. Ele parece refinado e controlado com sua bengala, e esta é a primeira vez que faço um plano com a maior confiança.

O que não tenho como garantir com cem por cento de certeza é de que não matarei Liam, mesmo sabendo o que isso representaria para nós. No entanto, estou cansado de tudo isso.

— Vai ficar tudo bem — diz Babydoll, tocando suavemente meu ombro. Seu toque me acalma, assim como a aliança em seu dedo.

— Eu só quero tirar Shay daí — respondo, meus olhos nunca se desviando da porta de entrada da casa de Liam.

Os homens à frente cumprimentam Alek, que anda por ali como se o lugar fosse seu. Depois de alguns momentos, eles sinalizam que ele entre. Não passou pela minha cabeça que Alek me trairia. Eu confio nele, o que é uma coisa rara para mim.

O tempo se arrasta – parecem horas –, enquanto Babydoll e eu esperamos por um sinal, algo que indique que é seguro entrarmos. Ficamos cientes disso quando a porta da frente se abre e Alek aparece.

Babydoll se vira para olhar para mim, arqueando uma sobrancelha, confusa. Não é possível que a coisa é tão simples assim, é?

Mas quando Alek acena para nós, parece que sim.

Não hesito e marcho em direção à casa com Babydoll ao meu lado. Preciso tirar Shay de lá o mais rápido possível e preciso fazer isso com alguém em quem eu, e também o pequeno, confiamos. Não precisava ser um gênio para adivinhar qual era a única pessoa capaz disso.

O portão está aberto, então corremos pelo caminho, de olho nos homens de Liam. Estou surpreso ao ver a área limpa. Alek não está mais aqui, mas a porta da frente se encontra aberta, o que é tudo de que preciso. Entro, me guiando pela voz de Alek.

Babydoll está com a arma em punho, e, em passos silenciosos, seguimos pelo corredor. Não consigo entender o que Alek está dizendo, mas sem dúvida ele está na última sala. Não sei se isso deveria ser um ataque surpresa, então diminuo o ritmo e aponto com o dedo para Babydoll, sinalizando que devemos manter silêncio.

Ela balança a cabeça, pronta para o que quer que aconteça nos próximos minutos.

Quando chegamos perto da porta, paro e ouço o que está sendo dito entre Liam e Alek.

— Vou fazer de você um homem muito rico.

— Eu já sou um homem muito rico — Alek rebate, e não consigo reprimir o sorriso.

— Ajude-me a derrotar os Kelly e você ficará ainda mais rico. Eu preciso que eles desapareçam. Mas se você não quiser ajudar, então tenho outras maneiras de fazê-los se submeterem.

Não espero que Alek responda. Já ouvi o suficiente. Antes que Babydoll possa me aconselhar a esperar, abro a porta e entro na sala que parece ser o escritório de Liam. Quando ele me vê, seus olhos se arregalam.

— O qu…

Não lhe dou chance de falar ou de alcançar a arma escondida em sua gaveta. Contorno sua mesa e dou um soco direto em seu rosto. O estalo agudo sugere que quebrei seu nariz, mas não é suficiente.

Eu o esmurro outra vez, e mais duas vezes, adorando vê-lo se contorcer em sua poltrona de couro, tentando fugir. Mas ele não vai a lugar nenhum.

Agarrando a gola de sua camisa agora ensanguentada, eu o levanto e o empurro de costas contra a parede. Ele tenta lutar comigo, mas se torna inepto quando quebro seu pulso ao virar seu braço para trás.

— Onde ele está? — rosno, com o nariz colado ao dele.

Liam cospe na minha cara em resposta.

Com uma risada maldosa, eu rosno:

— Faça como quiser, então.

Levantando seus pés do chão, eu o jogo sobre a mesa e uso seu corpo para varrer o que estiver em cima. Com o antebraço pressionando sua garganta, coloco todo o meu peso sobre ele enquanto ele se contorce de costas, lutando para permanecer acordado.

— Onde ele está? — repito, sem romper o contato visual com ele.

— Seu filho da puta — esbraveja Liam, olhando para Alek, que ainda está sentado serenamente em sua cadeira, apesar de toda a violência. — Você me enganou.

Alek enfia a mão no bolso em busca de um charuto.

— Não é minha culpa que você seja um idiota e não tenha percebido que a necessidade de usar o banheiro era um código para te sacanear.

Uma risada divertida me escapa porque, no que diz respeito aos insultos, Liam acabou de ser derrotado.

— Isso não precisa terminar mal para você. Apenas me diga onde Shay está.

— Não vou te contar porra nenhuma.

— Ah, vai, sim.

Um abridor de cartas prateado atrai minha atenção, o que seria a escolha óbvia para tortura. Mas gosto de ser criativo, então pego um grampeador.

Sem aviso, bato um grampo na bochecha de Liam. A dor afiada, bem como a força da minha mão, o atordoam e o deixam submisso.

— Oh, bravo — Alek elogia, alegremente, acendendo seu charuto.

Liam passa a língua em sua bochecha, sentindo o grampo cravado profundamente em sua carne.

— Vou acabar com todos vocês.

Sua ameaça vazia é um sinal de que ele está com medo e sabe que está perdido. Ele é um iludido, e é por isso que pretendo torturá-lo dolorosa e lentamente.

— Você...

Suas palavras somem em uma confusão abafada enquanto seguro sua língua e grampeio uma, duas, três vezes. Quanto mais violência inflijo, mais minha fome aumenta. Eu não vou conseguir parar, sei isso.

— Eu posso fazer isso o dia todo — digo, sorrindo e pairando sobre Liam, pressionando meu peso nele para que ele não possa se mover.

— Shay.

Quando ouço a voz de Babydoll, sinto a vergonha por só agora me lembrar de sua presença aqui.

Com meu braço ainda esmagando a traqueia de Liam, olho para cima e vejo uma linda mulher segurando a mão de Shay.

— Samia, sua vagabunda nojenta — Liam sibila, indicando que alguém acabou de traí-lo.

Alek estala a língua.

— Venha aqui, querida.

Observo enquanto Babydoll gesticula gentilmente para que Shay vá até ela. A confiança entre eles se torna evidente quando Samia solta a mão de Shay e ele corre em direção a Babydoll. Ela se abaixa e o pega nos braços, abraçando-o.

— Shhh, está tudo bem. Estou com você.

Samia caminha em direção a Alek e observo com interesse enquanto ela se ajoelha diante dele. Ele se inclina à frente e esfrega o polegar nos lábios carnudos dela.

— Não se curve diante de nenhum homem, querida.

Alek é capaz de enfeitiçar qualquer pessoa que encontre, e é isso que faz dele o líder poderoso e temido que é.

Ela balança a cabeça, seus cílios tremulando enquanto ele acaricia sua bochecha.

— Obrigado por devolver o menino.

— É melhor você ficar de joelhos, porque quando eu terminar com você... — Liam mais uma vez fala, como se acreditasse que está saindo dessa com a cabeça ainda sobre o pescoço.

— Cami — digo, pois não quero que ela e Shay testemunhem isso —, volte para Belfast. Encontro vocês lá.

Liam só então percebe que sua irmã está aqui e dá uma risadinha.

— Você é patética. Você deveria estar me agradecendo por matar a namorada dele. Ela te entregou rapidinho. Até mesmo o próprio filho.

Nisso não consigo acreditar, pois Aoife teria protegido Shay até seu último suspiro. No entanto, nunca saberei o que aconteceu – a verdade morreu com Aoife.

— O que você estava fazendo na casa dela?

— Eu estava procurando pela minha querida irmã. Então você pode imaginar minha surpresa quando descobri que ela tinha ido embora. Sean confiava em Aoife por um motivo. Sempre me perguntei o motivo, mas quando vi o menino, soube o porquê na hora.

— Por que você estava procurando por Cami? Em primeiro lugar, foi você quem a levou para a casa de Aoife. Você ficou mais do que feliz em trabalhar com um Kelly para conseguir o que queria. Por que a mudança de planos?

Suspeito que Liam queria sequestrar Cami e mantê-la como garantia contra Sean. Ele sabia que ela era a única coisa que ele tinha sobre mim. Mas se ele a levasse, poderia chantagear aos dois. Mas algo ainda não faz sentido.

Alguma coisa mudou para ele acreditar que pode enfrentar nós dois. Ele precisava trabalhar com Sean para conseguir o que queria, mas traí-lo dessa maneira significa que ele está aliado com outra pessoa. Ele conhecia as fraquezas de Sean e as minhas e estava planejando explorar isso.

No entanto, eu me antecipei.

O medo se alastra pelo meu corpo, porque agora temos outro participante no jogo, alguém que foi mantido fora dos nossos radares – até agora.

— Você não poderia ficar com Cami, então levou Shay, é isso?

— Um Kelly é melhor do que nenhum — ele responde, rindo.

— Cami... — Veneno escorre da minha voz, pois não quero que Shay ouça mais uma palavra. Quando ele descobrir a verdade, será por mim, e não da boca de um maldito sociopata. — Peça a um de nossos homens que o leve para casa.

— Vamos. Shay?

Arriscando um olhar para cima, vejo uma expressão de extrema violência refletida no rosto de Shay – uma expressão que conheço muito bem.

Prometo a mim mesmo, aqui e agora, que não permitirei que Shay se sinta assim novamente. E é por não querer que sua vida seja parecida com a minha, que olho para Babydoll, implorando que ela vá embora. Os dois já testemunharam violência demais.

Ela balança a cabeça em concordância, mas sei que me deixar ali a está destruindo.

Com Shay nos braços, as duas pessoas mais importantes do meu mundo vão embora, abrindo espaço para os demônios que exigem vingança e derramamento de sangue. Confio que os dois ficarão bem, pois sei que meus homens lá fora morrerão protegendo-os.

Samia se levanta, olhando para Liam sem qualquer remorso.

— Os homens estão na cozinha, bebendo. Eles vão demorar um pouco.

— Você está morta. Você e sua família estão todos mortos.

— Samia, irei encontrar você — interrompe Alek. — Você será recompensada por escolher o lado certo.

Suas bochechas ficam vermelhas quando ela faz uma reverência em gratidão.

Ela sai da sala e fecha suavemente a porta atrás dela, deixando a nós três ali.

Liam se debate, mas não vai a lugar nenhum.

— Eu quero saber por que você traiu Sean agora. O que mudou?

Liam arrasta os dentes em um grampo e consegue retirá-lo.

— Eu me adiantei, antes dele. Não sou nenhum idiota. Eu sei que é apenas uma questão de tempo até que ele faça comigo o mesmo que fizeram com o meu pai. O que você fez.

Liam sabe que Sean e eu estávamos planejando interceptar seu carregamento, com o intuito de fazer dele um exemplo? Suponho que não é preciso ser um gênio para descobrir isso. Eles já precisaram um do outro, mas agora estão lutando pelo primeiro prêmio.

— Seu pai era fraco e também era muito burro. Matá-lo foi fácil demais — alego.

— Seu filho da puta! — Liam ruge, se debatendo desesperadamente. Mas ele não vai a lugar nenhum.

— Assim como foi fácil matar seu irmão.

Alek se levanta e vai até o aparelho de som, ligando e selecionando uma estação. Quando ouço Bach, peço que deixe e aumente o som.

— Boa escolha — diz ele, vindo até mim. — O que vamos fazer?

Alek também percebeu que outra pessoa quer entrar no território, e a única maneira de descobrirmos sua identidade é obrigando Liam a nos contar. Porém, quando olhamos para ele, sabemos que isso, provavelmente, não vai rolar.

No entanto, posso sempre tentar arrancar a verdade... e terei muito prazer em fazer isso.

— Com quem você está trabalhando?

Liam ri em resposta.

Golpeio sua testa com o grampeador, o grampo cravando-se em sua cabeça.

— Os Kelly finalmente foram derrotados. Isso é tudo que importa para mim. Então faça o que quiser comigo, porque não vou te contar nada.

Sua determinação é firme e acredito que Liam levará seu segredo para o túmulo, o que significa que será necessária uma mudança de planos. A essa altura, Sean já saberia que Aoife está morta ou pelo menos desaparecida, assim como Babydoll. Ele acabou de perder suas cartas na manga.

Ele fugirá ou lutará e, conhecendo meu pai, a fuga será a escolha, já que ele não passa de um covarde de merda. Desta vez, porém, tenho um exército para me ajudar a caçá-lo.

— Ele não vai falar — declara Alek, confirmando o que já sei.

Sua lealdade significa que ele respeita e ama essa pessoa. O que só pode indicar que é alguém próximo a ele e aos Doyle. Não se trata apenas de poder. É uma questão de honra.

Ele luta contra o meu agarre, mas eu pressiono seus lábios e grampeio a pele, para manter sua boca fechada. Enquanto ele tenta gritar, dou um soco em seu estômago, deixando-o sem fôlego, e continuo grampeando sua boca.

Repetidas vezes, traço o contorno, e o sangue escorre a cada tentativa dele de abrir a boca. No entanto, cada grampo se junta ao outro, com mais firmeza e, em pouco tempo, a pele rosada desaparece, dando lugar ao tom prateado. Liam tenta me empurrar, e eu pego o abridor de cartas e enfio em seu ombro, empalando-o na mesa.

Eu me afasto com um pulo e observo Liam Doyle se contorcer como um inseto, seus gritos abafados enquanto ele luta por sua vida. Mas este é o fim da linha para ele.

Muita coisa mudou, e a verdade é que a única maneira de estarmos seguros é se todos estiverem mortos. Não sei mais contra quem estou lutando. Mas o que sei é que Liam e Sean... eles morrem... esta noite.

Com a decisão tomada, um peso de papel de cristal em forma de pirâmide chama minha atenção. Assim que o pego, o peso contra a palma da mão me conforta. Gostaria de ter mais tempo para torturá-lo, mas a verdade é que Liam Doyle não vale a pena.

Ele era a marionete de Sean, então parece apropriado que eu corte suas cordas.

Brincando com o peso de papel jogando para cima repetidas vezes, relanceio um olhar para Alek, esperando que ele entenda que as coisas mudaram. Eu queria que tudo corresse bem, que fosse discreto, mas está valendo tudo agora. Vou massacrar até o último filho da puta que me traiu – ah, sim, haverá sangue.

O olhar atento de Liam está focado em meus movimentos, imaginando qual castigo está destinado a ele.

— Sinto muito, mas você não vai dar a sua festinha — digo, friamente, porque as festividades estão encerradas. — Você sequestrou a mulher que eu amo. E levou meu filho. Você matou a mãe dele. Eu sei como é isso, graças ao seu pai. Vocês são podres, todos vocês, Doyle, são escória. Então, está na hora de acabar com sua linhagem de uma vez por todas.

Sem romper o contato visual em momento algum, enfio a ponta do peso de papel na lateral da garganta de Liam. Ele rompe a pele com facilidade. Um grito abafado ressoa de seus lábios grampeados, mas ainda não terminamos. Ainda não.

Arrastando a ponta pela carne, vou rasgando a carne, traçando uma linha irregular em sua garganta. O sangue esguicha do corte, espirrando em meu rosto e mãos, mas continuo cortando seu pescoço violentamente. Liam ainda está vivo, debatendo-se inutilmente enquanto tenta se libertar, mas esta será a última vez que o filho da puta respira.

O corte é extenso, e eu o aprofundo ainda mais, enfiando dois dedos na incisão aberta em busca de tendões e músculos. Quando sinto sua língua, eu a arranco através do corte. Seus olhos se arregalam assim que se dá conta do que acabei de fazer.

Com um tapinha zombeteiro em sua bochecha, dou um sorriso maquiavélico.

— Dê um 'oi' ao seu pai por mim.

Observo a respiração áspera de Liam se tornar cada vez mais superficial até que, logo após, ele para de respirar. Ele está morto… e eu não sinto nada.

Largo o peso de papel no chão acarpetado. A serenidade de Bach contrasta com a cena grotesca diante de nós, mas quando olho para Alek, percebo que ele aprecia a brutalidade tanto quanto eu.

— Que obra-prima — diz ele, tragando seu charuto com calma.

— Obrigado. Isto é apenas um aquecimento. — Limpo as mãos na camisa de Liam.

— Mal posso esperar por isso. Devemos agir rapidamente. Muita coisa mudou. Você sabe quem ele estava protegendo? — Alek olha para o corpo ensanguentado de Liam, seus lábios se contraindo. — Atitude bem estúpida a dele em revelar essa informação.

— Sim, você está certo. — Eu começo a me perguntar: — Você não acha que pode ser uma armadilha? Tipo, ele dizendo o que queremos ouvir?

— Ele sacrificaria sua vida assim?

Não posso afirmar com certeza.

— Alguém, definitivamente, estava ajudando o filho da puta. Só não faço ideia de quem seja; a essa altura, honestamente, pode ser qualquer um.

— Isso torna as coisas muito difíceis para nós. Precisamos de um novo plano.

Assentindo, dou uma última olhada no cadáver de Liam, pois isso estabelece um limite para o que pretendo fazer com Sean.

— Sim, mas primeiro, preciso encontrar meu pai... e matá-lo, porra.

Alek simplesmente fuma seu charuto, entendendo meus motivos.

— Estarei à sua disposição. Assim que terminar, organizaremos a próxima etapa.

— Obrigado. Entrarei em contato. Mas isso pode demorar um pouco.

O russo apenas sorri.

— Não imaginei que seria diferente.

Cuspindo no cadáver de Liam, saio da sala, apenas parcialmente satisfeito. Eu quero mais.

Austin está me esperando na porta da frente. Não tenho dúvidas de que os homens de Liam fugiram – a lealdade dos filhos da puta é péssima.

— Você precisa de ajuda? — Austin pergunta.

Nego com um aceno de cabeça.

— Não, isso é algo que preciso fazer sozinho. Sonhei com este dia durante dez anos.

— Claro, vá fundo.

Alimentado pela sede de vingança, saio porta afora, com as mãos ensanguentadas já com a chave a postos. Cami e Shay estão seguros, porque sei que meus homens não deixarão nada acontecer com os dois. Eles têm um exército pronto para lutar e dar a vida por eles.

Isso me conforta e me permite focar em apenas uma coisa: matar Sean. Não sei no que estou me metendo, mas estou pronto para isso.

Entro na caminhonete e zapeio pelas estações do rádio até encontrar uma música de Beethoven. Foi bastante catártico ouvir Bach enquanto eu arrancava a língua de Liam pelo rasgo em sua garganta. Beethoven, no entanto, estabelece um clima totalmente diferente.

É hora de a merda bater na porra do ventilador.

Eu me mantenho no limite da velocidade enquanto dirijo até a casa de Sean. Não quero chamar atenção enquanto estou encharcado com o sangue de Liam. Quanto mais perto chego, mais animado fico. A analogia com a frase: "feliz como uma criança na manhã de Natal" me vem à mente, mas nunca pude vivenciar esses marcos especiais, graças ao meu pai ter matado minha mãe e me roubado uma vida normal.

Pego a estrada e depois da curva avisto a casa de Sean, e uma sensação de mau presságio toma conta de mim. Está muito... silencioso.

Estaciono a caminhonete na calçada e pego a faca e arma no console central. Não pretendo usar nenhum dos dois, pois pretendo sujar as mãos. No entanto, levo apenas por precaução.

Bem devagar, sigo até a entrada, examinando cuidadosamente os arredores. Os cabelos da minha nuca se arrepiam, mas é tarde demais.

— Mãos ao alto! Você está invadindo propriedade particular.

Estou meio cego por uma lanterna, mas sei muito bem quem é.

— Boa noite, delegado — caçoo, levantando vagarosamente as mãos em sinal de rendição. — Só dando uma volta, né?

— Pode parar de gracinha — ele rosna, agarrando meu pulso com força e já a postos de prender as algemas.

Sean chamou os reforços. Ele deve estar assustado, porque sabe que eu sei... de tudo. Isso também significa que ele fugiu.

O delegado Shane Moore está aqui para me atrasar.

No entanto, quando ele direciona a lanterna para minhas mãos, sei que o filho da puta fará muito mais do que apenas me atrasar.

— Isso é sangue? Ah, você acabou de facilitar meu trabalho.

Não tenho chance de responder, pois ele me empurra para a parte traseira da viatura oculta nos jardins dos fundos da casa.

— Você é tão traiçoeiro quanto seu pai — disparo, lutando contra ele que me força a avançar. — Ele fez a carreira me usando de bode-expiatório. O filho da puta sabia que eu não era culpado, mas isso não o impediu de me jogar na prisão enquanto colhia os benefícios.

Shane está cansado da minha falação, e usa seu bastão para me deixar sem fôlego ao golpear minha barriga. Caio de joelhos, com as mãos algemadas às costas, dando uma risada zombeteira.

— Isso é o melhor que você pode fazer?

Shane rosna e começa a me bater com seu bastão. Eu tento desviar o melhor que posso com as mãos algemadas, mas não demora muito para que ele me bata até que perco os sentidos. Não sinto mais dor. É como se meu cérebro e meu corpo tivessem se desligado.

Não há como ele me arrastar para a delegacia, porque essa porra não termina assim – Sean mais uma vez me evitou. No entanto, quando ouço um estrondo ensurdecedor, sei que não acontecerá novamente.

Isso mudou. Sean pode fugir, mas não pode se esconder. Tenho toda a Irlanda do Norte procurando por ele.

Shane percebe que está sob ataque e, como o covarde que é, se protege atrás da viatura. Eu me deito de bruços, avistando quem me salvou.

— Não é possível, caralho. — De jeito nenhum.

Mas quando Cian e Ethan correm na minha direção, com as armas em punho, parece que o impossível aconteceu.

Cian se ajoelha ao meu lado, tentando me ajudar, mas quando vê que estou algemado, ele rosna pau da vida:

— Ele te espancou com você algemado? Filho da puta!

Ethan está nos dando cobertura, atirando em Shane quando o babaca sai de seu esconderijo atrás do carro, disparando alguns tiros. Cian está revoltado. Não me lembro de tê-lo visto desse jeito antes. Com a arma erguida, ele caminha em direção a Shane, sem se preocupar com a possibilidade de ser morto a tiros.

— Cian! — grito, rolando de lado para poder me levantar. — Pare!

Mas ele não me obedece.

Ele avança em direção a Shane, e quando o céu noturno irrompe em tiros, meu coração ameaça sair pela garganta. Com as mãos ainda algemadas, corro em direção a Cian, e ao ver Shane com a arma apontada, pronto para matar meu melhor amigo, jogo Cian no chão e o cubro com meu corpo. Pipocos ecoam à distância, o que indica que Ethan está nos protegendo.

Mas de jeito nenhum esse delegado filho da puta sairá ileso dessa.

Cian se debate abaixo de mim, irritado por eu impedi-lo. Mas a sua vingança irá cegá-lo e resultará na sua morte.

— Cian, chega! Não vou perder você também.

Ele continua a se contorcer. Eu tenho que fazê-lo ver a razão. E só existe um caminho.

— Sinto muito, cara. Por tudo. Eu estraguei tudo, e sei disso. Fodi com as coisas, e continuo fazendo isso. Mas o único momento que não errei foi quando te dei um soco quando nos conhecemos quando crianças, porque eu sabia que seríamos melhores amigos enquanto vivermos.

— A gente tinha que ter matado a todos quando tivemos a chance, mas seu orgulho... — diz ele, indignado por eu ter permitido que as coisas chegassem a esse ponto.

— Isso sempre foi uma questão de orgulho, honra! Isso é tudo que me resta — argumento, implorando para que trabalhemos juntos porque não quero outro inimigo.

— Isso é tudo que tenho agora também... Amber... está morta.

Meu cérebro se recusa a aceitar suas palavras como verdade.

— Não, não é verdade.

Lágrimas escorrem de seus olhos, o que explica sua fúria e seu ato de justiceiro. Ele não tem mais nada pelo que viver.

— Cheguei em casa... pensei que ela estava dormindo. Ela estava na cama...

Um soluço irrompe dele, me deixando devastado. Quero expressar o quanto sinto muito por sua perda. E só há uma maneira de fazer isso.

Eu me levanto de um pulo, gesticulando com o queixo na direção de Shane. Ethan o está mantendo sob controle.

— Me dê cobertura.

Com um novo propósito, Cian faz o que mando. Corremos em direção à viatura, com Cian e Ethan me cobrindo enquanto corro para Shane. Ele se levanta, a arma apontada para mim, mas não lhe dou chance de respirar, dando uma cabeçada nele.

Ele cambaleia e sequer tem tempo para se recuperar antes que eu dê um chute em sua barriga. Ele cai de joelhos, ofegando por ar. Ethan o empurra de costas, mantendo-o imóvel no chão com um joelho, à medida que procura a chave das algemas.

Ao encontrar, ele arrebenta o nariz do delegado.

Cian pega a arma de Shane, que está a poucos metros de distância.

Reconheço a expressão em seu semblante. É algo que vejo refletido no espelho desde os 5 anos de idade.

— A culpa é sua — ele rosna, olhando para Shane, que está caído no chão, sangrando e ferido. — Todos vocês são culpados.

Qualquer pessoa que fique do lado de Sean é o inimigo e deve ser tratado como tal.

Quando Ethan tira minhas algemas, pego sua arma e, sem mais demora, vou até o cretino. Ele olha para cima, reconhecendo o que isso significa.

— Você não pode matar um policial — diz ele, apoiando-se nos cotovelos. — Este será o seu fim. De uma vez por todas. Vocês ficarão presos pelo resto da vida.

— Então, que assim seja. — Sem hesitação, atiro no meio da testa de Shane.

Seu distintivo não significa nada para mim. Nem suas ameaças.

O céu noturno é substituído pelo silêncio, pois não haverá mais derramamento de sangue – por enquanto. Ethan, Cian e eu estamos sobre o cadáver de Shane, e nós três não sentimos nada.

— Nós vamos arrastar a bunda dele para a casa de Sean — instruo, friamente. — E vamos mostrar aos colegas que ele era um porco corrupto.

Os meninos acenam com a cabeça, entendendo que precisamos agir rapidamente. Sem dúvida, o backup chegará em breve.

Agarrando seus pés, eu o arrasto em direção à porta dos fundos. Cian pega um tijolo e quebra a janela, por onde entra. Ethan e eu esperamos até que ele abra a porta para nós.

— Você se manteve firme, garoto — digo a Ethan, com orgulho.

— Aprendi com o melhor, irmão — responde ele, me deixando emocionado. Mesmo que eu não seja seu irmão de verdade, ele não me verá como nada além disso.

A porta se abre, e Cian a mantém aberta para que eu possa arrastar o cadáver fresco de Shane para dentro.

Sem me importa com qualquer outra coisa, largo o corpo dele no corredor. Preciso cuidar de outros assuntos urgentes.

— Precisamos encontrar provas de que ele estava mancomunado com Sean. Tenho certeza de que Sean deve ter documentos para chantagear Shane. É assim que ele age.

Corremos em direção ao escritório de Sean e, revistamos gavetas e arquivos em busca de qualquer evidência incriminatória. Preciso de algo para fazer com que isso pareça um negócio que deu errado, já que não há como assumirmos a culpa – de novo.

— Te peguei, filho da puta — Cian pragueja, exultante, segurando um pedaço de papel.

O que ele tem em mãos é uma prova clara do envolvimento de Sean e Shane na lavagem de dinheiro durante anos. A assinatura do delegado é prova disso. Mas sei que há mais coisa, e encontro ao arrombar a última gaveta da mesa de Sean.

Seu diário.

Descobri a paixão de Sean por diários quando me revelaram quem ele realmente era. Então, era óbvio que devia ter algum relato sobre Shane Moore.

Folheio as páginas às pressas, esperando que contenham o que precisamos para reforçar o envolvimento de Shane com Sean. E acho a prova logo a seguir.

O relato detalha como Shane usou de sua influência e poder para ajudar a manter Sean escondido quando eu estava atrás das grades. Sempre me perguntei como Sean continuou a se esquivar por anos. Agora eu sei. Ele tinha um oficial da lei ao seu lado – não é de admirar que ele se considere intocável.

Coloco o papel na mesa de Sean, onde a polícia irá encontrá-lo. Porém, escondo o diário sob a agenda de Sean. Não posso forjar a cena do crime. Deve parecer que Sean e Shane tiveram uma discussão que terminou com a morte de Shane, obrigando Sean a fugir.

Isso tornará a missão de Sean impossível, já que o departamento de polícia não sossegará até que o assassino de Shane seja capturado. Mas vamos encontrar o filho da puta antes.

Depois de tudo ajeitado, não consigo evitar e acabo olhando para a gaveta de Sean, onde mais diários estão guardados. Eu o odeio, mas quero entendê-lo. Eu mesmo não entendo, mas talvez esses diários ajudem. Pegando o máximo que consigo carregar, saímos correndo pela porta dos fundos e fugimos na calada da noite.

Cian e Ethan partem em alta velocidade, e eu os sigo logo em seguida, em direção ao castelo. Dou uma checada no meu telefone, suspirando de alívio ao ver que não tenho nenhuma chamada perdida ou mensagem de texto. Espero que isso signifique que está tudo bem.

A propriedade está sossegada quando chego, então dirijo direto para minha casa.

Depois de estacionar a caminhonete, pego os diários de Sean e sigo com cautela até a porta de entrada. Está destrancada. Quando estou prestes a gritar, Babydoll aparece e, sem mais nem menos, posso respirar novamente.

Ela corre e me abraça, preocupada. Agora sem gesso, concluo que ela deve ter chamado o Dr. Shannon e insistido para que ele tirasse. Minha garota corajosa.

— Graças a Deus, você está bem.

Beijo o topo de sua cabeça, inalando seu perfume reconfortante.

— Onde está Shay?

— Ele está dormindo. Acho que ele não entende o que está acontecendo.

— Nem eu entendo — confesso, me desvencilhando com gentileza de nosso abraço. — Você parece exausta, amor. Vá dormir um pouco.

— Não consigo — diz ela, balançando a cabeça. — O que nós vamos fazer?

Só agora ela percebe que estou segurando uma pilha de diários.

— Sean fugiu, mas eu não esperava menos do canalha. — Quando ela mordisca o lábio inferior, coloco os diários na bancada da cozinha. — Vai ficar tudo bem. Nós vamos encontrá-lo.

— Você não tem como assegurar isso. — Sua resposta reflete seu medo. Eu gostaria de poder eliminar essa preocupação.

No entanto, a única maneira de fazer isso é encontrar Sean.

— O que aconteceu? — pergunta ela, me observando com cuidado.

Nunca haverá um momento certo para contar a ela o que aconteceu com Amber. Quando pedi Babydoll em casamento, também prometi que nunca esconderia nada dela.

Então, seguro seu rosto entre as mãos, tentando partir seu coração do jeito mais suave possível.

— Amber está... ela está morta. Sinto muito, Cami.

Ela pisca uma vez.

— O quê? Morta? Como assim? — O tom de sua voz aumenta, sugerindo seu colapso iminente.

— Não sei os detalhes — explico, passando o polegar pelas maçãs de seu rosto. — Mas encontrei Cian mais cedo. Ele e Ethan foram à casa de Sean enquanto eu estava sendo espancado pelo delegado Shane Moore.

— Ai, meu Deus — ela arfa, os olhos se enchendo de lágrimas. — Você está bem?

Quando ela tenta me examinar, agarro suas mãos.

— Estou bem. Mas o policial não. Eu atirei nele. Ele está morto.

Ela se dá conta do que acabei de dizer e se afasta, começando a andar de um lado ao outro pela sala.

Dou a ela o tempo e o espaço que ela precisa, pois sei que isso é muito para absorver. Mas sempre é. Parece que nunca existe a opção de 'pausa' na nossa vida. Estamos sempre avançando rapidamente.

— Isto é... — Ela para no meio da frase, claramente precisando de mais tempo.

Eu preciso me encontrar com meus homens, pois o tempo é essencial. Mas não vou apressar as coisas, pois Babydoll sempre vem em primeiro lugar.

— Você matou um policial? — ela questiona, matutando sobre o que confessei.

— Sim. Mas vai ficar tudo bem. Deixamos evidências para os tiras encontrarem. Eles verão que ele era corrupto, que estava de conluio com Sean. Com o sumiço de Sean, a dedução mais óbvia é que ele matou o delegado. Eles sairão à caça dele, o que significa que ele não tem muitos lugares para se esconder. A hora dele está chegando, e será em breve. Nós o encontraremos e ele terá tudo o que merece.

— Mas da última vez...

— Isso não é como da última vez — asseguro. — Não há sequência.

Quando seu lábio inferior treme, tomo sua boca com a minha em um beijo suave. Não suporto vê-la chorar.

— Eu te prometo, amor, que você será minha esposa — sussurro contra sua boca. — Você vai ser a mãe dos meus filhos. Vamos viver uma vida normal e enfadonha. Vamos envelhecer juntos. E quando esta vida acabar para mim, vou olhar para trás e não me arrepender de nada porque pude vivê-la... com você.

Ela começa a chorar, me abraçando com força.

Tudo o que faço... é por ela. E quero que ela saiba disso.

Ficamos abraçados por alguns minutos, e quando a respiração de Babydoll se torna superficial, presumo que esteja quase dormindo em pé.

— Descanse um pouco, amor.

Desta vez, ela não protesta.

No entanto, não quero ficar longe dela, então gentilmente a levo até o sofá. Ela se deita, com os olhos semicerrados. Pegando uma manta, eu a cubro e ela adormece em segundos.

Fico admirando minha mulher, sem acreditar que ela é minha.

Meu telefone toca e confiro uma mensagem de Ron.

Ron: Estamos procurando por ele. Não sobraram muitos lugares para ele se esconder.

Eu sei que isso significa que Ron também não desistirá. Eu poderia ajudá-lo, mas não quero deixar Babydoll e Shay. Eu sei que isso é egoísta, mas me recuso a perder qualquer um deles novamente.

Tenho certeza de que Alek tem seus próprios homens atrás de Sean, pois isso também o afeta.

Não há como ele escapar novamente, por isso decido conhecer melhor o homem que é meu pai. Vasculho os diários sobre a bancada, mas um envelope ao lado atrai minha atenção. Eu o viro e reparo no carimbo oficial do laboratório de testes de paternidade.

Deslizando o dedo sob o selo, abro-o e pego o documento. Sequer paro para processar o que estou prestes a ler. Em vez disso, examino os resultados e confirmo o que já sabia ser verdade.

Shay é meu filho. Ele é um Kelly. E sou o único parente que ele conhecerá.

Mas quando olho para o anjo adormecido no meu sofá, percebo que isso não é verdade. Cami sabia quem era Shay no segundo em que o conheceu. Ela vai amá-lo e cuidar dele como se fosse dela. Ela já fez isso.

Guardando o resultado, decidido a mostrar a ele quando for mais velho, e quero que ele se orgulhe disso. Quero ser o pai que nunca tive. Eu serei.

Com esse pensamento, pego a pilha de diários e levo para o sofá. Sento-me ao lado de Cami, tomando cuidado para não a acordar. Passo os dedos pelas capas de couro, me perguntando por que alguém como Sean Kelly escreveria em um diário.

Quando olho para o amor da minha vida, de repente, entendo o porquê.

Sean não tem ninguém com quem compartilhar seus segredos. Minha mãe era, provavelmente, a coisa mais próxima que ele conhecia do amor, e veja o que ele fez com ela. Portanto, escrever nesses diários é a única forma de comunicação de Sean com "outro alguém".

Até mesmo os sociopatas precisam desabafar de vez em quando.

Abrindo o diário, cerro de imediato a mandíbula quando vejo a caligrafia distinta de Sean. Memórias de quando o vi pela primeira vez me invadem e inspiro lentamente, precisando me acalmar.

A anotação é datada de quando eu tinha 10 anos, o que me surpreende. Por que ele está olhando para essas passagens antigas?

"Connor está de volta, me tratando como um idiota. Ele acredita que seu reino é impenetrável. Mas logo verá que não é.

Ele é muito rígido com Punky. Eu me pergunto se é porque ele sabe que não é seu filho legítimo.

Eu sei que Cara ficaria enojada com nosso comportamento.

Muitas vezes me pergunto se talvez eu devesse afastar Puck disso? Ele me ama e me respeita. Eu sei que ele gostaria que eu fosse seu pai. Se ao menos ele soubesse a verdade. Que realmente sou o pai dele. Mas não sei nada sobre ser pai. Eu apenas o destruiria.

Mas quando eu governar esse território, gostaria que fosse com meu filho.

Isso não é possível, no entanto. Punky nasceu líder e eu o admiro por isso."

Fecho o diário com força, sentindo-me subitamente desconfortável ao ler uma passagem em que Sean fala de mim com tanto... carinho. Por que ele está revivendo isso e desenterrando o passado?

Já estou farto de relembrar esta noite, então me levanto com cuidado e decido tomar banho para dormir algumas horas.

Entretanto, envio uma mensagem para Cian primeiro, simplesmente dizendo:

Puck: Sinto muito. Estou aqui. Sempre.

Ele não vai querer ver ninguém. Cian é assim. Mas quero que ele saiba que estou aqui se precisar de mim. Não sei o que aconteceu com Amber, mas, sem dúvida, isso foi obra de Liam ou Sean. Só espero que ninguém mais perca a vida nesta guerra sem fim.

Ethan provou que pode cuidar de si mesmo e daqueles a quem ama. Ele não precisa de proteção. Ele é o homem mais perseverante e corajoso ao meu lado.

Fechando a porta do banheiro suavemente, tiro a roupa toda ensanguentada, e os acontecimentos do passado... dez anos me alcançam. Passando a mão pelo rosto, decido fazer a barba primeiro. Espalho o gel de barbear e pego a navalha, mas paro quando a porta se abre e Babydoll aparece, como se tivesse acabado de acordar.

— Eu te acordei?

Ela balança a cabeça, fechando a porta ao entrar. Como fica em silêncio, suspeito de que alguma coisa possa estar errada. Mas quando ela gesticula para a navalha, entendo o que ela quer. Fazer a barba é apenas uma fachada para o que ela realmente procura.

E eu ofereço a ela.

Ela se enfia entre mim e a pia, de frente para mim. A reação natural do meu corpo à proximidade de Babydoll é imprensá-la à parede e fodê-la até perder os sentidos. Mas permito esse momento normal, pois sei que é o que ela precisa agora.

Eu sei que a morte de Amber ainda não assentou em sua mente.

Ela começa a me barbear com cuidado, os olhos ternos focados nos movimentos precisos e cautelosos. Confio nela completamente e gosto de ser tratado dessa maneira, mas apenas com ela.

— Sou a pior irmã do mundo — murmura, baixinho, sem perder a concentração. — Não passei nenhum tempo com Eva desde que toda essa provação começou.

— Ela está segura com Ethan.

— Quem teria pensado nesse lance entre minha irmã e seu irmão, hein?

Mais uma vez, me toca o fato de Ethan ser chamado de meu "irmão".

— O amor não segue uma lógica.

Ela balança a cabeça, parecendo pensativa.

— Por isso você estava lendo os diários de Sean?

A curiosidade levou a melhor sobre ela, e não há nenhuma surpresa nisso.

— Não sei por que os peguei — confesso, tentando me manter imóvel enquanto ela barbeia meu rosto, passando com mais cuidado pela cicatriz. — Eu o odeio e não há dúvida de que ele morrerá pelas minhas mãos. Mas não o entendo. Não consigo compreender como a ganância pode mudar uma pessoa do jeito que aconteceu.

Fecho os olhos por um segundo.

— Esses diários eram de quando eu era criança. E eu os encontrei na gaveta dele. Por que ele estaria relendo tudo isso? Ele destruiu minha vida, mas está repassando as anotações do diário de quando eu era criança? Por quê? Por que ele está fazendo questão de se recordar? Não faz sentido.

— Você não o entende, porque nunca poderia ser como ele — ela diz, suavemente. — Eu sei que você se vê como um monstro, mas não é. Você não é nada parecido com ele.

Mesmo que eu nunca tenha dito isso abertamente, Babydoll sabe que tenho medo de ser como ele. Verdade seja dita, Sean foi a única figura paterna em minha vida. Connor não era nada parecido com um pai para mim, mas Sean, sim. Ele me protegeu, motivo que até hoje ainda não entendo.

Ele estava tentando me transformar em sua marionete, sabendo que um dia chegaria a esse ponto?

Matá-lo sem respostas vai me corroer pelo resto da vida.

— Não há problema em se sentir mal — ela afirma, terminando de me barbear.

Pegando uma toalha, ela a umedece sob a água morna e passa suavemente no meu rosto. O ato é tão terno que imediatamente me sinto relaxado.

— Eu não queria aceitar quando Brody morreu, mas mesmo depois de tudo que ele fez, ainda me senti mal por ele ter morrido. Uma parte minha me odiava por isso, mas acho que se não expressássemos algum sentimento de remorso pelas vidas que tiramos, seríamos tão monstros quanto eles.

Ela para por um segundo, antes de continuar:

— Alguém sábio uma vez me disse que não há problema em se sentir mal. Essa vulnerabilidade torna você forte. Isso torna você humano... meu humano. E é isso que você é, Puck Kelly, você é o meu humano. Eu te amo. Seja qual for a escolha que você fizer, quero que saiba que estarei ao seu lado... sempre.

Assim que termina de limpar meu rosto, ela deposita um beijo suave em minha boca, me consolando do mesmo jeito que fiz com ela por conta da morte de seu pai. Não quero aceitar o que ela diz, porque... o que isso faz de mim?

Fraco, é isso.

Depois de tudo que Sean fez, eu deveria estar feliz pelo fato de seus dias estarem contados. Mas não estou. Não posso deixar de me sentir... triste. Não estou triste por ele ter que morrer, e, sim, por tudo ter que se encerrar dessa forma. Eu gostaria que as coisas fossem diferentes.

Eu gostaria que minha mãe nunca tivesse sofrido o destino que sofreu. Eu também gostaria de ter a chance de dizer a Connor que ele realmente era um bom homem. Mas há uma coisa que não podemos controlar, que nunca poderemos recuperar – o tempo. E é por isso que agarro a nuca de Babydoll e aprofundo nosso beijo.

Ela geme em minha boca, derretendo-se contra mim e acolhendo meu toque. Eu amo sua receptividade. Ela sempre demonstra me desejar o mesmo tanto que eu a desejo.

— Eu te amo — professo contra seus lábios molhados.

Não há mais nada mais a dizer, porque agora as ações falarão mais alto que as palavras. E eu a quero gritando em alto e bom tom.

Eu a levanto no colo, com as mãos espalmadas em suas coxas, e sigo até o boxe, sem nunca desconectar nosso beijo. Abro a torneira do chuveiro, e só quando a temperatura está agradável é que me coloco sob a ducha, encharcando nós dois.

Babydoll está completamente vestida, o que deixa esse momento ainda mais sexy.

Ela se esfrega contra meu pau dolorido, a fricção de sua calça jeans ultrapassando a linha do prazer e da dor. Imprenso suas costas contra a parede de azulejos, a água cascateando à nossa volta como uma cachoeira. É aqui na água que somos batizados, renascemos.

— Me fode — arfa, se contorcendo contra mim, travando os tornozelos ao redor da minha cintura.

Ela puxa desesperadamente a barra da camiseta, e eu a ajudo a retirar a peça, quase rasgando o tecido ao meio. Desabotoo o fecho frontal de seu sutiã e, assim que seus seios ficam livres, me curvo e abocanho seu mamilo úmido.

Um gemido gutural escapa de seus lábios. Não sou gentil. Eu mordo e chupo, do jeito que sei que ela gosta. Com minha boca ainda a torturando, abro seu zíper e deslizo meus dedos por sua carne macia e úmida, mergulhando com facilidade.

Eu não abaixo seus jeans, pois sei que a restrição a está deixando louca. Eu fodo minha garota com meus dedos; o ritmo em sincronia com minha boca. Não mostro piedade quando ela se curva ao meu toque, me implorando para tocar seu clitóris necessitado.

— Quero você.

Ela tenta alcançar meu pau, mas eu rapidamente deslizo os dedos para fora. Seus olhos se abrem quando eu a solto, e seus pés tocam o piso do chuveiro. Sua confusão logo se transforma em excitação quando agarro seus braços e os prendo acima de sua cabeça.

Ela mordisca o lábio inferior, observando-me agarrar meu pau e acariciar o comprimento para cima e para baixo.

— Onde você me quer? — pergunto, captando a expressão voraz em seu rosto.

— Quero você em todos os lugares — ela confessa, com os olhos fixos na minha mão. — Eu quero que você goze dentro de mim... em mim.

Eu amo sua boca safada.

Estou tão excitado que decido ceder ao pedido dela – ambos.

Com as mãos ainda contidas acima, eu me masturbo, sem romper o contato visual com ela. Este momento é primitivo, avassalador, e nenhum de nós sente a menor vergonha. Quero que ela veja o que faz comigo, porque estou a segundos de gozar.

Seus jeans escorregam pelas coxas conforme ela roça uma contra a outra, e quando vejo sua boceta depilada, solto um grunhido. Seu peito sobe e desce rapidamente, entregando o quanto está com tesão. Sua pele está molhada, e a visão me faz massagear meu pau mais rápido, desesperado para gozar.

— Você é tão gostoso — ela quase ronrona, empinando o peito para que seus mamilos rocem meu tórax. — Tenho vergonha de admitir isso, mas quando brinco comigo mesma, só penso em você.

Suas palavras indecentes me levam direto até a linha de chegada.

— Você me deixa tão molhadinha. E quando nós...

— Quando nós o quê? — instigo, ciente de que suas palavras a seguir levarão à ruína.

— Quando aquela casa estava desmoronando ao nosso redor enquanto transávamos, como animais... eu gostei. Eu senti como se estivesse sendo dividida em duas. Você estava em todo lugar. Eu me senti tão cheia.

Saber que ela também gostou daquilo quase me leva a um orgasmo brutal.

— Eu quero que você me foda daquele jeito de novo.

Sem conseguir aguentar por mais tempo, gozo com um gemido alto e saciado sobre sua barriga. Os jatos esbranquiçados escorrem com a água do chuveiro, mas só de ver minha semente em sua pele já me deixa de pau duro outra vez.

Eu a solto, observando sua mão deslizar devagar até seu centro, retribuindo o favor ao começar a brincar com sua boceta.

A água cascateia pelo seu corpo, e sinto inveja de cada gota. Ela sabe que está me deixando com um tesão do caralho, porque é quase um tabu ver seu amante se masturbar. Ela morde o lábio inferior para abafar seus gemidos, mas quero essa boca. Assim como quero essa boceta.

Babydoll quer que eu transe com ela sem restrições, então vou dar a ela o que deseja.

Caindo de joelhos, cubro sua boceta inteira com a boca, girando a língua por dentro à medida que ela continua se fodendo com os dedos. Eu me junto à sua busca por prazer, lambendo e chupando, ajudando-a com a boca e a língua.

— Ai, caralho — ela pragueja, aumentando o ritmo.

Ela circula seu clitóris desesperadamente enquanto simulo com a língua o que meu pau fará em segundos. Dentro e fora, eu a fodo gostoso, movendo meu rosto de um lado ao outro. Ela disse que gostava de se sentir preenchida, e a dominar e tornar prisioneira com a minha boca causa esse efeito.

Ela se curva e agarra meu cabelo, montando meu rosto conforme retira os dedos, implorando para que eu assuma o controle.

Eu chupo seu clitóris e a fodo com a língua. Ela não se contém e fode meu rosto sem sentido. Quando Babydoll está prestes a gozar, eu me afasto.

— Punky... — choraminga, mas não precisa implorar.

Eu me levanto e a giro contra a parede, pressionando seus seios aos azulejos; em seguida, penetro sua boceta com facilidade. Sequer lhe dou tempo para se ajustar à intrusão brusca. Em vez disso, eu a fodo com força, agarrando seus quadris e arremetendo meu pau com voracidade.

Ela espalma as mãos contra a parede, arqueando as costas, e eu seguro um punhado de seu cabelo longo e molhado, usando como rédea para estocar uma e outra vez. O ruído úmido de nossas carnes se chocando torna esse momento um refúgio para nossa luxúria carnal.

Estou longe de ser gentil, mas Babydoll aceita o que dou. Sua bunda macia é minha fraqueza, então abro bem suas nádegas e observo a maneira como deslizo para dentro e para fora de sua boceta. Ela se contrai ao meu redor com força, quase me levando ao orgasmo.

Seu corpo é um canal que quero possuir todos os dias da minha vida, e quando a aliança de noivado cintila sob a luz, percebo que meu "felizes para sempre" está ao meu alcance. Não cheguei até aqui para falhar.

— Eu te prometo — ofego, entre as estocadas —, seremos sempre nós, amor. Eu morreria por você.

— Eu... também — diz ela, gemendo, seu corpo tremendo ao meu redor. — Aonde você for, eu também irei.

Lutarei pela minha família, custe o que custar.

Inclinando-me para frente, como a porra de um animal, mordo a lateral de seu pescoço e não a solto enquanto continuo transando com ela. Cada estocada a leva aos gritos apaixonados que ecoam pelas paredes. No entanto, como Shay está dormindo ao lado, cubro sua boca com meu punho, deixando que ela o morda para abafar o grito de prazer.

Seu corpo convulsiona ao meu redor, causando espasmos e me ordenhando profundamente, e assim que ela desaba para frente, enlaço sua cintura e a seguro contra mim. Continuo arremetendo gostoso, me perdendo dentro dessa linda mulher que em breve será minha esposa.

Ela está tremendo, sua exaustão é nítida, então faço com que se vire contra mim. Eu a pego no colo e a monto no meu pau, fazendo todo o trabalho. Eu a seguro com força, ajudando-a a quicar para cima e para baixo. Ela enlaça o meu pescoço, e seus gemidos escapam de seus lábios carnudos enquanto me afundo com força e velocidade – repetidas vezes.

Eu me abaixo um pouco e tomo um mamilo entre os dentes, imprensando suas costas contra a parede. Seu corpo está relaxado, lânguido. Ela me permite extrair meu prazer dela enquanto continuo saboreando seu corpo perfeito.

Fechamos os olhos e tudo que vejo é o amor refletido de volta para mim. Mesmo que isso esteja longe do que se poderia ser considerado como "fazer amor", é assim que Cami e eu nos amamos. De um jeito louco e que nos deixa sem fôlego. Não é uma escolha. O amor escolhe você.

Mas compensa?

Porra, sim, compensa pra caralho.

— Eu te amo — diz ela, me beijando.

Nós nos beijamos como se dependêssemos disso para viver, e à medi da que ela rebola contra o meu pau, do jeito certo, eu gozo com tanta força que quase perco os sentidos. Nem assim paramos de nos beijar. Ela engole meu prazer e eu engulo o dela.

Nós somos um só. Agora e sempre. E eu não mudaria porra nenhuma.

QUINZE

PUNKY

Uma batida suave na porta me acorda. Meu cérebro leva um momento para recordar onde estou.

Olhando para as costas nuas de Babydoll, sorrio, grato por ela não ter sido um sonho. Penso nisso todas as manhãs, assim que desperto.

Quando a batida soa novamente, eu silenciosamente retiro o cobertor do sofá-cama e cubro Babydoll. Procurando pelo meu jeans e depois de vesti-lo também pego minha arma.

Quando abro a porta e vejo uma jovem a quem não conheço, parada na minha frente, não sei se fico aliviado ou não.

— Posso te ajudar?

Seu olhar apreensivo pousa na arma na minha mão. Mas até eu saber quem ela é, não faço menção de recuar.

— Eu queria ligar para você há muito tempo. Para me apresentar — ela acrescenta, rapidamente.

— Bem, agora é sua chance, querida — digo, sem rodeios, desejando que ela se apresse.

— Meu nome é Julia... Julia Foster. Ahn, Cara... era irmã do meu pai. Eu sou sua prima.

Paro um momento para processar o que ela acabou de dizer, porque... que porra é essa? Eu sei que tenho um tio, em quem nunca sequer pensei, já que ele não teve problemas em morar na casa onde minha mãe foi assassinada. Além disso, o fato de eu ter ateado fogo em sua casa deixaria qualquer jantar de Natal desconfortável.

Fiquei longe por um motivo: os Foster abandonaram minha mãe quando ela precisou deles. Ela cuidava de si mesma, mas eles erraram e muito com ela, e nunca vou perdoá-los por isso.

Mas aqui está Julia Foster – minha prima.

— Sem ofensa, Julia, mas por que você está aqui?

Ela empalidece, pois esse, claramente, não é o reencontro familiar que ela esperava.

— Desde que me lembro, nossa família é sempre cheia de segredos. Meus pais nunca me contaram o que aconteceu com tia Cara. As crianças da escola me contaram. Quão doido é?

— Você não sabe da missa a metade.

— Nossos avós estão envelhecendo e sei que tudo o que eles querem é que todos nós fiquemos juntos como uma família.

— É por isso que você está aqui? — Dou uma risada debochada, balançando a cabeça. — A velhota te enviou?

Julia se mostra ofendida, curvando os lábios em desgosto.

— Ninguém me enviou — ela revela, jogando o cabelo loiro por cima do ombro. — Estou aqui porque pensei que se seu tio pudesse…

Mas a sua frase permanecerá para sempre inacabada.

— O quê? Que tio? — questiono, todos os sentidos aguçados.

Julia parece confusa e esclarece:

— Seu tio Sean.

Claro, ela está confusa. Ela não tem ideia do que está acontecendo. Nenhum deles sabe o que está rolando. Nunca contei aos meus avós quem Sean realmente é. Ou que quando ofereci proteção foi porque Sean os estava caçando.

Nunca pensei que ele iria atrás deles, pois tenho certeza de que ele sabe que esse pessoal não significa nada para mim. Sim, eu os protegi antes, porque era a coisa certa a fazer. Mas isso não significa que estou interessado em reacender algo que nunca existiu.

No entanto, não tenho ideia de que jogo ele está jogando porque Julia não mencionou que ele os machucou. Ou que estão em perigo.

Isso significa que ele está esperando… mas esperando o quê?

— O que está acontecendo? — Babydoll pergunta, sonolenta, atrás de mim.

Julia dá um sorriso tenso.

— Cami, esta é Julia. Minha prima.

Eu me afasto um pouco para que Babydoll possa ficar ao meu lado. Ela está usando meu moletom gigantesco. Julia deduz na hora a importância que essa mulher tem para mim.

— Sinto muito por ter vindo sem avisar. Vou deixar vocês em paz.

Ela está prestes a se afastar, mas seguro seu cotovelo. Quando ela encara minha mão, eu afrouxo meu aperto.

— Onde está meu tio agora? — Tento parecer o mais casual possível.

— Ele perguntou se poderia ficar conosco, já que é aniversário da sua mãe e tudo mais. Ele perdeu todo mundo e acho que está terrivelmente solitário. Meu pai disse que sempre preferiu ele, ao seu pai. Nossa... — ela acrescenta como uma reflexão tardia. — Desculpe. Foi rude da minha parte dizer isso.

— É mesmo? — A pergunta nunca deveria ser dita em voz alta, mas meu cérebro e minha boca não estão conectados agora. Como assim é o aniversário dela? Por que eu não sei disso?

Não sei de nada, porque o homem que tem as respostas está mantendo em segredo como uma moeda de troca. O que sei é que... Sean quer que eu o encontre.

— Você está certa — digo, por fim, assumindo o papel que Julia queria. — Seria bom reunir a família. Se você me der seu endereço, posso passar por lá mais tarde. Para comemorar o aniversário da minha mãe... como uma família.

Seus olhos verdes se entrecerram – e ela tem todo o direito de suspeitar –, mas parece que sua necessidade de brincar de "faz-de-conta" supera o bom senso.

— Sério? Ah, a vovó vai ficar tão feliz.

— Que tal mantermos isso em segredo? — sugiro, gentilmente. — Eu gostaria de fazer uma surpresa.

Ela balança a cabeça ansiosamente, parecendo acreditar, conforme informa o endereço e número de celular. Babydoll não diz uma palavra, mas nem precisa. Eu sei o que ela está pensando. Sean está lá por um motivo. E o fato de ser o aniversário da minha mãe também não é coincidência.

Esta é, definitivamente, uma armadilha... na qual entrarei de bom grado.

— Tudo bem, me ligue quando estiver a caminho — diz Julia, com um sorriso largo.

Ela se despede e a observamos em silêncio entrar no carro e se afastar.

— Isso é uma armadilha — diz Babydoll, com pânico evidente. — Precisamos pedir a todos que cerquem aquela casa para que possamos atrair Sean para fora. Como sabemos que ela é quem afirma ser? Esse poderia ser mais um dos truques de Sean.

Eu não respondo.

Em vez disso, eu a puxo em meus braços e a giro para que suas costas fiquem aninhadas na minha frente.

— Você já pensou em que mês gostaria que nos casássemos?

— Puck — murmura, tentando se virar. Mas eu a seguro com força, beijando sua têmpora.

— E o local? Se estiver tudo bem para você, eu gostaria que fosse aqui. No castelo. Assim que terminar a reforma, é claro. Acho que Connor e minha mãe gostariam muito disso.

— Precisamos conversar com Ron e...

— Cami, está tudo bem. Vai ficar tudo bem.

— Como? — Ela suspira, balançando a cabeça. — Sem dúvida algu ma, seu pai está planejando algo horrível e você está falando sobre nosso casamento. Por quê?

— Porque eu preciso disso — explico, olhando calmamente para o céu claro da manhã. — Eu preciso desse senso de normalidade, porque nada sobre o que estamos enfrentando é normal. Um novo dia significa esperança, e espero que ao anoitecer, você me diga em que data será minha esposa. Isso é tudo que me importa.

Ela suspira, aconchegando-se a mim.

— Desculpe.

— Não precisa se desculpar. — Beijo o topo de sua cabeça antes de soltá-la. — Vamos nos aprontar.

Não é uma alternativa impedi-la de ir. Estamos juntos nisto. Mas preciso de alguém para cuidar de Shay, e só há uma pessoa em quem confio.

Entramos e fico surpreso ao ver Shay sentado no balcão, comendo uma tigela de cereal. Não contei a Cami sobre o resultado do teste de DNA. No entanto, ela sempre soube qual seria a conclusão. E eu também.

— Oi, carinha — cumprimento, sem alarde. — Você dormiu bem?

Ele balança a cabeça, ainda comendo de sua tigela enorme.

— Que bom. Meu irmão mais novo, além da minha irmã, e Eva, irmã de Cami, virão pra cá, para cuidar de você. Talvez eles possam te levar ao zoológico? Vou pedir que tragam algumas roupas para você também. E talvez alguns brinquedos?

Parece estranho, mas tenho muito que aprender sobre paternidade.

— Onde está a mamãe?

Olho para Cami, sem saber como devo lidar com isso. Uma parte minha está aliviada por ele não saber ou não ter visto o que aconteceu, mas como vou contar que sua mãe está morta?

Eu sei o que isso faz com uma criança, e odeio que meu filho e eu compartilhemos essa experiência. Eu odeio que nossa inocência tenha sido roubada. Mas, ao contrário da minha infância, nunca esconderei quem foi Aoife. Shay precisa saber quem era sua mãe, pois não permitirei que ele persiga fantasmas a vida inteira, como eu.

No entanto, Cami intervém, já que a hora de contar a verdade não é agora.

— Ela tem algo realmente importante para fazer. Mas está pensando em você e te ama. Muito.

Não é uma mentira, pois Aoife – que Deus a tenha, onde quer que ela esteja –, definitivamente, espera que seu filho esteja seguro.

Vou me certificar disso, e por esse motivo decido enviar uma mensagem a Ethan. Ele responde um instante depois. Eu sabia que poderia contar com ele.

Deixo Shay terminar seu café da manhã enquanto tomo um banho rápido e visto uma roupa bacana. Estou dando o nó na gravata azul-marinho quando Babydoll entra. Ela está com um lindo vestido verde.

Ela observa atentamente, mas não diz uma palavra. Em vez disso, noto que segura algo em suas mãos.

Minhas tintas faciais.

— Uma última vez — ela sussurra, oferecendo os potes. E ela está certa. Essa porra acaba com Sean, pois ele é a razão pela qual precisei dessas tintas para escapar dos demônios presos em minha alma.

Está na hora de libertá-los.

A casa do meu tio é na República.

Suponho que ele queria ficar o mais longe possível do bairro onde ficava sua antiga casa, aquele que incendiei.

Babydoll está calada. Eu sei que é por nervosismo puro. Ficar cara a cara com o homem que a sequestrou deve ser uma barra. Quanto a mim, estou sem saber como me conter para não esfaquear a jugular dele na hora.

Mas ele está aqui por um motivo, e eu estaria mentindo se não admitisse que estou curioso para saber o que é.

Bato na porta da frente com firmeza, pois não adianta prolongar o inevitável. Babydoll não solta minha mão, e quando a porta se abre, o seu aperto intensifica.

— Estou tão feliz que você esteja aqui. — Julia abre mais a porta, permitindo nossa entrada.

Também me recuso a soltar a mão de Babydoll, pois ainda não sei no que estamos nos metendo. No entanto, não pedi reforços por acreditar que Julia é quem diz ser. E quando entramos na sala e vemos meus avós sentados no sofá, parece que minha intuição estava certa.

Imogen se levanta, trêmula, enquanto Keegan permanece sentado. Nossa separação não foi das melhores, ainda mais porque fiz questão de dizer que nunca mais queria vê-los.

— Puck — Imogen diz, andando com dificuldade até mim. — Que bom que você veio.

Ela me abraça, e eu retribuo sem muita animação.

— Oi, Camilla. Que bom ver você de novo.

Cami acena com a cabeça, mas fica perto de mim. Estar aqui é trazer à tona memórias que ela deseja esquecer, porque a última vez que viu minha avó foi quando ela foi embora com Rory. Não acredito em fantasmas, mas Rory, com certeza, é aquele que continua a me assombrar todos os dias.

Um homem de cabelo castanho escuro entra com um álbum de fotos, folheando as páginas; ele ainda não notou minha presença. Mas quando ele ergue os familiares olhos azuis e percebe que tem companhia, quase tropeça na beirada do tapete.

— Meu Deus do céu — ele suspira, tremendo. — Você é a cara da sua mãe.

Eu sou?

Um silêncio desconfortável domina a sala. No entanto, o ambiente logo se transforma em um silêncio mortal quando a risada alegre de uma mulher ecoa antes de ela entrar na sala, acompanhada por uma pessoa que desperta o demônio dentro de mim.

— Puck — Sean diz, alegremente, carregando uma bandeja prateada recheada de petiscos. — É bom ver você, rapaz.

Avanço um passo, pronto para lhe arrancar a garganta, mas Babydoll me puxa para trás; nossos dedos ainda entrelaçados.

Todos estão se entreolhando, uma mistura de felicidade, espanto e confusão permeando o ambiente. Mas Sean, Cami e eu somos as únicas pessoas que sabem o que realmente está acontecendo.

Sean coloca a bandeja na mesinha de centro antes de pegar um cubinho de queijo com um palito e enfiar na boca, em um gesto casual, como se estivéssemos na porra de um chá da tarde. Ele está me provocando, porque sabe que não agirei com pressa até saber qual é o seu esquema.

Mas o tempo está passando.

— Oi, Puck. Sou sua tia Siobhan. E este é seu tio Charlie. Estamos muito felizes por você estar aqui.

Eu gostaria de poder compartilhar esse sentimento, mas não consigo desviar o olhar de Sean e do jeito arrogante com que ele está comendo aquela porra de pedaço de queijo.

Mais uma vez, faço menção de avançar, mas Babydoll me impede. Eu sei que é isso que Sean quer, porém quero arrancar sua cabeça presunçosa dos ombros.

— Obrigada por nos convidar para sua casa. Eu sou Camilla. A noiva de Puck.

Sean para de mastigar, pois isso é algo que ele não sabia.

— Ah, parabéns — diz ele, limpando as mãos em um guardanapo. — Fico muito triste por seus pais não estarem aqui para comemorar conosco.

Esse filho da puta vai morrer, e será agora.

Não tenho chance de agir, entretanto, porque Keegan se levanta. Mesmo que ele tenha errado com a minha mãe, não vou desrespeitá-lo.

— Parabéns — diz ele, e me surpreende ver que agora ele precisa de um andador para se locomover. Ele era um velho forte quando nos conhecemos. Se brincar, ainda sinto dor no ponto exato em que ele golpeou minha cabeça com a espingarda. Mas vê-lo tão frágil me causa algo que não consigo explicar.

— Obrigado — retruco, apertando sua mão trêmula.

Imogen se aconchega ao lado dele, o sorriso largo expressando o quão feliz ela está por estarmos todos juntos.

Ainda é estranho, mas algo mudou com a oferta de paz de Keegan.

— Sinto muito — murmura Charlie. — Não quero ficar te encarando assim, mas você se parece muito com Cara.

Imogen funga, agarrando o pequeno crucifixo de ouro em volta do pescoço. Keegan desvia os olhos, sem dúvida não querendo que ninguém veja suas lágrimas. Sean permanece indiferente, mas a leve contração em sua mandíbula – que passaria despercebida se alguém não estivesse em busca de uma reação – conta uma história diferente.

Quando ele olha para mim... tudo o que ele vê é minha mãe também... e o que ele fez com ela. Não admira que ele me queira morto.

— Não sei dizer — respondo. — As lembranças que tenho dela estão desaparecendo.

Preciso de toda a minha força de vontade para não encarar Sean.

Charlie sorri, mas é um sorriso triste.

— Imaginei isso, e por esse motivo que... — ele segura o álbum de fotos — peguei algumas fotos antigas de família. Você gostaria de ver?

Julia parece estar prestes a chorar; pelo jeito, ela está vendo pela primeira vez também.

— Claro, por que não? — Olhar fotos de família não é o motivo pelo qual vim aqui, mas Sean está onde eu o quero.

Então, sento-me perto de Charlie, agora se acomodando no sofá. Babydoll se senta ao meu lado.

Imogen, Keegan e Julia também estão sentados no sofá e na poltrona oposta, ansiosos para dar uma olhada também. No entanto, Sean opta por ficar de pé. Tia Siobhan volta para a cozinha para cuidar do que está no forno.

— Sua mãe era uma garota tão teimosa — Charlie diz, abrindo o álbum de fotos. — Ela fazia o que queria. Quando colocava uma ideia na cabeça, ninguém conseguia impedi-la.

Uma risada nostálgica ecoa de Imogen.

— Aqui está o que quero dizer.

Charlie vira o álbum de fotos para que eu possa ver a primeira página, que tem uma fotografia antiga de uma turma. Cerca de vinte alunos estão vestidos imaculadamente, pois os seus pais queriam que este dia fosse recordado com orgulho.

Percebo que todas as meninas estão usando vestidos, todas... menos uma. Seus olhos azuis desafiam o fotógrafo a comentar sobre sua aparência e, claro, ninguém fez isso, já que minha mãe é a única garotinha usando calça comprida. Naquela época, seria um escândalo uma garota usar calça, mas parece que minha mãe não dava a mínima para o que as pessoas pensavam.

— Sua mãe era terrivelmente teimosa, mas também era bastante inteligente. Ela sempre estava com o nariz enfiado em um livro.

Charlie me entrega o álbum, me incentivando a folhear as páginas. Nunca tive essa oportunidade antes, então aproveito.

Ele começa a contar histórias sobre minha mãe à medida que viro as páginas, olhando cada fotografia, com medo de piscar. Conforme minha mãe vai ficando mais velha nos registros, sua personalidade desponta – ela parece brincalhona, um espírito livre que não tinha medo de nada.

É uma sobrecarga sensorial, e meu cérebro tem dificuldade em relacionar essa pessoa com minha mãe. Eu nem a vejo mais como uma pessoa. Mas ser capaz de contemplar a sua vida através destas fotografias a torna cada vez mais real – torna real aquilo pelo qual estou lutando.

E quando olho para cima, para encarar Sean, ele toma ciência disso. Ele sabe que não serei derrotado.

As fotos perdem, repentinamente, todo o brilho, e não quero dizer que tenham sido tiradas sem flash ou qualquer coisa. A faísca da minha mãe desapareceu. A mulher despreocupada agora parece atormentada, como se carregasse o mundo nos ombros... e eu sei por que isso acontece.

Ela se tornou uma Kelly.

Seu espírito foi esmagado porque, como um pássaro, suas asas foram cortadas e ela foi jogada em uma gaiola. Não admira que tenha acreditado nas mentiras de Sean. Ela estava infeliz, uma jovem presa em um mundo que ela não entendia.

E ele proporcionou-lhe um refúgio, uma luz na escuridão. Eu sei disso porque ele fez a mesma coisa comigo.

A última fotografia faz meu coração parar. É da minha mãe, com as mãos na barriga de grávida, sorrindo; um sorriso verdadeiro. Como esta foto espontânea foi tirada enquanto ela falava alguma coisa, dá para deduzir que ela estava sussurrando uma promessa para o fruto de seu ventre – de que dali em diante, seríamos apenas ela e eu.

Seu brilho de alegria voltou, e por minha causa. Pela primeira vez na vida, levei luz a alguém, ao invés de escuridão.

Babydoll coloca uma mão tranquilizadora na minha coxa, lendo meus pensamentos mais íntimos. Isso tudo é intenso demais.

— Você não tem mágoa por eu ter ateado fogo na sua casa? — pergunto, e Charlie bufa uma risada. — Não sei como você conseguiu salvar essas fotos do fogo, mas estou muito feliz que você tenha feito isso.

Estendo o álbum, mas ele nega com um aceno.

— Isso é seu agora. Sua mãe teria desejado isso.

Imogen começa a chorar.

— Feliz Aniversário, Cara.

Charlie sorri e coloca a mão sobre meus dedos tatuados com o nome da minha mãe.

— Não sou do tipo que curte tatuagens, mas dessa aqui, eu gosto. Feliz aniversário, maninha.

Babydoll funga baixinho ao meu lado.

O clima melhorou, mas esse momento de recordações não me amaciou em nada. Se esta é a maneira de Sean agitar uma bandeira branca, estou prestes a usar o tecido dessa porra de bandeira para limpar o sangue das minhas mãos.

— O jantar está quase pronto — diz Siobhan, assoando o nariz em um lenço de papel antes de ir para a cozinha.

— Tio — murmuro, entredentes.

Charlie sorri, mas quando percebe que não é com ele que estou falando, ele rapidamente se levanta e ajuda Siobhan.

— Podemos trocar uma palavrinha?

Sean assente, mas quando o vejo ainda imóvel, gesticulo com a cabeça para que conversemos do lado de fora. Ele obedece, pois pareceria muito mais suspeito se recusasse.

Minha família não sabe o que está prestes a acontecer conforme levo meu pai para fora. Assim que fecho a porta da frente, respiro fundo. Preciso me recompor, porque se não o fizer, matarei Sean aqui e agora.

— Isso é patético, até para você — declaro, me virando devagar para encará-lo. — Você acha que se esconder aqui vai te manter seguro?

Contudo, a atenção de Sean não está voltada para mim, e, sim, em Cami. Ela se mantém firme, mas sei que ele a intimida, e é exatamente isso que ele quer.

— Ei, idiota! — grito, estalando os dedos. — Continue olhando desse jeito pra ela, e será a última coisa que você vai ver na vida.

Ele simplesmente sorri em resposta, insinuando que não me leva a sério. Decido mostrar a ele o quanto estou falando sério quando dou uma cotovelada em seu nariz.

Sean solta um grunhido de dor, apertando o nariz ensanguentado com uma das mãos enquanto vasculha os bolsos da calça em busca de um lenço.

Derramar seu sangue desperta minha sede de sangue, e eu avanço, e só paro antes de espancá-lo até a morte, quando ele diz:

— Você não gostaria que eu contasse a eles como sua mãe, na verdade, era uma vagabunda, não é? Você já pensou? Manchar a memória que eles têm dela vai partir os coraçõezinhos frágeis dos seus avós.

E ali estava: o animal vil que chamo de pai.

— Que porra estamos fazendo aqui?

Sean pressiona o lenço no nariz.

— Pensei que você queria saber tudo sobre seu passado. Sobre sua amada mãe, cujo nome você está vingando. Mas aonde isso te levou? Você está jogando sua vida fora por causa de um fantasma! Uma pessoa que você nem conhece!

— Sim, e eu não a conheço porque você a matou, lembra? Então me poupe da porra do drama. O que você quer?

— Então, você matou Liam... e meu amigo, Shane Moore. Parece que você gosta disso — diz ele, e se seu nariz ainda não estivesse sangrando, eu daria outra cotovelada. — Mas acho que antes de você matar Liam, ele revelou algo que mudou o curso de tudo.

Recuso-me a permitir transparecer meu interesse, apesar de ele estar certo. Ainda não sei quem Liam estava protegendo.

— E eu sei o que é esse "algo".

— Maravilha, que tal você me dizer para que possamos acabar com isso? Você não vai vencer. Me conte logo essa porra e prometo não te machucar... muito.

Sean dá uma risada de deboche e preciso de toda a minha força de vontade para não quebrar seu pescoço.

— Você prometeu uma coisa a alguém e, se não cumprir, acho que ele não ficará muito feliz.

Ao que parece, Sean sabe sobre Alek. E deve saber que prometi meu império ao russo. Inclusive, que por esse motivo ele me ajudou, e que se eu não cumprir minha parte do acordo, ele me matará. Afinal, um acordo é um acordo, e ele deixou claro o que acontece quando alguém volta atrás com a palavra. Não posso oferecer a Irlanda do Norte no estado em que se encontra. Seria como vender para ele um carro que nem ao menos dá partida. Ou uma casa que precisa de reformas absurdas.

Não posso fugir disso.

— Se eu não estiver lá para o acordo, ele não vai adiante e sabemos o que acontece depois disso. Desta vez, eu sou minha própria garantia — explica Sean. — Se você me matar agora, nunca saberá quem está te caçando, e seu mafioso russo vai te matar por desistir de um acordo.

Alek e eu trocamos um aperto de mãos. Isso tem um puta significado no meu mundo. Eu poderia ir embora e dar tudo a Alek, mas o que tenho para oferecer a ele? Ele quer o carregamento, pois é isso que consolidará o seu poder num país estrangeiro. E Sean está certo. Se eu o matar agora, nunca saberei quem é o inimigo.

Não me iludo, pensando que Alek e eu somos amigos. Eu faria a mesma coisa se fosse ele e alguém me prometesse algo. Isso é negócio, seu sustento para alimentar sua família. Você não brinca com a família de um homem.

— Sua raiva se voltou contra você mesmo... mais uma vez, e tudo porque me deu uma oportunidade de atacar. Você nunca aprenderá, filho.

Virando o rosto para o céu, fecho os olhos e respiro fundo. Não acredito que esse idiota ainda não morreu. Para alguém que não tem amigos, ele, com certeza, consegue manipular muita gente para que cumpram suas ordens. Isso me faz pensar em quem poderia ser essa pessoa.

Eles me odeiam o suficiente para fazer negócios com Sean. Seja lá quem for, sei que preciso ter cuidado.

— Por que você não me contou isso por telefone? Por que veio aqui? — pergunto, finalmente olhando para ele.

Mas quando o faço, consigo ver o motivo. É a mesma razão pela qual ele estava relendo seus diários escritos há muito tempo.

— Você sabe que vai perder, não é? Você está aqui porque é o único lugar onde se sente próximo dela. Você a matou, mas realmente a amava. E do seu jeito fodido, você me ama... é por isso que ainda não estou morto.

E, no fundo, por mais que eu me odeie por isso... é por esse mesmo motivo que ele também não está morto.

— Esta é a sua maneira de reparar os erros do seu passado, não é? Você sabia o quanto eu queria conhecer minha mãe, seu passado... por isso estamos aqui. Você está fazendo essa porra como uma espécie de oferta de paz?

Quero que ele prove que estou errado. Preciso que ele seja o monstro que sei que é, porque matá-lo será muito mais fácil. Mas me mostrar humanidade... não posso lidar com isso.

— Eu sempre quis governar ao seu lado, Puck. Nunca fiz segredo disso.

— Cale a boca — disparo, pau da vida e incapaz de ouvir essa merda.

— Mas você prefere dar tudo a um estranho, só porque me odeia com a sua alma. Eu errei, sei disso, mas também fiz algo de bom.

— Bom? — debocho, balançando a cabeça em desgosto. — Você está de sacanagem, porra? Você estava usando meu filho para seu próprio ganho pessoal!

Sean tira o lenço ensanguentado do nariz, permitindo-me ver a surpresa em seu rosto.

— Eu estava cuidando do meu neto — diz, com a voz alterada, e odeio não poder determinar se ele está mentindo ou não. — Aoife não tinha nada. Eu não os deixaria morrer de fome.

— Mentira! Ele era apenas mais um peão para você usar. Você só sabe jogar sujo.

Mas ele simplesmente dá de ombros, recusando-se a discutir e a brigar.

— Sim, bem lembrado, mas você esqueceu quem sempre te livrava dos punhos de Connor? Eu posso ter fodido tudo, é verdade, mas nunca forcei ninguém a fazer nada que não quisesse.

Ele para por um segundo.

— Rory, Ethan, os homens... todos eles fizeram suas escolhas. Os Doyle fizeram a deles. Cada pessoa envolvida nisso fez uma escolha... assim como sua mãe. Ela escolheu me trair quando prometeu nunca fazer isso. Ela sabia das consequências. O que você faria? Ela estava fugindo com o meu filho e prestes a destruir tudo pelo que ralei pra caralho. Ela me usou para escapar de um casamento infeliz; e eu sempre soube, que se ela tivesse escolha... ela nunca me escolheria.

— Ela não está aqui para se defender — rosno, a raiva vibrando através de mim.

— Mas a família dela está — rebate Sean, revelando a verdadeira razão de estarmos aqui. — Você não acreditaria em mim, mas neles, sim. Preciso que você veja quem sua mãe realmente era. Ela era tudo o que diziam: teimosa, independente e inteligente. Ela não era o anjo que você acredita que seja. Eu nunca a obriguei ou a enganei. Ela sabia o que estava fazendo e não dava a mínima. Ela transou com o irmão do marido porque Cara sempre fazia o que queria. Você ouviu isso em primeira mão da família dela.

Exalo um suspiro.

— Ela queria se livrar de você. Ela sabia que Connor descobriria a verdade. Mas não importa seus defeitos, eu a amei o melhor que pude.

Esta não é a primeira vez que ele admite isso. No entanto, é a única história que ele manteve esse tempo todo. O mesmo ocorre com a afirmação de que somos mais fortes governando juntos. Sou eu que prefiro arrancar meu coração a governar ao lado de meu pai.

A voz tranquilizante de Babydoll em meu ouvido soa como a voz da razão de que preciso:

— Ele está apenas te manipulando. Não deixe ele vencer.

Ele sabe que não pode sair vitorioso, então essa é mais uma de suas jogadas. Mas ele está certo: minha mãe não fez nada que não quisesse. Ao mesmo tempo, ela queria estar com Sean, ciente do que isso faria com Connor. Sempre pensei nela como vítima, mas vejo agora, ao vir aqui e conversar com as pessoas que a conheciam melhor, que Cara nunca foi uma vítima.

Ela não merecia o destino que teve, porém a escolha que fez trouxe consequências – consequências que ela conhecia, e que mesmo assim nunca a impediram de agir.

As lembranças que tenho dela estão desvanecendo, e tudo que guardo agora são recordações que quero acreditar que sejam verdadeiras. Mas a verdade é que não sei mais em que acreditar. Eu gostaria de poder me lembrar de muito mais coisas... mas não consigo. Tudo o que tenho são versões de outras pessoas, memórias de segunda mão de gente que a conhecia.

— Tudo bem, então, vamos seguir adiante — afirmo, olhando para Sean. — Mas fique sabendo que você não sairá disso inteiro. Estou te mantendo vivo porque preciso de você desta vez. Assim que essa porra for concretizada e eu entregar o que prometi, vou te matar.

Sean sorri, mas assente.

— Como posso confiar em você? Como posso saber se este não é um dos seus truques?

— Você tem um exército para lutar ao seu lado agora, Puck. Eu não tenho chance.

Sem Shane Moore como aliado, Sean sabe que não tem onde se esconder. Ele está ficando sem amigos, por isso fez um acordo com seja lá quem for a pessoa com quem Liam estava de conluio.

— Então, por que você concordaria em me ajudar? Por que não brigar com quem mais estou enfrentando?

Sean dá de ombros.

— Eu luto por mim mesmo.

Isso é uma besteirada. Essa outra pessoa é alguém que Sean, obviamente, não consegue derrotar sozinho, a não ser que tenha ajuda. Também é alguém em quem ele não pode confiar. Se confiasse, não estaríamos tendo essa conversa, pois eu estaria morto. Ele fez um acordo com eles, porque eles confiam nele.

Sem sombra de dúvida ele os tratou com cordialidade, e agora eles acreditam que Sean está do lado deles. Mas o único lado que Sean Kelly fica... é o seu próprio. Ele está tentando um acordo entre nós porque, quando chegar o dia do acerto de contas, seja qual for o lado que vencer, Sean espera que mostrem misericórdia a ele.

No entanto, ele julgou mal a mim e ao ódio que sinto por ele.

— Você não dirá uma palavra à família da minha mãe sobre quem você realmente é.

Não quero envergonhar ou manchar a memória dela com a verdade sórdida. Eles já sofreram o suficiente.

Babydoll não disse uma palavra durante toda a altercação, mas não significa que ela não tenha nada a dizer.

Sean faz menção de seguir até a porta, mas eu agarro seu braço.

— Aonde você pensa que vai?

— Vou entrar para comer o famoso ensopado de Siobhan — responde, dando uma de espertinho.

Estalo a língua, com sarcasmo.

— Você realmente não achou que eu o deixaria fora da minha vista, não é? Você é meu prisioneiro agora.

De jeito nenhum vou arriscar que Sean fuja ou que conspire nas minhas costas. Já basta dessa porra.

Essa merda acaba agora.

Depois de comermos o ensopado de Siobhan – e agora dá para entender por que ele é famoso –, acendemos velas em um bolo de chocolate e cantamos “Parabéns para você” para minha mãe. Essa foi a primeira vez que cantei para ela. Não perguntei se isso era algo que eles faziam todos os anos, porque não é algo que eu queira repetir daqui por diante.

O que Sean disse está passando pela minha cabeça.

Eu sei que tudo isso faz parte dos jogos dele, mas essa merda me irritou, e acho que o motivo é porque acredito nele. Não quero, mas concordo totalmente com ele: as escolhas que fazemos são somente nossas. Por que minha mãe escolheu ficar com Sean?

Ela o amava? Eu queria acreditar por tanto tempo que ele a enganou, assim como fez comigo. Mas esta noite, conversar com a família dela me mostrou que Cara era uma mulher inteligente e independente, que fazia suas próprias escolhas.

Ela não parecia o tipo de mulher que fazia o que não queria, então isso significa que, em determinado momento de sua vida, ela queria Sean.

Estalando o pescoço de um lado ao outro, prendo as cordas em volta dos pulsos de Sean com força. Não falei uma palavra com ele, porque já tive o suficiente por esta noite.

E quando endireito a postura e o encaro, o sorriso maroto que ele exibe revela que ele sabe disso muito bem disso.

— Você não vai me amordaçar? — ele zomba. — Por que parar agora?

— Cale a boca — retruco, acenando para Ron, que se ofereceu para fazer o primeiro turno.

Sean não pode ficar sozinho. Ele é meu prisioneiro até a remessa de drogas chegar. Tudo está uma bagunça. Nada foi simples, mas agora as coisas parecem impossíveis.

— Me avise se ele der algum problema — instruo Ron.

Deixo Sean amarrado e sob vigilância, então sigo em direção à minha casa, onde Cami está esperando. Ela estava terrivelmente calada no trajeto de volta, e estou preparado para que ela desabafe. Abro a porta da frente e a vejo sentada no sofá com Shay.

Ele está dormindo, com a cabeça no colo dela, que brinca com o cabelo do menino.

Fecho a porta o mais silenciosamente possível e vou até o sofá, porém não me sento. Olho para as duas pessoas que são meu mundo. Quero perguntar a Shay sobre Sean, mas terei que esperar até o dia seguinte.

Babydoll continua acariciando suavemente o cabelo de Shay. Algo está passando em sua mente.

— Por que temos que fazer isso? — questiona, baixinho. — Finalmente temos Sean. Por que não podemos simplesmente... acabar logo com ele? Por que você tem que levar esse acordo até o fim?

Entendo a postura dela, e se fosse assim tão simples, Sean estaria em uma cova rasa.

— Fiz uma promessa a Alek — explico. — Não posso voltar atrás na minha palavra. E nem quero. Meu sentimento não mudou. Ainda pretendo dar a Alek tudo o que prometi a ele.

— Mas as coisas mudaram — ela argumenta. — O acordo era que ele nos protegeria. Mas agora que temos Sean, contra quem precisamos nos proteger?

Eu me sento e me viro para olhar para ela e Shay.

— Liam estava trabalhando com alguém, e até eu descobrir quem é, estamos mais uma vez lutando contra um inimigo desconhecido: o tipo mais perigoso. Sean sabe quem é essa pessoa. Portanto, precisamos dele. Literalmente poderia ser qualquer um. Vamos para o porto e não sei quem procurar. Se souberem de nossa presença lá, o acordo não será levado adiante e voltaremos à estaca zero, onde sempre estaremos olhando por cima dos ombros, esperando que o inimigo à espreita ataque.

— Como podemos confiar que Sean não fez um acordo para nos trair? Como sabemos que não estamos caindo em uma armadilha?

— Não temos como saber — admito. — Mas estaremos preparados para o que aparecer no nosso caminho. O que sei é que Sean é mais valioso para nós vivo do que morto. Se ele estiver mentindo ou nos sacaneando, estaremos prontos. De qualquer forma, o fim dele está próximo.

Cami funga, engolindo as lágrimas. Ela parece tão cansada.

— Me perdoe por tudo isso. Eu gostaria de nunca ter envolvido você nessa bagunça.

— Você não fez isso — ela responde, com tristeza. — Meu sobrenome... sim.

Ela está certa. Os sobrenomes Kelly e Doyle trazem repercussões. Amanhã, estou prestes a enfrentar a minha.

Mas, por enquanto, abraço minha família, um lembrete do porquê preciso lutar... e vencer.

DEZESSEIS

PUNKY

Não sei o que esperar, mas isso não é novidade. Aprendi que é melhor não entrar em nada com expectativas. Dessa forma, dá para evitar as decepções. E tenho a sensação de que, quando a reunião que convoquei terminar, haverá muita decepção. E raiva.

Ethan e Cian ficam comigo enquanto esperamos nossos homens chegarem à fábrica.

Cian está sofrendo e não sei como ajudar. Não há nada que eu possa dizer ou fazer para consertar as coisas, porque o amor de sua vida está morto e não sabemos por quê. Perguntei ao Sean antes de sair se ele tinha alguma coisa a ver com o assassinato de Amber.

Ele optou por não responder.

Mal posso esperar para que isso acabe, por isso pedi aos meus homens que se reunissem aqui na antiga fábrica de alumínios dos Kelly. Parecia apropriado, já que foi aqui que tudo começou, então é aqui que terminará.

O galpão está lotado de homens leais e em quem confio. Este é o exército do qual eu precisava, mas que entregarei de bandeja a Alek. Conheço esses rostos familiares desde que era menino, e agora estou como seu líder. Uma parte minha está triste por não poder liderá-los na batalha.

No entanto, fiz minha escolha.

Depois que todos estão aqui, fico em silêncio, e esse mesmo silêncio aquieta os sussurros. Eu tenho a atenção deles. Alek e Austin ficam de lado, mostrando-me respeito porque este país não é deles – ainda.

— Obrigado por terem vindo — começo, fazendo contato visual com cada um ali. — Chamei vocês aqui porque as coisas estão prestes a mudar.

Gritos entusiasmados ressoam entre eles, mas logo cessarão quando eu revelar o motivo para estarmos reunidos.

— Vocês têm sido leais à minha família há anos e sou muito grato por isso. Connor ficaria grato também. Mas é hora de mudar. Tenho lutado pela liberdade, a minha e a de vocês… e, finalmente, está ao meu alcance.

O clima se transforma.

— Sean Kelly agora é meu prisioneiro — revelo, observando os homens ficarem boquiabertos. — Seu mandato acabou. Sozinho, o filho da puta arruinou aquilo que nós, pelo qual meu pai, trabalhamos tanto.

A maioria sabe que Sean é meu pai biológico, mas não darei a esse cretino a satisfação de admitir o fato em voz alta.

— Ele não está morto, porque preciso dele para uma última coisa. O carregamento de drogas dos Doyle ainda está programado para chegar.

Os homens se entreolham, confusos.

— Ué, mas os Doyle estão mortos. Você se certificou disso — comenta Ollie, expressando o que todos estão pensando.

— Sim, eu me certifiquei, mas alguém estará lá para fazer o acordo, e preciso saber quem é essa pessoa, pois ele é uma ameaça para todos nós. Não chegamos até aqui, perdendo tanta coisa pelo caminho, para que um filho da puta venha roubar de nós.

Os homens batem palmas ruidosamente, assobiando em aprovação, pois todos nós perdemos muito nesta guerra.

— E uma coisa posso prometer: vou descobrir quem é essa pessoa e vou matá-la. Assim como matei todos os outros animais que queriam me trair. E quando eles morrerem e eu pegar esse dinheiro para mim, farei com Sean o que foi feito com minha mãe e com Connor.

Minhas palavras despertam a multidão, e a estática se torna quase eletrizante. Mas isso mudará em breve.

— Porém… assim que eu os vingar… estou fora. Essa porra começou no dia em que minha mãe foi assassinada, e vai terminar no instante em que eu matar o assassino dela.

— O que você está dizendo, Puck? — Rogan Shea pergunta, com os olhos arregalados.

— Não quero mais levar esta vida. Nunca quis, na verdade. Não posso fazer o que Connor fez… e nem quero. Por isso fiz um acordo com alguém que está disposto a dar sequência. Um homem em quem confio. O nome dele é Aleksei Popov. Deus sabe que eu não deveria confiar nele, mas ele é o líder que vocês desejam. Ele e Ethan… um verdadeiro Kelly.

Ethan está orgulhoso ao meu lado, mas Cian está prestes a arrancar meu fígado.

Não contei a ele sobre Sean, porque queria evitar essa reação. Eu sabia que ele agiria por impulso para matá-lo, e o velhote não serve para mim morto. Porém, resolverei as coisas com Cian mais tarde, porque agora tenho que enfrentar uma fábrica cheia de irlandeses e ingleses furiosos.

— Não, não serviremos outro!

— Este reino é seu!

— Uma mudança no poder é o fim de todos nós.

— Você não pode confiar em Sean Kelly! Isto é uma armadilha.

Estas são apenas algumas das queixas que ouço porque, ao mesmo tempo, todas elas formam um grande zumbido ressonante. Os homens discutem e gritam entre si, enfurecidos comigo e com os outros.

Eu permito que eles desabafem, pois sabia que esta decisão causaria um tumulto, mas isto não é um debate – esta decisão está tomada.

— Chega — digo, com calma, porém eles não me ouvem. Eles já estão fartos.

Normalmente, eu recorreria à violência, mas não governarei com medo. Eles me respeitam e desejo que isso nunca mude.

Então eu me afasto, permitindo que eles briguem como um bando de maritacas.

A paixão e a lealdade que eles demonstraram a Connor e a mim são o motivo de estarem tão chateados. É por isso que nunca aceitaram Sean ou Brody Doyle. O trono sempre foi meu... mas eu não o quero.

Dando tapinhas nas costas de Ethan, entrego a ele as rédeas da situação e abro caminho no meio da multidão, porque nunca fui fã de despedidas. Fiz o que vim fazer aqui: contar aos homens sobre nossa última batalha. O barulho estridente logo diminui enquanto os homens me observam sair.

— Puck — Ollie diz, segurando meu braço. — Não faça isso. Você nos deu esperança. Não nos tire isso, porra. Esses homens não tinham nada. Você deu a eles algo pelo que lutar.

— Agradeço isso, Ollie, mas só me resta uma luta agora. — Dou um tapa no ombro dele e sorrio tristemente.

Ele sabe que não deve discutir com um Kelly.

Deixo os homens nas mãos competentes de Aleksei Popov e Ethan. O que eles escolherem fazer... cabe a eles. Se ficarão ou irão embora, dependerá deles. Mas pelo menos eles têm uma escolha.

Como foi minha escolha esconder a verdade de Cian, que está ao lado da minha caminhonete, fumando um baseado. Eu nem tinha percebido que ele havia saído.

Odeio esse clima estranho entre nós. Brigar com ele é simplesmente errado.

— Como você teve a falta de consideração de não me contar?

Com um suspiro, fico perto de Cian e roubo o baseado de seus dedos.

— O que isso resolveria? Estamos quase no fim dessa merda.

— Ele matou Amber! — ele esbraveja, angústia e raiva escorrendo de suas palavras. — E você está protegendo ele? Diga-me por que não estamos lá agora, torturando-o até a morte?

— Eu preciso dele.

— Pelo amor de Deus, Punky! Você ainda não aprendeu? Esse filho da puta continua nos fodendo. Esta é outra armação. Por que você não consegue ver isso? Se fosse Cami…

— Sinto muito, Cian. Sinto de verdade — digo, soltando uma nuvem de fumaça. — Mas se ele morrer agora… então tudo isso, cada morte… teria sido em vão. Eu o mato neste segundo, e depois há outro filho da puta que terei que matar. E então, quando eu o matar, aparecerá outra pessoa. Isso não vai acabar, porra! Precisamos de alguém para governar aqui, e esse não sou eu.

— Seu idiota egoísta — ele rosna. — Isso não é apenas sobre você, sabia? Você poderá viver feliz para sempre, mas e todos os outros? Está esperando que juntemos os cacos, é isso? Às vezes, temos que sacrificar nossa felicidade pelo que é certo.

— E perder dez anos da minha vida não foi suficiente? — argumento, jogando o baseado no chão. — O que mais você quer?

— Quero meu melhor amigo de volta — ele responde, olhando para mim como se eu não passasse de um estranho. — O homem que se destacou na multidão… que nunca se misturou. Vá viver sua vida feliz, então. Dê as costas aos homens que sacrificaram tanto por você. Pelos nossos pais. Não sei mais quem você é.

Ele segue até o seu carro, me deixando com uma ferida aberta. Eu sabia que ele não ia gostar da minha decisão, mas pensei que ele aceitaria; no entanto, parece que me enganei. Ao ganhar minha liberdade, perderei meu melhor amigo.

Vou perder o homem que fui um dia.

Assim que entro na caminhonete, envio uma mensagem para Babydoll, certificando-me de que ela e Shay estão bem. Ela responde um segundo depois, afirmando que eles estão bem.

Eu deveria voltar, mas, de repente, sinto que não consigo respirar. Eu preciso dirigir.

As palavras de Cian me irritaram; porque uma parte minha concorda com ele. Homens sacrificaram suas vidas por mim e, de certa forma, parece que estou lhes dando as costas. Mas esta vida não é uma que eu teria escolhido. Para mim. Para Cami. Ou para Shay.

Eu sei que esta decisão é a mais sensata a tomar. Então, por que parece que um buraco foi aberto em meu peito?

Só existe um lugar que chama meu nome, e é o lugar onde ninguém julga... pois os mortos não podem falar.

Estaciono a caminhonete e ando calmamente pelo cemitério.

A última vez que estive aqui, Ethan tentou me matar. As coisas mudaram demais de lá para cá. Hoje, ele estava imponente naquela fábrica, como um verdadeiro Kelly. Connor ficaria orgulhoso dele. Eu sei disso, porque eu estou.

Eu me agacho e encaro o túmulo de Connor, percebendo que passei a visitá-lo em sua morte muito mais do que em vida. Eu gostaria de poder mudar isso.

— Oi, velhote — digo, em voz alta. — Lamento incomodá-lo, mas não tenho mais ninguém com quem conversar. Eu fiz uma escolha, uma escolha que me fez pensar se talvez você desejasse ter feito o mesmo. Só que já era tarde demais para você.

Contemplo o silêncio por um segundo.

— Foi por isso que você deixou seus homens se desviarem? Você teve o suficiente? Eu odiei você, porra. Mas agora que sou você, entendo por que agiu daquela maneira. Agora tenho um filho e odeio que nossas circunstâncias sejam as mesmas.

"Ele também perdeu a mãe. Mas farei tudo o que estiver ao meu alcance para garantir que ele não siga o caminho que segui. Sei que você tentou o seu melhor. Sei que no fundo você sabia que eu não era seu filho. Você poderia ter me dado as costas, mas não deu.

"Você me amou o melhor que pôde. Este mundo... ele toma e não retribui. Não vou permitir isso para meu filho. Para o amor da minha vida. Quero que eles fiquem o mais longe possível disso. E pensei que era isso que eu queria. Mas agora... não sei o que quero.

"Sean entrou na minha cabeça. Dizendo coisas sobre mamãe. Não sei no que acreditar. O que você faria? Se pudesse escolher, você teria ido embora? Ou não mudaria nada? Você morreu para me salvar. Para salvar seu reinado.

"E estou entregando tudo de mão beijada. Estou dividido entre o que é certo e o que quero. Eu quero um futuro para Cami e Shay longe disso. Mas vai ser suficiente?

"A escuridão faz parte de mim. Sempre fez. Temo que, ao ir embora, os demônios só ficarão adormecidos por um tempinho. E quando despertarem, estarão famintos por muito mais. Cami me aceita do jeito que sou, e me considero o homem mais sortudo do mundo, mas como posso me casar com ela com as mãos cobertas de sangue?

"Porque isso é tudo que terei a oferecer se não sair dessa vida. Se eu levar a mesma vida que você viveu, acabarei em uma cova a sete palmos, assim como você. Exatamente como cada pessoa envolvida nesta maldita guerra. Sou um dos últimos homens ainda vivos. Mas não sei por quanto tempo. O que você faria, Connor? O que você faria... pai?"

Lágrimas escorrem, pois sinto muita falta desse idiota insuportável. Quem teria imaginado?

Meu telefone toca, interrompendo esse ataque verbal com os mortos. Eu realmente estou perdendo a cabeça.

Quando tiro o celular do bolso e vejo que é Cami, atendo rapidamente.

— Está tudo bem?

— *Eu... hmm, quanto tempo até você chegar em casa?* — Ela está um pouco em pânico, o que me faz levantar de um pulo, beijar dois dedos e pressioná-los na lápide de Connor antes de correr para a caminhonete.

— Posso estar aí em vinte minutos.

— *Você consegue chegar em dez?*

— Por quê? — pergunto, procurando as chaves.

— *Cian está aqui.* — Não entendo por que isso é ruim até ela acrescentar: — *E ele está prestes a matar Sean.*

— Puta que pariu. — Desligo e quase arranco a porta das dobradiças antes de pular na caminhonete e disparar do cemitério.

Eu deveria saber que Cian faria algo assim. Ele está sofrendo, e a única maneira de amenizar essa dor é matar a pessoa que infligiu uma ferida que nunca cicatrizará. Mas ele se voltou contra mim quando expliquei o motivo pelo qual preciso de Sean vivo.

Ele está me pressionando, e quando chego em casa e vejo o carro dele estacionado na frente, me pergunto quão feio isso vai ficar. Fecho a porta com um baque e corro em direção ao castelo. Cami está me esperando do lado de fora do castelo, mas ela não deveria estar aqui.

Com um beijo em sua testa, ordeno gentilmente:

— Por favor, volte para nossa casa. Não quero que você veja o que está prestes a acontecer.

Ela quer discutir, mas sabe que eu não pediria isso se não tivesse medo… por ela.

— Okay, mas lembre-se: Cian perdeu Amber. O que você faria se fosse eu?

Não havia reparado que ela escondia algo às costas, até que ela estende para mim: minhas tintas faciais. Ela quer que isso acabe e sabe que essa face – a face que Sean me forçou a usar – é a única que pode fazer isso.

Aceitando as tintas, observo enquanto ela se afasta. Não sei quem serei quando a vir novamente.

Pouco depois, abro a porta da frente e ouço Cian gritando à beira da histeria. Eu me pergunto onde Billy está, já que era seu turno na vigilância de Sean. Eu lidarei com ele mais tarde.

Mantenho a calma ao caminhar pelo corredor e entro na enorme sala de jantar. Este lugar pode estar passando por uma reforma, mas parece que, independentemente da decoração, o sangue e a violência estão enraizados em seus alicerces. Tem sido assim há gerações e acredito que será assim muito depois de eu partir.

Cian está de costas para mim, mas ele sabe que estou aqui.

— Suponho que você esteja aqui para me impedir, visto que quer viver no caminho correto agora.

Sean parece estar inteiro – por enquanto. Ele ainda está amarrado à cadeira.

— Esta não é a resposta, Cian — digo, mantendo distância enquanto entro na sala. — Eu sei que você está ferido.

— Você não sabe de nada! — esbraveja, virando-se para me encarar. Há uma arma em sua mão. — Esse filho da puta levou a única pessoa que realmente me amou.

— Isso não é verdade — afirmo, com calma. — Eu também te amo. Todos nós amamos. Sinto muito pela Amber. Eu sei que não significa porra nenhuma, mas, por favor, não faça isso.

— Você está escolhendo esse merda?

— Não, Cian, eu escolho você. Sempre.

Mas ele não está convencido.

— Se isso for verdade, então mate-o. Corte a garganta dele como fez com sua mãe.

Sean me observa com cautela.

— E depois? — instigo, porque se Cian tiver uma solução, sou todo-ouvidos. — Continuamos a viver este ciclo vicioso onde, um a um, todos morremos?

—Todos nós somos vítimas. De uma forma ou de outra.

— Não, nós não somos. Eu me recuso a aceitar isso — altero o tom de voz. — Somos sobreviventes. É isso que temos feito desde crianças. E não vou desistir agora. Esta vida tirou muita coisa da gente. Nós dois temos uma chance de liberdade. Eu descubro com quem Liam estava trabalhando e os mato. Alguém quer assumir esse encargo… alguém quer fazer de Belfast o lugar de que nos lembramos. Mas você mata Sean agora e teremos que fugir pelo resto de nossas vidas. Não sei quanto a você, mas estou cansado dessa porra.

— Como você sabe que este não é mais um dos truques do filho da puta? — Com um rugido, Cian dá uma coronhada na testa de Sean.

Sean oscila, mas vai ser preciso mais do que isso para acabar com ele de vez.

— Não sei — confesso. — Mas sei que preciso dele lá para que este negócio vá adiante. Se ele estiver mentindo, então temos um exército de homens para nos proteger. Porém… e se ele não estiver zoando? Esta é a nossa chance de viver uma vida que ambos merecemos. Não vou ceder à tentação. Sean é nossa garantia desta vez. Seu destino sempre terminará em sua morte. Mas não prematuramente. Não quando tenho a chance de ser livre.

— E se eu não quiser isso? — Cian pergunta, seus olhos injetados implorando que eu o ajude, porque ele está tão perdido. — E se eu não quiser uma vida chata e normal? Eu experimentei para ver se me encaixava, e olha onde isso me trouxe. Estou de volta aqui, com uma arma na mão. Esta vida está em nosso sangue, Puck. Foi para isso que nascemos.

Ele aponta a arma para a têmpora de Sean, selando nossos destinos para sempre.

— O que você quer que eu faça? — imploro, precisando que ele veja volte ao bom-senso. Não vim até aqui para deixar tudo passar agora.

— Eu quero que você faça a coisa certa. Quero que faça o que Punky faria. Eu sei que aquele homem ainda está dentro de você, ansioso para se libertar. Esse filho da puta aqui… matou sua mãe! Ele matou Connor!

Lembra deles? Ou você é um maricas agora, esquecendo quem somos? Esquecendo que você é a porra do Kelly.

E, do nada... o brilho da luz ao qual eu tentava me segurar é eclipsado pela escuridão.

Eu tentei. Eu realmente tentei fazer a coisa certa.

Mas parece que todo mundo quer que eu seja outra pessoa. Tentei fazer o bem... tentei ser o homem que Shay teria orgulho de chamar de pai. Tentei ser o homem que Cami poderia orgulhosamente chamar de marido. Eu realmente tentei, porra.

Porém quando olho para as tintas em minha mão trêmula, aceno lentamente.

— Tudo bem, Cian. Se é isso que você quer.

— Você me mata e vai ter que fugir pelo resto da vida! — Sean grita, e é a primeira vez que o vejo demonstrar emoção, e isso porque ele sabe que chegou a sua hora. — Vocês estão todos mortos! O inimigo está mais perto do que você pensa. Eu sei quem eles são. Você precisa de mim!

Eu o ignoro, pois é através da violência que sacio minha sede.

Quando abro a tampa do pote de tinta branca, as lembranças de estar trancado naquele guarda-roupa me invadem a ponto de eu quase não conseguir respirar.

— *Quero que você seja outra pessoa. Quero que finja estar em qualquer outro lugar, menos aqui. Não importa o que você veja, ou ouça, quero que saiba que não é real, porque você não está aqui de verdade.*

A voz de Cara, de repente, se torna mais nítida do que nunca e, enquanto mergulho os dedos na tinta e retiro um punhado, fecho os olhos e me transporto de volta no tempo.

— *Não chore. Eu vou me esconder, eu prometo. Não vou fazer nenhum barulhinho.*

— *Bom garoto. Mamãe te ama e muito. Nunca se esqueça disso.*

Não preciso de um espelho. Conheço cada pincelada de cor. Faço os círculos em minhas bochechas, dando vida ao demônio dentro de mim. Quando termino, largo o pote no chão, com um baque surdo. Então, alimento a escuridão em meu ser, usando um único dedo para desenhar meu sorriso negro e sinistro.

E quando a boca de sua mãe é rasgada de orelha a orelha, Punky replica o gesto com a tinta preta, que mais se assemelha a um giz de cera.

Ele arrasta a ponta do giz desde a maçã do rosto até a boca, desenhando uma linha sobre os lábios, querendo silenciar seus próprios gritos, então faz o mesmo na outra bochecha. Agora ele ostenta um sorriso tão grande quanto o da mãe. Com gestos precisos, ele traça riscos ao longo da linha que recobre os lábios, enfatizando o sorriso de uma forma sinistra, macabra.

De repente, estou fora do meu corpo, como um *voyeur* que recebe um lugar na primeira fila do show.

Vejo Cara sendo torturada, espancada e estuprada. Eu vejo tudo.

Punky circula os olhos com a tinta preta, sem querer assistir à mãe sendo violada repetidamente.

— Nunca quis isso pra você, Cara. Mas você não deu ouvidos.

Punky não entendeu o que aquilo significava. Mas ele sabe que sua mãe fez algo errado.

O homem se agacha e levanta a cabeça dela pelo cabelo, expondo seu pescoço. Cara geme, o rosto praticamente irreconhecível. Os olhos injetados de sangue se focam no guarda-roupa, onde ela sabe que Punky está assistindo a tudo. Ela estende um braço trêmulo, desejando poder tocar o filho para assegurar que tudo ficará bem.

Cian está certo. Eu sou duas pessoas. Punky nasceu no dia em que viu sua mãe ser assassinada por seu pai e, agora, Punky está comandando o espetáculo.

Assim que termino de pintar os olhos de preto, abro as pálpebras bem devagar. A primeira coisa que vejo é Sean. Ele parece com medo.

E ele deveria estar.

Cian fica de lado, percebendo, de repente, o que me pediu para fazer.

Inspirando fundo, inclino o rosto e encaro o teto, um sorriso macabro se espalhando de fora a fora. Sinto que posso respirar novamente.

— Pai — começo, voltando minha atenção para ele —, parece que sou a única pessoa que quer você vivo.

— Porque você não é burro.

— Não sou? — questiono, caminhando em direção a ele lentamente. — Tudo que eu conseguia pensar quando estava trancado naquela cela era em matar você. Foi a única coisa que me fez continuar vivo, porque desistir significaria que você venceria.

— Mate-me agora, e eu te juro que você sempre será um fugitivo. Diga adeus à vida normal que você deseja para sua família. Não é por isso que você fazendo isso? Por que você fez tudo isso? Por eles?

Ele sabe a coisa certa a dizer. Sabe muito bem como me manipular.

— Sim, eles são tudo o que importa para mim. Mas não significa que não posso me divertir. Posso precisar de você para garantir a segurança deles e minha liberdade, mas algumas partes não são tão vitais quanto outras.

Sean empalidece, ciente do que isso significa. Vou torturá-lo a tal ponto que a morte seria um ato de misericórdia.

Não tenho muitos materiais aqui comigo, mas sou criativo. Há uma corda e um pequeno martelo que um comerciante deve ter esquecido. Acho que ele não vai querer de volta depois que eu terminar.

Com tudo em mãos, me posto à frente de Sean.

— Este é o rosto que você criou. Você gosta? Mamãe me disse para fingir ser outra pessoa enquanto você a estuprava e matava. Ela me disse que não era real, mas era. Foi bem real quando você cortou a garganta dela com facilidade.

Os olhos de Sean seguem o movimento do martelo enquanto golpeio devagar a palma da outra mão.

— Você sabe por que fiz aquilo — argumenta, esperando que eu veja a razão.

— Não, na verdade, não sei porra nenhuma. Você me disse o porquê, mas não significa que eu entenda ou aceite.

Antes que ele possa dizer outra palavra, agarro suas bochechas entre os dedos para que seus lábios se abram. Ele não luta contra mim, porque sabe que não vai vencer. Virando o martelo, abro a boca dele à força e enfio a garra do martelo em sua mandíbula.

Cian sibila, sabendo o que pretendo fazer.

— Eu deveria abrir sua boca, assim como você fez com ela. Mas isso servirá.

Com força, enfio a garra em sua gengiva e giro o martelo em um ângulo com um movimento brusco. Quando sinto seu dente amolecer, empurro com mais força, rindo como um maníaco quando o sangue escorre de sua boca. As raízes do dente estão profundamente incrustadas, mas à medida que aumento a força, ele se desaloja e, com um crack, ele se solta.

Enfio a mão em sua boca e pego o dente arrancado.

Sean contém seus gemidos de dor, mas parece estar prestes a desmaiar.

— Devo colocar isso debaixo do seu travesseiro para a fada dos dentes? — caçoo, segurando o dente entre o polegar e o indicador. — Você ganhará pelo menos uns trocadinhos por essa porra.

O sangue derramado só me encoraja a continuar.

Eu poderia quebrar seus joelhos, mas ele precisa estar apto a andar, já que não tenho a menor intenção de carregar o filho da puta. Então decido quebrar seu cotovelo.

Ele não consegue se mover, pois seus pulsos ainda estão amarrados, porém também não consegue segurar o peso do braço fraturado e agora inerte. Ele estremece diante da dor insuportável. Ele quer se contorcer no chão, mas não pode porque está amarrado... o que me dá uma ideia.

Largo o martelo e pego a corda no chão, arremessando para cima e prendendo-a sobre uma viga baixa no teto. De repente, estou muito satisfeito por eles terem atrasado a reforma do castelo.

Eu me viro para Cian e gesticulo que me entregue a faca que sempre carrega. Só agora percebo que sua pele está meio esverdeada.

— Qual é o problema, cara? Não é isso que você quer que eu seja?

Cian não diz uma palavra enquanto me entrega sua lâmina.

Pego a faca de sua mão, dou a volta na cadeira onde Sean está e corto as cordas ao redor de seus pulsos e tornozelos. Antes que ele tenha alguma ideia de fugir, eu o apunhalo no ombro. É um ferimento superficial, pois a experiência me ensinou onde esfaquear alguém se eu quiser matá-lo rápido: artéria femoral, pescoço, coração.

Essa ferida aqui apenas faz cócegas.

Mas quando Sean se inclina para frente, sem fôlego, percebo que talvez esteja subestimando um pouco seu sofrimento.

Eu o agarro pela nuca e o levo até onde a ponta da corda está pendurada; em seguida, puxo seus braços com brutalidade para trás, sem me preocupar com o fato de seu cotovelo estar quebrado e ele ter uma faca enfiada em seu ombro.

Depois que seus pulsos estão bem amarrados, seguro a outra ponta da corda e dou um sorriso doentio. Nossos olhares se conectam, e tenho que dar o crédito ao homem, porque ele não arrega, e nem ao menos suplica. Ele simplesmente me encara enquanto puxo a corda com toda a minha força, deslocando seus ombros diante da hiperextensão.

Esta posição restringe o fluxo de ar e ele grunhe, desesperado, sem fôlego.

— É assim que minha mãe se sentiu, sabe? Ela ofegava conforme você a brutalizava de todas as piores maneiras possíveis.

A lembrança me faz puxar com mais força e, quando ouço um estalo, sei que o ombro de Sean se soltou da articulação. Ele cai para frente, amarrado, sem ter para onde ir. Afrouxo um pouco a tensão, permitindo um momento de alívio, porque não quero que ele desmaie ainda.

Onde está a diversão nisso?

Ele arqueja, e quando pensa que terminei, eu puxo a corda novamente.

Desta vez, ouço outro estalo, seguido por um grito gutural quando seus pés se levantam do chão.

— Isso!

— Puck, isso é o suficiente — Cian diz, cobrindo a boca, horrorizado.

— Não, não é suficiente. Estou apenas começando.

Sean não morrerá se eu continuar puxando esta corda. Ele vai desmaiar de dor, mas posso acordá-lo assim que eu começar a extrair outro dente.

— Puck, p-por favor... p-pare — Sean ofega, com o queixo caído sobre o peito.

Eu rio em resposta.

— Deixe de ser frouxo. Minha mãe suportou muito mais do que você. Você é patético, porra. Cian, você poderia me fazer uma gentileza de segurar esta corda para mim?

Mas Cian balança a cabeça.

— Ele já teve o bastante.

— Nunca será o bastante — corrijo, hipnotizado pelos respingos de sangue no chão. — Isso é o que você queria, não é? Esta é a pessoa que preciso ser para governar esse país do jeito que ele precisa. Se eu parar agora, isso demonstraria misericórdia. Algo que não posso fazer, pois isso resultará na minha morte, e na da minha família.

Cian baixa o olhar, envergonhado.

— Me desculpe por ter pedido isso a você.

Mas não quero suas desculpas. Eu gosto desse meu lado macabro... eu me sinto confortável nesta pele.

— Não se desculpe. Eu não sinto de forma alguma. Na verdade... — Faço um gesto com a cabeça para que Cian venha pegar a corda, e isso não é opcional.

Com um suspiro, ele se aproxima e segura a corda. Estalo o pescoço de um lado ao outro, assim como os dedos. Sean tombou para frente, com os braços dobrados para trás num ângulo grotesco. Seus olhos estão fechados, mas sei que ele ainda não desmaiou.

— Você deveria ter me matado quando teve a chance — afirmo, caminhando em direção a ele.

Agarro seu cabelo emaranhado e puxo a cabeça para trás para ficarmos cara a cara.

— Você é tão monstro quanto eu — ele ofega.

— A maçã não cai longe da árvore, velhote — respondo, porque se ele está tentando evocar simpatia, é melhor que se esforce mais. — Isso é tudo que sei. É onde me sinto vivo. Eu queria uma vida longe disso, porque gosto demais da depravação, do controle, e sei que se continuar nesse caminho não vou parar. Sei que vou querer mais. Como um drogado, vou me viciar no sabor e nada nem ninguém vai importar. Precisarei alimentar os monstros que conheço muito bem, e que estão famintos. Eles sempre, sempre vão querer e precisar de mais.

É minha vez de arfar.

— Parece familiar? — caçoo, e Sean contrai a mandíbula. — Pois deveria, porque mais cedo ou mais tarde, eu me transformarei em você.

E aí está – a verdade que eu tinha tanto medo de enfrentar. A razão pela qual quero, a razão pela qual preciso abrir mão de toda essa porra. Não quero ser como meu pai ou... pais. É tudo que sei, mas tenho uma chance de me libertar. Quando largo o cabelo de Sean, apenas para esmurrar seu queixo, eu me pergunto se algum dia serei livre.

A ideia de que este é o meu futuro, que se continuar nesse caminho, poderei ser enforcado como um peru de Natal, espancado até virar uma polpa sangrenta pelo meu filho, me faz distribuir socos em Sean repetidas vezes.

Cada vez que meu punho atinge sua carne, espero e rezo para que isso destrua essa raiva que apodrece dentro de mim. Espero a alegria por vingar minha mãe e desejar uma vida normal.

No entanto, vejo o sangue de Sean cobrindo meus dedos, e chego à conclusão de isso nunca acontecerá.

É isto o que sou: um assassino frio e calculista que precisa de violência para sobreviver.

E durante essa reflexão, três palavras simples colidem contra a minha ira, lutando pelo domínio – lutando por mim.

"Eu te amo."

Não, eu não sei o que é amor. Tudo que toco apodrece. Morre. E o mesmo destino está fadado a Shay e Cami, se eu não os afastar de mim.

— Puck... eu te amo. Você é bom. Você é um bom homem.

— Não! — berro, recusando-me a deixar essas palavras vencerem.

Continuo esmurrando Sean – seu rosto, seu corpo, qualquer parte dele que estiver exposta; tudo o que quero é violar e destruir. Foi o que ele me ensinou quando me obrigou a testemunhar o assassinato da minha mãe.

— Seu filho da puta! Eu te odeio, porra! Você arruinou minha vida! Você me arruinou.

Sean está inconsciente, mas ainda respira, o que me enfurece ainda mais. Dou um soco em seu rosto com tanta brutalidade que um dente cai no chão.

Eu quero mais.

Ergo meu punho, pronto para acabar com essa merda de uma vez por todas, mas braços envolvem minha cintura, me encarcerando em um paraíso que não mereço.

— Volte para mim, Punky. Lute. Não seja quem ele pensa que você é, porque você não é isso. Você é gentil. Leal. Você é esperança.

Não estou mais lutando contra Sean; nunca lutei contra ele, em si, porque o inimigo sou eu. Nunca vencerei esta guerra, pois aquele que precisa ser derrotado… sou eu.

Minha respiração vai normalizando aos poucos, nivelando com a de Cami conforme ela assume a liderança. Em breve, estaremos sincronizados. Seus seios estão pressionados às minhas costas durante todo o processo onde ela me arrastou de volta do inferno.

A sala, de repente, entra em foco; enquanto eu espancava Sean, eu me via conduzido por uma fúria cega. Eu não estava no controle das minhas ações, e quando me viro e vejo o lábio de Cami sangrando, percebo o quão distante realmente estava.

— Mas que porra é essa?

Ela se apressa em limpar o sangue com o dorso da mão, porém sei que sou o motivo para ela estar sangrando em primeiro lugar.

— Ah, caralho. Eu te machuquei? — Não é uma pergunta de fato, pois sei a resposta. Acabei agredindo a mulher que amo com cada fibra da minha alma. Eu a feri, algo que disse que nunca mais faria.

Sem pensar, eu me ajoelho diante dela, cabisbaixo, implorando por perdão. Eu não mereço, mas vou passar o resto dos meus dias compensando essa porra.

— Me desculpa. Eu sinto muito. Eu sou um inútil. Não passo de um idiota do caralho. Sou exatamente igual ao homem que mais odeio neste mundo.

Algo surpreendente acontece, e me sinto impotente para impedir. As lágrimas começam a cair, lavando o rosto que me possui desde os 5 anos de idade.

Com o toque mais gentil, Cami ergue meu queixo, mas eu me afasto de leve, pois sei que não mereço seu toque ou carinho. Nunca mereci. Mas ela não se deixa vencer. Cami sempre será meu farol em uma tempestade.

— Você não se parece em nada com ele — ela sussurra, enfiando a mão no bolso em busca de um lenço de papel.

Ela começa a limpar a tinta do meu rosto, para me livrar do demônio que mancha minha pele.

— Você luta para melhorar a vida de todos. Isso é tudo que você já fez. Você sacrificou sua vida, sua felicidade por todos nós. Você tem sido nossa força, então, agora — ela limpa suavemente minha boca —, me deixe ser a sua fortaleza.

Suspiro fundo com suas palavras.

— Quero você. O bom. O mau. O feio. Quero todas as suas versões, porque sempre vou querer você, Puck Kelly. Com demônios e tudo mais.

Ela se afasta, e estou confuso, pois ela só limpou metade do meu rosto. Um lado ainda está coberto de tinta, e é exatamente o que ela segura com tanta ternura.

— Você está dividido bem no meio. Você usa duas faces, independente se eu as limpar ou não. Essas cicatrizes são suas para carregar para sempre. Tem que haver escuridão para que possamos apreciar a luz, e mesmo que a sua escuridão o governe, esses lampejos de luz são cegantes. E isso é o suficiente. Sua escuridão pode reinar, mas sei que, no final, sua luz vencerá a batalha.

Ela abaixa a cabeça e toca meus lábios em um beijo suave, me concedendo o maior presente de todos: ela.

Sem demora, lambo o sangue que escorre de sua boca – um movimento primal como alguém faz quando se corta com papel. Nosso primeiro instinto é colocar o polegar na boca. Somos um – um sangue, um corpo.

Ela me convence a ficar de pé e, quando o faço, olho para Cian, que timidamente desvia o olhar. Só que isso não é culpa dele. Não o culpo por querer vingança, afinal, foi o que sempre procurei durante toda a minha vida. Mas agora tenho algo mais.

Uma família.

Cian solta a corda lentamente e Sean cai de bruços, desmaiado. Ele está uma bagunça, e eu queria que a visão me fizesse feliz, mas isso não acontece.

— Encontro você lá dentro. — Ela sabe que preciso de tempo.

Deposito um beijo na testa de Cami, ainda enojado comigo mesmo por acidentalmente acertá-la em minha raiva.

Quando ela sai, eu exalo profundamente.

— Posso dar um trago?

Cian enfia a mão no bolso e me oferece a caixa e um isqueiro.

Com os dedos ensanguentados, pego-o um cigarro e saio do castelo. Preciso de ar fresco; preciso sentir a brisa em meu rosto quente, para me lembrar de que ainda estou vivo.

Minhas mãos tremem quando coloco o cigarro na boca, em seguida posicionando a mão em concha para acender o fogo. Assim que a nicotina atinge meus pulmões, suspiro aliviado, pois a fumaça ajuda a aliviar o estresse.

Já anoiteceu, o que me faz pensar no tempo que levei torturando Sean. Eu me perdi total, e se não fosse pela Cami, acho que teria me perdido para sempre.

— Por que seu rosto está pintado assim?

A voz de Shay me pega desprevenido. Não quero que ele me veja desse jeito, então rapidamente me viro de costas e apago o cigarro. Mas eu deveria saber que isso não o impediria de insistir.

— Vou entrar em um minuto. Você precisa de alguma coisa?

— Onde está a mamãe?

Quero mentir para ele, para poupá-lo da dor que experimentei em primeira mão. Mas veja onde isso me levou.

— Ela está morta?

Exalando profundamente, me viro e o encaro. Seus olhos curiosos procuram os meus, e ele não parece incomodado ao ver metade do meu rosto pintado como um anjo da morte, além de estar coberto de sangue.

— Por que você pensaria isso? — pergunto, preocupado que ele tenha visto o que Liam fez.

— Porque ela me disse que se ela me deixasse, era porque estaria morando no céu, com os anjos. Mas disse que meu anjo na terra cuidaria de mim quando ela se fosse. Acho que Cami é meu anjo.

Meu coração se aperta diante de sua inocência.

— Sim. Ela é nosso anjo.

Shay balança a cabeça, refletindo sobre o que declarei.

— Vou morar com você agora?

— O que você acha disso, hein? Em morar comigo e com Cami?

— E quanto a Sean?

Meu rosto fica pálido, porque se ele soubesse onde Sean está agora e o que fiz com ele, sua resposta poderia ser outra.

— Você gostaria de morar com ele?

Shay franze os lábios como se estivesse contemplando as duas opções.

— Ele é um homem legal. Ele fez mamãe sorrir.

É mesmo?

A admissão de Shay me perturba, porque nunca o incluí em meus planos de vingança. Ao matar Sean, estou tirando seu avô, alguém de quem Shay claramente gosta. Mas Sean não passa de uma hera venenosa, e sei que, mais cedo ou mais tarde, ele infectará meu filho.

— Mas acho que gostaria de morar com você.

Sei que Shay e eu temos muito que fazer para nos conectar, mas isso é um progresso.

Ele inclina a cabeça, examinando meu rosto. Eu me pergunto o que ele vê.

— Eu gosto do seu rosto.

— Qual lado? — pergunto, surpreso por ele não estar com medo.

— Os dois. Você é metade monstro, metade homem.

Uma maneira tão ingênua e infantil de explicar as coisas, mas a descrição é perfeita.

— Só sou um monstro quando preciso — explico, esperando que ele entenda.

E o que ele diz a seguir prova que o garoto é muito mais sábio do que eu quando tinha a mesma idade:

— Você é um monstro para manter os monstros afastados. Talvez um dia eu possa pintar meu rosto também?

Balançando a cabeça, me agacho na frente dele.

— Não, filho, eu uso essa pintura para que você não precise fazer isso. É meu trabalho manter os monstros afastados.

— Mas qual é o meu papel então? — ele pergunta, mordendo o lábio inferior.

Shay precisa saber onde se encaixará. Ele acha que se tiver uma função, será parte integrante da família. Ele precisa saber que está seguro e que Cami e eu nunca o mandaremos embora. Perder Aoife irá mudá-lo para sempre, e ele tem medo de amar. Eu também já tive.

Agarrando sua nuca com amor, dou um sorriso.

— Eu só quero que você seja feliz. É isso. Quero que fique feliz por sua mãe, porque isso é tudo que ela sempre quis para você. Honre a memória dela, vivendo a vida que ela não pôde.

Lágrimas nublam seus olhos, mas Shay funga para afastá-las. Minha coragem e teimosia correm em suas veias e eu não poderia estar mais orgulhoso. Este é meu filho, um pedaço de mim. Farei tudo para protegê-lo, o que torna mais fácil a decisão de matar Sean.

Posso até odiar como meu pai. Posso me banquetear no derramamento de sangue e na violência como ele faz, mas quando se trata de amor e honra, estamos em mundos completamente distantes. Eu quase precisei matá-lo para ver isso.

Cami e Shay estão certos: sou metade homem, metade monstro, dividido ao meio… e precisarei de ambos os lados para me ajudar a sobreviver a isso.

DEZESSETE

CAMI

O amanhecer é meu momento favorito do dia. Um novo dia traz uma nova esperança, e depois da noite passada, isso é tudo que Punky e eu temos: esperança de sairmos dessa com vida.

Já vi Punky furioso antes, mas ontem à noite foi outro nível. Pela primeira vez, ele me assustou. Eu estava com medo de que ele estivesse perdido para mim para sempre. Ele surtou, me permitindo ver que ele tem uma raiva cegante dentro dele.

E acho que isso nunca irá desaparecer.

Achei que, quando isso acabasse, ele poderia começar a se curar, mas muita coisa aconteceu – e só agora vejo isso. Às vezes, não nos curamos por inteiro; apenas aprendemos a lidar com os demônios presos dentro de nós.

Mesmo que Punky queira sair desta vida, acho que, talvez, ele não consiga. Isto é o que ele sabe fazer. É quem ele é. E ele é a pessoa a quem amo.

A maioria das mulheres sairia fugida nesse momento, mas não sou a maioria. Chegamos longe demais para desistir agora, e é por isso que estou tomando minha segunda xícara de café, já que não fui me deitar.

Assim que Punky e Shay chegaram em casa, Punky tomou banho e foi dormir. Ele sequer olhou para mim, e sei que é porque está envergonhado do que fez. Se ele tivesse me batido de propósito, a história seria totalmente diferente, mas foi por causa da noite passada que fiz algo que espero que ajude Punky a se curar.

Quando ouço a porta da geladeira abrir, seguido do ruído de cubos de gelo caindo em um copo, entro rapidamente. Punky está na cozinha, prestes a se servir de vodca. Isso indica que o uísque acabou. Ele faz uma pausa quando travamos nossos olhares.

Pelo menos ele consegue olhar para mim hoje.

— Seu lábio — murmura, apertando a garrafa com tanta força que tenho medo que ela quebre —... está doendo?

— Estou bem...

Ele não me deixa terminar, e se aproxima para segurar meu queixo entre os dedos. Com o maior cuidado, Punky vira meu rosto de um lado para o outro para poder avaliar o dano.

Dói bastante, porque o soco dele é brutal, mas não foi um golpe direto, pois ele me atingiu sem querer quando tentei contê-lo. Meu lábio superior está ferido, mas parece muito pior do que é. No entanto, isso não faz a menor diferença para Punky.

Tudo o que ele vê é o que há de ruim em si mesmo – nunca o que há de bom... e que supera qualquer outra coisa.

— Minha vontade é corta minha mão fora, porra — ele rosna, acariciando suavemente minha bochecha.

— Para com isso. — Seguro sua mão com carinho. — Foi um acidente e não quero falar sobre isso nunca mais. Okay?

Ele balança a cabeça, seus olhos ainda fixos em meus lábios.

— Por favor. Ele não vale a pena. Ele já ocupou muito de nossas vidas.

Não preciso esclarecer de quem estou falando.

Recuso-me a permitir que ele ou qualquer pessoa estrague o dia de hoje, porque tenho algo especial planejado; algo que espero que não saia pela culatra. Esta é a razão pela qual ainda não dormi.

Com tanta morte e tristezas que nos rodeiam, precisamos disto. Esta é a única coisa que posso fazer para ajudar Punky a entender o quanto eu o amo. Que não importa quanto sangue ele tenha nas mãos, nunca sairei do lado dele.

Isto é para sempre...

— Hoje é sobre nós.

Aqui vamos nós.

— Você pode me encontrar na pousada Kavanagh às duas horas?

Instantaneamente, uma onda de pânico o domina.

— Você vai voltar pra lá?

— Não — respondo, às pressas, pois ele entendeu tudo errado. — Apenas me encontre às duas, pode ser?

— Cami...

Apenas coloco meu dedo sobre seus lábios.

— Pare de discutir e faça o que estou dizendo. Sem reclamar.

Sou recompensada com um sorriso torto antes de Punky enlaçar minha cintura e me puxar para seu peito.

— Eu te seguiria até o inferno se você me pedisse.

Ao anoitecer, ele pode se arrepender de sua escolha de palavras.

— Vejo você às duas.

— Você vai me contar o que faremos?

Balanço a cabeça com um sorriso.

— É um segredo.

Meu atrevimento logo desmorona quando Punky passa o polegar pela minha boca.

— Eu poderia fazer você falar.

Meu coração dispara em um ritmo ensurdecedor, mas não vou me distrair. Preciso ser forte e não ceder a esses olhos azuis penetrantes, seu peito nu musculoso e lábios carnudos e deliciosos.

Mas ele me conhece melhor do que eu mesmo, e uma risada rouca lhe escapa.

— Acho que você ia gostar, hein? — ele afirma, com arrogância, deslizando suavemente a ponta do polegar em minha boca.

Ele me observa com avidez, me desafiando a resistir. Eu desejo esse homem com loucura. Sempre, o tempo todo. Mas reprimo meu desejo e dou uma mordida em seu dedo.

Ele sibila, mas não tira o polegar.

— Sádica — ele brinca, me incendiando com aquele olhar sensual reservado apenas para mim. — Tudo bem, Badyboll. Seu segredo está seguro. Por agora. Vejo você às duas.

Espero que ele me beije, mas ele simplesmente retira o polegar, sabendo que estou cheia de tesão por ele. Ele apenas me sacaneou em meu próprio jogo.

Estou prestes a me virar, mas ele agarra minha garganta e arqueia minha cabeça para trás. Ele sorri quando me sente engolir profundamente sob seu aperto.

— Eu ainda pretendo fazer você falar... a noite toda.

Minha determinação começa a vacilar, e, assim que abro a boca, pronta para revelar todos os meus segredos, ele me larga. Quase caio de cara no chão, mas recupero o equilíbrio e o orgulho.

Punky entra no banheiro, ciente de que ganhou esse *round*. O que ele não faz ideia... é eu ganhei a porra do jogo inteiro.

Tudo isso foi obra minha e ainda estou muito nervosa.

Respirando fundo o que parece ser a centésima vez, aliso as rugas invisíveis do meu vestido branco. É um vestido simples de verão, mas quando o vi na loja soube que era perfeito. Meus pés estão descalços e o cabelo solto.

A única joia que uso é meu colar com a rosa de Cara. Nunca esquecerei que pertenceu a ela e a importância que este broche tem. No segundo em que o roubei, soube que minha vida mudaria para sempre.

Parece apropriado usá-lo hoje.

— Você está pronta, querida? — Aine pergunta, enfiando a cabeça pela fresta da porta. — Ele está esperando há vinte minutos.

Assinto para meu reflexo no espelho, respirando fundo pela última vez. Eu posso fazer isso. Eu quero fazer isso.

Aine sorri, com os olhos marejados, mas essas lágrimas são cheias de felicidade por mim, porque, finalmente, encontrei meu "felizes para sempre".

Eu a sigo pelo corredor, sem prestar atenção aos convidados intrometidos, porque quando entro no jardim e vejo Punky, tudo fica em segundo plano, e tudo o que existe somos nós; como sempre. Somos nós contra o mundo.

Ele está tão sintonizado comigo quanto eu com ele, e quando estou a poucos metros de distância, ele se vira. Sua aparência vai além do surreal em seu jeans preto rasgado, camisa de botão branca e coturnos pretos. As mangas estão arregaçadas, expondo seus antebraços fortes e tatuagens.

Os três primeiros botões estão abertos, revelando uma extensão de pura perfeição. O leve tufo de pelos escuros no peito capta a luz do sol, assim como sua tatuagem. Seu piercing no nariz e cabelo despenteado apenas implementam toda a vibe de rebelde, mas Punky dá um novo significado, só seu, ao termo bad boy.

Eu sei que estou babando, mas não consigo evitar. Ele sempre me deixa sem fôlego.

— Você está linda — diz ele, com os olhos refletindo amor.

— Obrigado.

Eu sei que ele está curioso para saber por que eu o chamei aqui, mas quando seu olhar recai sobre meu dedo sem a aliança, essa curiosidade se transforma em pavor. Apliquei um pouco de maquiagem, que cobriu meu lábio machucado, mas não importa quantas camadas de corretivo eu use, Punky nunca vai esquecer. E ele acredita que eu também não.

No entanto, me recuso a deixar qualquer coisa estragar o dia de hoje, porque hoje é o primeiro dia do resto das nossas vidas.

— Você se lembra quando me perguntou em que mês eu gostaria que nos casássemos?

Punky concorda com um aceno, inseguro e com medo.

— E você disse que gostaria que nos casássemos no castelo.

— Sim, eu me lembro — ele diz, me observando com atenção. — O que está acontecendo, Cami?

Respirando fundo para me acalmar, continuo:

— Bem, o que eu deveria ter respondido era que quero que isso aconteça agora.

Punky arqueia uma sobrancelha, completamente perdido.

Então, eu esclareço:

— Eu sei que aqui não é o castelo, mas este lugar é como minha casa. Eu costumava fingir que era nosso e que um dia você apareceria por aquela entrada só para me dizer que tudo ficaria bem. Você me disse que um novo dia significa esperança e esperava que, ao anoitecer, eu lhe dissesse em que data seria sua esposa. Essa data… é agora. Eu quero ser sua esposa. Chega de esperar.

Punky está calado e posso ver que o peguei desprevenido. Seu silêncio me deixa nervosa. Será que me precipitei?

Amanhã enfrentaremos o desconhecido, mas não é por isso que quero me casar com ele. Eu queria ser dele desde o momento em que nos conhecemos.

— Puck? — sussurro, e ele continua me encarando sem dizer qualquer coisa. — Nós podemos esperar e…

— Não, não podemos — diz ele, por fim. — Quero você. Para todo o sempre. E eu quero que você seja minha esposa.

Lágrimas nublam meus olhos, e sequer consigo reprimir o sorriso.

— Vamos fazer isso então.

Aine está na nossa frente, com o livro em mãos. Punky franze os lábios, confuso.

— Sou uma juíza de paz, meu jovem — explica ela, colocando os óculos de aro prateado. — É algo bem útil em momentos como este.

Não consigo segurar o riso, me lembrando de quando Aine contou que havia tirado sua licença como celebrante. Em suas palavras, "há muita magia na pousada Kavanagh, que faz com que casais se apaixonem e queiram se casar". Ela disse que sempre era impossível encontrar um juiz de paz de prontidão, então decidiu resolver o problema com as próprias mãos: quem era ela para atrapalhar o amor?

Acho que Aine é uma velha romântica de coração, mas não me atrevi a dizer isso.

Essa minha ideia surgiu ontem à noite, então era óbvio quem eu queria que celebrasse nosso casamento e onde. Não há convidados. Apenas duas testemunhas para tornar isto oficial. Mas é assim que quero. Quando Shay for mais velho, vou explicar o porquê, mas não achei de bom gosto tê-lo em nosso casamento com a morte tão recente de sua mãe.

Ele ficou na companhia de Ethan, Hannah e Eva, que não têm ideia dos meus planos. Com tudo o que está rolando, e com o que está prestes a acontecer, casar no meio dessa confusão toda pode parecer uma ideia maluca, mas Punky e eu nunca vivemos de acordo com as regras.

É na loucura que nos regozijamos.

Aine abre seu livro cerimonial e pigarreia de leve.

— Quando conheci Cami, ela estava devastada. Como um pássaro enjaulado, suas asas foram cortadas.

Punky segura minhas mãos, apertando suavemente enquanto ficamos cara a cara.

— Pensei que se eu abrisse sua gaiola, ela voaria livre, em algum momento, mas olhando para vocês aqui, à minha frente, percebo que ela estava esperando para voar em liberdade com seu companheiro. A porta estava sempre aberta, porém ela escolheu ficar esperando, esperando por você.

Os olhos de Punky suavizam, pois a analogia é perfeita.

Nunca houve outra escolha – sempre foi ele.

— O casamento é um voto sagrado que fazemos um ao outro; uma promessa para toda a vida de que não importa o que aconteça, nós escolhemos essa pessoa. Para todo o sempre. Você, Puck Connor Kelly, aceita Camilla Doyle como sua esposa, agora e para todo o sempre?

Punky leva um segundo para desfrutar desse momento, porque é absolutamente perfeito. Mas sua única palavra cimenta nossa perfeição para sempre:

— Aceito.

Uma lágrima escorre pela minha bochecha, uma lágrima que Punky enxuga amorosamente com o polegar.

— E você, Camilla Doyle, aceita Puck Connor Kelly como seu marido, agora e para todo o sempre?

Meu coração está batendo rápido demais.

— Sim.

Um sorriso verdadeiro se alastra pelo rosto de Punky; um sorriso genuíno que ilumina meu mundo inteiro.

— Maravilha. Você está com as alianças?

Punky abre a boca, visto que esqueceu desse detalhe. No entanto, eu tenho tudo sob controle.

Enfiando a mão no bolso, tiro duas alianças de ouro branco. São simples, do jeito que eu queria. Contudo, o seu significado não tem preço.

A nostalgia toma conta de Punky quando ele vê os dois anéis iguais. Estou satisfeita por ele gostar, pois esta manhã, quando ele ainda estava dormindo, fui à joalheria e comprei o par.

Entrego as joias a Aine, que as coloca na palma da mão virada para cima.

— O aro de um anel não tem fim, o que mostra o compromisso de toda a vida um para com o outro. Puck, repita comigo.

Ela oferece a ele a minha aliança, e recita os votos instruídos por Aine:

— Eu te dou este anel como um símbolo do meu amor. Eu te dou tudo o que sou. Agora e sempre. Meu coração e minha alma pertencem a você.

Quando ele desliza a aliança no meu dedo, percebo que tudo o que suportamos nos levou a este momento. E não importa o que está por vir, enfrentaremos isso juntos.

Quando Aine me pede para fazer o mesmo com Punky, repito os votos, com a voz trêmula, porque esse dia será um daqueles que me lembrarei pelo resto dos meus dias. O ajuste da joia é mais do que perfeito. Ele é meu. E eu sou dele. Vê-lo usar uma aliança de casamento, minha aliança, faz comigo algo que nunca imaginei.

Eu me sinto inteira; pela primeira vez na vida, estou completa.

— Eu agora os declaro marido e mulher. Você pode beijar…

Aine nem tem chance de terminar a frase, porque Puck toma minha boca com a sua. Fico na ponta dos pés, enlaçando seu pescoço conforme selamos nossa união com um beijo afetuoso.

— Minha — ele sussurra contra os meus lábios, seu tom possessivo me atiçando por dentro e me deixando com o rosto vermelho.

— Parabéns — diz Aine, realmente feliz por mim.

— Obrigada. Por tudo. — Aine e esse lugar eram um refúgio para mim, e agora é o lugar onde oficializei meu amor pelo Punky.

— Eu preparei uma coisinha para você. — Ela aponta com o queixo em direção a uma cesta de piquenique. — Para o casal feliz.

— Ah, Aine. Não precisava... Mas obrigada.

Ela sorri, e embora não tenha gostado de Punky quando o conheceu, já que pensava que ele era a razão para minha eterna tristeza, ela agora pode ver que a história era outra. Eu era triste porque estava sem ele – sem minha outra metade.

— Obrigado, Aine — diz ele, com um aceno educado. — Isso foi ótimo.

— De nada. Mas se você partir o coração dela, eu quebrarei suas pernas.

— Aine! — repreendo, brincando.

Puck começa a rir.

— Eu quebraria minhas próprias pernas, mas estamos combinados.

Entrelaçando meus dedos aos dele, pegamos a cesta de piquenique, e Punky me permite conduzi-lo pelo terreno, já que conheço esse lugar melhor do que ele.

Ele não pergunta para onde estamos indo. Apenas me acompanha conforme o levo um local perfeito e mais distante na propriedade. A paisagem se torna um pouco mais acidentada e, quando estamos envoltos em um país das maravilhas verdejante, respiro fundo.

Eu costumava vir aqui para pensar, o que acontecia com frequência. Era o único lugar onde eu sentia que poderia respirar. Os hóspedes nunca se aventuraram tão longe, pois é muito fácil se perder na trilha inexistente. E esse era o motivo pelo qual eu passava horas aqui, feliz por estar perdida no silêncio.

Mas agora estou feliz em compartilhar o silêncio com meu marido.

— É lindo aqui — Punky diz, assim que chegamos ao lago.

Colocando a cesta perto da minha árvore favorita, eu a abro e pego a toalha de piquenique vermelha que Aine preparou para nós. Eu a posiciono no chão, e estou prestes a me sentar quando Punky me pega no colo e se senta antes, comigo montada em cima dele.

Eu rio e me delicio ao vê-lo se acomodar confortavelmente contra o tronco da árvore. Estamos a centímetros de distância e paro um momento para admirar o homem com quem pretendo passar o resto da minha vida.

Acaricio sua bochecha com as pontas dos dedos, admiro o tanto que ele amadureceu desde que nos conhecemos. Punky sempre se destacou além da conta, mas agora ele é uma força a ser reconhecida. Sei que amanhã ele torturará e matará quem estiver em seu caminho, e o amo ainda mais por isso.

Eu sei o que isso diz sobre mim, mas foi por quem me apaixonei e não quero que ele mude.

— Eu te amo — declaro, acariciando sua cicatriz —, marido.

Um grunhido baixo vibra de seu peito.

— Diga isso de novo.

— Eu te amo, marido.

— E eu amo você, esposa. Senhora Puck Kelly. Ainda não consigo assimilar isso.

— Por quê?

Ele coloca a mão sobre a minha.

— Porque eu não mereço você — ele explica. — Depois de tudo que fiz... não parece certo de que eu mereça ser o homem mais feliz do mundo.

— Você merece, sim — corrijo, suavemente. — Nós merecemos isso. Merecemos ser felizes.

Punky percebe que não vou insistir no assunto e concorda com um aceno.

Ele segura minha mão esquerda e esfrega o polegar sobre minha aliança antes de depositar um beijo suave.

— Quando você organizou tudo isso?

— Quando você estava dormindo.

Seu sorriso se torna ainda maior.

— Eu sei que você queria se casar no castelo, provavelmente com a presença de amigos, mas...

Ele não me deixa terminar.

— Isso era tudo que eu poderia ter esperado e muito mais. Tudo o que me importa é ser seu marido. E ter você como minha esposa.

Ele dá um beijo suave no meu pescoço, despertando a fome dentro de mim.

Quando meu estômago ronca, porém, parece que vou precisar saciar outra fome.

Punky ri, remexendo na cesta de piquenique. Ele pega a garrafa de champanhe e duas taças. Ainda estou sentada em seu colo, e ele posiciona a garrafa para o outro lado para estourar a rolha. O pedaço de cortiça voa longe.

O líquido borbulhante transborda, mas Punky rapidamente serve as taças. Assim que uma delas enche até o topo, ele me entrega.

— Para minha querida esposa, obrigado por fazer de hoje um dos melhores dias da minha vida.

Nós brindamos.

O champanhe francês é delicioso, mas quando vejo a variedade de comida que Aine embalou, troco a bebida pelas tortas caseiras de cebola e queijo de cabra.

Punky e eu comemos felizes em silêncio, aproveitando não só a comida, mas também a companhia um do outro. Não tivemos um dia em que nos concentrássemos apenas em nós mesmos, por isso é bom fugir, mesmo que por algumas horas. Não tenho certeza de quando teremos a oportunidade novamente, então tento não pensar no que o amanhã reserva.

Mas Punky consegue me ler como um livro.

— Vai ficar tudo bem. Nós vamos ficar bem.

Quero acreditar nele, mas a história prova que sempre há algo inesperado ao virar a esquina.

Com meu apetite nas alturas, pego minha taça de champanhe e bebo o líquido borbulhante rapidamente. Eu gostaria de poder esconder melhor meus sentimentos, mas não consigo esconder nada de Punky.

— Vamos nadar.

Ele se levanta, comigo ainda em seu colo, e nos conduz até a margem do lago. Estou agarrada a ele com força, e nunca me senti mais segura do que nesse instante.

— Não quero estragar seu lindo vestido — ele diz, me colocando de pé no chão.

Ele não hesita e tira as meias e o coturno antes de desabotoar a camisa. Quando sua pele perfeita fica exposta, esqueço de engolir a saliva. Ele se desnuda, enquanto eu fico imóvel, secando meu marido muito gostoso com os olhos.

A luz do sol o ilumina de uma forma quase divina, e isso porque ele é o meu "deus" pessoal.

Ele faz uma pausa antes de abrir a braguilha ao perceber que ainda estou vestida. Punky está parado na minha frente, com a calça desabotoada, revelando seu V definido e aquela trilha suave de pelo que vai do umbigo até o cós.

Minha boca se enche d'água, pois sei aonde isso leva.

— Viu alguma coisa que você gostou, hein? — ele brinca, seu corpo musculoso me provocando tanto quanto suas palavras.

Sou como uma criança numa loja de doces, e nem sei por onde começar. Cada parte dele é deliciosa e quero provar tudo.

Sem pensar, retiro meu vestido por cima e fico diante de Punky de calcinha e sutiã. Não é uma lingerie chique, mas do jeito que aqueles olhos azuis penetrantes me comem da cabeça aos pés, você pensaria que eu estava usando peças refinadas de uma grife francesa.

Estendo o braço às costas e abro o fecho, soltando o sutiã. No entanto, seguro os bojos contra os seios, mantendo-os ocultos. Punky sorri, uma promessa do que está por vir.

Ele tira a calça jeans, permitindo-me ver sua enorme ereção coberta pela cueca. Devagar, afasto as mãos e o sutiã cai na grama. Agora, nós dois estamos quase inteiramente nus.

Seu pau estremece conforme ele me examina lenta e lascivamente, e eu roço uma coxa à outra diante da excitação crescente. Quando ele enfia os polegares no cós da boxer e a abaixa alguns centímetros, um gemido me escapa porque o que ainda não é visível é tão gostoso quanto o membro à vista.

Ele se vira e tira a cueca, me agraciando com a bunda firme e rija. Eu poderia jurar que cada parte do corpo desse homem é esculpida em mármore. Os músculos de suas costas são tão deliciosos quanto os da frente, e eu o admiro entrar na água, submergindo por completo.

Sinto uma sobrecarga sensorial quando ele reaparece, molhado e todo gostoso.

Seus bíceps se contraem ao passar as mãos pelo cabelo comprido. Tenho inveja de cada gota d'água grudada em sua pele. Quero ser cada uma delas, escorregando e deslizando por um paraíso musculoso. Ele me chama para me juntar a ele com um movimento do dedo.

Estou com tantos problemas.

Adoro essa tensão caótica, então tiro a calcinha. A água é fresca e revigorante quando mergulho os dedos dos pés. Punky me observa, deslizando as mãos pela água. Tudo o que quero é aquelas mãos em cima de mim.

— Venha aqui, amor.

Seu sotaque suave é como um choque elétrico em meu núcleo, e eu o obedeço.

O lago não é tão fundo, logo, estamos submersos até a cintura. Punky estende a mão e passa um braço em volta de mim, puxando-me em sua direção. Estamos a centímetros de distância, nossos lábios pairando um sobre o outro.

— Você está tremendo — afirma ele, esfregando a mão para cima e para baixo no meu braço. — Está com frio?

— Não — respondo, aconchegando-me ao seu toque.

— Então qual é o problema?

Eu gostaria de poder esquecer que o amanhã tem potencial para tirar tudo isso.

— Estou preocupada com o amanhã. Eu sei que temos vantagem numérica, mas não posso deixar de sentir que uma reviravolta na história se aproxima.

— Aconteça o que acontecer, nós temos um ao outro. Sempre. E para sempre. — Ele une nossas mãos esquerdas, alinhando nossas alianças.

— Você acha que vamos vencer?

— Nunca há um vencedor na guerra — diz ele, com sabedoria. — Mas quando anoitecer, estaremos livres.

Não sei em que sentido ele quer dizer, e é isso que me assusta.

— Prometa-me que não fará nada estúpido. Sem qualquer merda de se sacrificar.

Ele sorri.

— Defina estúpido, porque nossos padrões podem ser diferentes.

Dou um tapa em seu peito, de brincadeira.

— Estou falando sério, Puck. Por favor, não faça nada que possa nos separar. Você tem a tendência de colocar as necessidades de todo mundo antes das suas. Tudo o que peço é que amanhã você nos coloque em primeiro lugar.

Eu sei que é um pedido grandioso e estou sendo incrivelmente egoísta, mas não vou recuar e vê-lo se sacrificar, o que ele tem tendência a fazer.

— Vou tentar o meu melhor — confessa, o que não é promissor. Mas é honesto. — Minha esperança é que amanhã eu possa dizer adeus ao passado. A Irlanda do Norte terá um novo líder, e você e eu teremos o mundo.

Entendo que esta é a escolha dele, mas ainda acho que é a errada. Este país está no seu sangue e não creio que ele consiga desistir tão facilmente como pensa. O que nos leva a outro problema: o acordo que ele fez com o traficante russo foi selado com sangue.

— Mas…

— Chega de conversa — diz Punky, inclinando-se para beijar minha garganta.

É uma doce distração.

— Não se atreva a me deixar — advirto, passando os dedos por seu cabelo molhado.

— Eu nunca faria isso — garante, deixando uma trilha de beijos no meu pescoço e no meu peito. — Acabei de fazer de você uma mulher honesta.

Uma risada se transforma em um gemido quando ele abocanha um mamilo, chupando de leve. Arqueio meu corpo para trás, dando acesso para me devorar por inteiro, e ele o faz. Suas mãos e boca trabalham em uníssono, tocando e sugando para me levar ao limite.

Sem a menor vergonha, agarro seu membro rígido e o acaricio, a água servindo como um lubrificante perfeito enquanto o masturbo. Eu nunca vou me cansar dele. Nunca estarei satisfeita, não importa o quanto ele dê, sempre quero mais.

Saboreamos um ao outro, aproveitando o tempo para explorar, mas quando Punky me levanta, sustentando meu peso ao me posicionar sobre seu pau, sei que ambos estamos impacientes por mais.

Ele esfrega minha entrada, me provocando, a ponta de seu pau deslizando para dentro e para fora. Meus músculos gananciosos imploram por mais.

— Você quer mais, esposa?

— Eu quero muito mais, marido.

Ele sorri, ambos valorizamos demais nossos novos títulos.

— Tudo bem, amor. Segure firme.

Enlaço seu pescoço, estremecendo quando ele me penetra em um ritmo dolorosamente contido. Ele controla a velocidade, que, para minha surpresa, é lenta. Normalmente, nos vemos imersos em uma confusão frenética e suada, mas isso é diferente. Punky me permite sentir cada centímetro dele e, quando ele está enfiado até o talo, ainda assim, fica imóvel.

Ficamos conectados ali, nos encarando, vulneráveis e com nossos muros derrubados. Sob a luz do dia, não temos onde nos esconder. Isto somos nós – sem filtro e desprotegidos.

— Eu te amo — declara, derretendo meu coração. — E eu prometo a você, que sempre te amarei. Eu te amei desde o primeiro momento em que te vi. E vou te amar mesmo depois de dar meu último suspiro.

Não quero pensar em nada tão definitivo, pois temo que haja um significado oculto por trás de sua promessa. Mas não tenho oportunidade de argumentar, porque ele começa a se mover.

Minhas pernas e braços estão travados atoo redor dele, então me balanço e quico contra o seu pau à medida que ele impulsiona. O prazer é indescritível. Ele me envolve por inteiro, e eu adoro essa sensação. Eu amo esse homem. O ritmo é lento, comedido, ao contrário da maioria das vezes em que ele me fode com força e rapidez.

Isso é fazer amor, suponho. Mas cada vez que estamos juntos, nada além de amor é compartilhado entre nós.

Ele me beija bem devagar, sua língua e boca me devorando com vontade. Eu me curvo ao seu toque, incapaz de me impedir de amar esse homem mais do que a própria vida. O que compartilhamos é mais do que apenas amor – é inerente.

Ele arremete tão profundamente a ponto de arrancar um grito da minha garganta, mas me aconchego a cada uma de suas estocadas, apreciando este momento em que nos tornamos um só corpo.

— Meu marido — gemo, fechando os olhos com força.

— Minha esposa — ele responde, entrando e saindo de mim.

Meu corpo parece um fio desencapado, e cada vez que ele me acaricia, me arrasta para mais perto do clímax. Eu me solto, entregando-me ao homem que me possui – mente, corpo e alma.

Apertando meus músculos ao redor dele, ele se retira quase todo antes de afundar lentamente de volta. A intensidade me desfaz, e eu gozo gostoso enquanto ele me fode sem pressa, ordenhando até o meu último espasmo. Fico lânguida, mas ele não me dá alívio e continua arremetendo.

Ele está no controle total, e quanto mais maleável fico, mais fortes e rápidas suas estocadas se tornam. Estou me segurando a ele com força, a água espirrando à nossa volta, e após um último golpe, Punky goza com um grunhido áspero e saciado.

Ele não se retira, e nem quero que faça isso.

Quando seu orgasmo acaba, Punky repousa a testa em meu ombro, recuperando o fôlego. Fico aninhada em seus braços, sem querer sair deste paraíso.

No entanto, em nosso retorno ao mundo real, teremos que lutar contra os demônios que nos atormentam. Só espero que eles não saiam vitoriosos.

DEZOITO

PUNKY

Nunca pensei que chegaria até aqui. Nunca pensei que esse dia chegaria. Mas enquanto caminho em direção ao castelo, percebo que minha liberdade está ao meu alcance.

Ontem foi o primeiro passo.

Ao me casar com Cami, tudo mudou, e embora eu achasse impossível, nós nos aproximamos ainda mais ao declarar um simples 'sim'. É mais do que apenas um pedaço de papel, como dizem algumas pessoas – é uma promessa que não pretendo quebrar.

Verdade seja dita, não sei o que hoje nos reserva. Gostaria de poder dizer com certeza que sobreviverei, mas não posso. Tenho um exército ao meu lado, mas ao lutar contra o desconhecido, você fica em desvantagem. Qualquer coisa pode acontecer.

O idiota que tenho como pai poderia me tranquilizar, mas é claro que não o fará.

Um dos homens de Ron o protege, e quando o vejo desabado na cadeira, não posso deixar de sentir uma ponta de desgosto pelo que fiz.

Tive muito prazer em torturá-lo e, se não fosse por Cami, temo que teria ido mais além. Eu não o teria matado, mas chegaria bem perto disso.

Ele não está amarrado, porque seu braço está quebrado, entre outras coisas. Mas ele não escapará. Algo mudou nele. Sinto cheiro de derrota.

— Vamos, velhote — digo, recusando-me a sentir pena de seu estado patético. O outrora temido psicopata não existe mais.

Ele ergue os olhos injetados de sangue.

— Sim, então… hoje é o dia.

Não sei exatamente o que isso significa, mas concordo com um aceno.

— Claro, tanto faz, vamos embora.

Não ofereço ajuda ao vê-lo tentar se levantar. Simplesmente cruzo os braços, demonstrando irritação por ele estar demorando tanto para se mover.

Por fim, ele se coloca de pé, mas leva um tempo para recobrar o equilíbrio. Como não tenho o dia inteiro, agarro seu braço.

— Anda logo, porra. Não tenho o dia todo.

Ele se apoia em mim e preciso de toda a força de vontade para não jogá-lo no chão. Ele não merece nenhuma ajuda.

Nosso passo é lento, já que Sean não consegue ficar em pé por muito tempo. Eu realmente fiz um estrago. Embora isso devesse me deixar feliz, na verdade, não estou.

— Onde está o grande homem que tinha planos sensacionais para destruir todo mundo? Se você tivesse seus diários para desabafar, eu me pergunto o que escreveria — zombo. — Nem sei por que você guardava essa porra. Eles são apenas uma garantia contra você.

Sean dá uma risadinha.

— Eles também são meu legado — ele afirma, sem fôlego, recostando-se em mim. — Para que o mundo soubesse quem eu era. A história precisa ser escrita, e nada melhor do que fazer isso de próprio punho.

— Você não será nada além de uma memória distante e esquecida ao anoitecer — respondo, mas não consigo me livrar da sensação sinistra de que este é o fim... para nós dois.

Sean não responde, parecendo agonizar até mesmo para respirar, quanto mais falar. Acho que quebrei algumas costelas e talvez até um pulmão tenha sido perfurado no processo. Mas um homem morto não precisa destas coisas. Sean está vivendo com o tempo contado.

Uma van está à nossa espera na frente, e empurro o velho para dentro assim que Cian abre a porta.

— Devemos amarrá-lo?

— Não, ele não vai a lugar nenhum.

Cian assente. No estado em que Sean se encontra, ele não daria dois passos sem que eu colocasse uma bala nele primeiro.

Afivelo o cinto ao redor de Sean.

— Segurança em primeiro lugar — caçoo, dando um tapinha brincalhão em sua bochecha.

Logo depois, eu me acomodo no banco do passageiro e Cian assume o volante. Nossos homens nos esperam mais adiante, parados no meio-fio e, quando saímos da estrada, nosso comboio nos segue.

Alek e Austin disseram que vão nos encontrar no porto de Dublin, assim como os homens de Ethan e Ollie.

Percebo Cian olhando para Sean pelo espelho retrovisor a cada poucos segundos.

— Qual é o problema?

Cian parece que nem percebe o que está olhando.

— Sei lá... por que isso parece tão fácil? Por que ele não está resistindo?

Compreendo suas preocupações, pois também não consigo afastar a sensação de que algo permanece oculto no horizonte. Não sei o quê, mas conheço Sean e sei que ele tem uma carta na manga. Por isso que Cami não está comigo.

Se formos emboscados no caminho, então não há como Cami estar nesta van comigo. Pedi que ela me encontrasse perto de Dublin. Ela está acompanhada por Ron, então sei que estará segura. Embora tenha protestado, insistindo que queria ir comigo, ela sabia que esta era a coisa mais sensata a fazer.

Não pretendo ser pego, então a verei em breve.

— Talvez porque ele sabe que está perdido? — sugiro, desejando aliviar suas preocupações.

Sean não comenta nada, o que só aumenta o mistério do que enfrentaremos logo mais.

Começo a brincar com a aliança no meu dedo, me perguntando a quem vou encontrar. Odeio admitir que teria preferido que fosse Liam, pois seria fácil. Eu poderia roubar sua carga, matá-lo, e também ao Sean, dar tudo o que prometi a Alek e viver feliz para sempre.

Mas o desconhecido me incomoda.

Alek prometeu que me apoiará contra quem estiver à minha espera, e sei que ele não vai me trair porque tenho algo que ele quer. Ele é a razão pela qual estou entrando nessa com confiança.

Shay está com Eva e Hannah. Os melhores homens de Alek os estão protegendo.

Exalando, eu só quero que essa porra acabe. Mas sei que as coisas apenas começaram.

Cian liga o rádio, precisando preencher o silêncio tanto quanto eu, ao que parece. Nós dirigimos até o ponto de encontro, mal trocando duas palavras. Porém, isso não significa que não estejamos atentos. Cada carro que se aproxima demais da van nos coloca em modo de combate.

Mas chegamos ilesos a um posto de gasolina.

A van de Ron está estacionada diante do prédio, e dou um suspiro aliviado quando paramos ao lado e avisto Babydoll lá dentro. Seu alívio também é claro quando ela me vê. Não a quero perto do meu pai, então aceno para Cian.

— Te vejo lá.

Pego a mochila e saio da van, esperando um dos nossos homens tomar o meu lugar. Não vou deixar Cian sozinho com Sean.

— Você sabe o que fazer — digo, pois o assunto já foi discutido. A qualquer sinal de perigo, eles devem se proteger, mesmo que isso signifique matar Sean.

Vou até a van de Ron, e assim que me aproximo das portas das traseiras, Babydoll abre de supetão e se atira em meus braços.

— Graças a Deus, você está bem.

Eu retribuo seu abraço, inalando seu perfume.

— Eu te fiz uma promessa.

— Sim, você prometeu mesmo.

Eu gostaria que pudéssemos ficar desse jeito para sempre, mas o tempo está passando, então desfaço nosso abraço e nos acomodamos na traseira da van branca de Ron. Ele não perde tempo e pegamos a estrada, com Cian logo atrás.

Babydoll se aconchega ao meu lado, segurando minha mão. Ver minha aliança em seu dedo tem um efeito poderoso. Não sei explicar, mas gosto da sensação. Isso me instiga a lutar mais pelo futuro. Nosso futuro.

— Tem certeza de que podemos confiar em Alek? — ela pergunta, pela décima vez, e dou a mesma resposta de sempre.

— Espero que sim.

Temos um acordo e sei que ele é um homem de palavra. Também sei que ele não chegou à posição que ocupa hoje deixando passar oportunidades. Se alguém oferecer um acordo melhor, sei que ele aceitará. Isso são negócios.

Não contei isso a Cami porque não quero preocupá-la.

O resto do percurso é feito em silêncio, mas isso diz muito, pois todos sabemos que as próximas horas mudarão as nossas vidas para sempre.

Quando chegamos ao porto, esqueço de tudo e me concentro no que é importante. Não posso ser pego de surpresa. Preciso ter cuidado com as cercanias e com todo mundo. Ron estaciona a van, e sinto certo alívio ao ver tantos de nossos homens aqui.

Os capangas de Alek nos flanqueiam, já que ele prometeu intervir se necessário. No entanto, ele não queria se envolver em uma guerra que não pertence a ele. Entendo o raciocínio do cara: eu também não desperdiçaria bons homens.

Babydoll expira audivelmente, secando as palmas suadas na calça jeans. Quero que ela fique aqui, mas sei que está fora de questão, então enfio a mão na mochila e lhe dou uma arma.

— Atire em qualquer coisa que atirar na sua direção.

Ela balança a cabeça, segurando a arma com força.

— Espero que isso não aconteça, mas tudo bem.

Eu espero o mesmo também.

Nós saímos da van e, instintivamente, protejo Cami com meu corpo. Examino os arredores com cuidado, sem ver qualquer pessoa por ali. Isso não significa que eles não estejam nos observando de algum lugar.

Eu a mantenho bem perto de mim, caminhando devagar em direção ao cais aonde a remessa deverá chegar em breve. Decidimos que é melhor nos esconder para surpreender a pessoa ou pessoas que conhecerem Sean. Estamos seguindo nesse rumo com uma fé totalmente cega.

O cais está cheio, o que já era de se esperar. Por esse motivo preciso de Sean vivo. Qualquer uma dessas pessoas poderia ser o inimigo. Até agora, nenhum deles parece familiar. A polícia patrulha a área, já que é um terreno fértil para transações ilegais.

O que me faz pensar no porquê os tiras não anunciaram o assassinato de Shane Moore. Sem dúvida, o ocorrido será varrido para debaixo do tapete. Eles não querem que ninguém saiba que o delegado era corrupto. Este mundo está cheio de idiotas desonestos.

Porém, ninguém é mais imoral que meu pai.

Ele e Cian nos alcançam, mas ficam distantes o suficiente para não levantar suspeitas. Ninguém pode saber que estamos aqui juntos.

Cada passo dado me coloca em estado de alerta. Continuo examinando tudo o que nos rodeia, desesperado para ver um rosto familiar na multidão. O carrilhão do relógio central sinaliza a hora – momento em que o carregamento deveria chegar. Há alguns barcos e navios atracados, mas não vejo nada.

— Isso parece estranho — Babydoll sussurra em meu ouvido, e eu concordo.

Estamos todos preparados para a luta, mas onde está o inimigo?

Eles foram avisados? Ou Sean está mentindo? As duas hipóteses são prováveis.

Faço contato visual com Cian, que balança a cabeça. Ele também desconfia de alguma armação. Nós estudamos o cais inteiro, toda a estrutura. Não há nenhuma entrada secreta digna de nota. Todos os navios aportam aqui, o que significa que quem procuramos já se encontra aqui, em algum lugar.

Só não sabemos onde.

No entanto, Sean sabe.

Quando estou prestes a exigir que ele nos conte o que diabos está acontecendo, um lampejo de algo chama minha atenção. Eu me viro e fico surpreso, porque vislumbro alguém que conheço.

— Ai, meu Deus — Cami arfa, cobrindo a boca com a mão. — É o Shay.

Sem pensar, ela sai correndo atrás dele.

Faço um gesto para Cian para que ele não tire os olhos de Sean antes de ir atrás de Babydoll.

Meu coração quase salta pela boca, porque isso é uma armadilha. Eu sei que é. Mas não foi orquestrada por Sean. Os homens de Alek deveriam estar vigiando Shay. Algo está errado.

Babydoll vira a esquina, esquivando-se de contêineres e correndo à base de pura adrenalina, gritando pelo nome de Shay. Seu pânico é claro.

Minha mente está me ordenando que a agarre e volte, mas meu coração não consegue. Se eu fizer isso, meu filho pagará o preço. Não permitirei que ele seja vítima da minha vingança. No entanto, é tarde demais. Cami e eu estacamos em nossos passos assim que vemos Shay.

— Solte ele — ordeno à mulher desconhecida que está agarrando Shay com força. Ele não luta contra ela, no entanto.

Cami empalidece, o que significa que conhece a mulher que está com meu filho.

— *Você?* — ofega, balançando a cabeça. — Não acredito que nunca imaginei que poderia ser você.

— Quem é você? — pergunto à mulher que me encara com ódio.

— Nós não nos conhecemos, Puck Kelly, mas eu conheço você. É tudo que sei.

Pego minha arma e aponto para ela, sugerindo que ela pare com a palhaçada e diga logo quem é.

— Meu nome é Annette.

— É muito gentil da sua parte me dizer seu nome, mas se não me disser por que está segurando meu filho, atiro primeiro e faço mais perguntas depois.

Shay não deixa passar despercebido minha admissão de que sou pai dele. Eu quero consolá-lo. Mas primeiro, preciso salvar sua vida.

Cami balança a cabeça, os olhos marejados. Isso é um mau sinal. Um péssimo sinal.

— Ela é Annette Doyle. Esposa de Brody.

— Viúva — Annette corrige com raiva. — Eu também era mãe, mas você tirou isso de mim quando matou meus três filhos.

E, assim, o círculo se fecha.

Liam estava preparado para arriscar sua vida pela da mãe, pois ela era seu Ás na manga – ninguém poderia desconfiar. Ele sabia que a mulher poderia me surpreender e se vingar pela morte de sua família em seu lugar. Nem ao menos a considerei na equação – o que torna o tipo mais perigoso de inimigo. Nenhum de nós previu isso, mas ela é uma Doyle, alguém em quem seu fornecedor confia.

Dessa forma, a guerra entre os Kelly e os Doyle se mostra mais viva que nunca.

— O lugar está cercado — informo, precisando me acalmar. — Você não vai fugir, e vai acabar como a sua família. Eu vou me certificar disso.

Seus olhos verdes se entrecerram e reconheço o que está refletido neles: vingança. Ela quer vingança contra o homem que destruiu sua família, assim como eu.

O baque de uma bengala ecoando nas tábuas de madeira me traz alívio. Não podemos perder. Temos Alek do nosso lado.

Ou foi o que pensei.

— Olá, Annette — diz Alek, alegremente, ao virar a esquina.

Cian e Sean estão logo atrás, sob a mira da arma de Austin.

Cami arqueja, pois se dá conta do que aconteceu. Fomos enganados – não por Sean, mas por Alek. Ele esteve nisso o tempo todo.

— Você é o fornecedor? — pergunto a ele, embora saiba a resposta.

— Você me pegou — ele responde, com um sorriso sarcástico. — Para ser justo, eu disse que tinha negócios com os Doyle.

— Seu filho da puta — praguejo, entredentes. — Nós tínhamos um acordo!

A culpa é minha por confiar nele.

— Sim, isso é verdade, mas também fiz um acordo com Annette. São negócios. Tenho certeza de que você compreende isso.

Projetando a língua por dentro da bochecha, paro um momento para me recompor.

— Vou compreender quando arrancar a cabeça do seu cadáver mutilado.

Alek ri alto.

— Eu gostaria de ver você tentar. Você acha que cheguei à posição em que estou ao me aliar com gente fraca? Eu preciso de líderes. Homens fortes que não têm medo.

— Medo? — caçoo, apontando minha arma para ele. — Eu não tenho medo. No momento, estou muito pau da vida por não ter matado você quando tive a chance.

— Oportunidades perdidas. Isso é tudo que você parece ter.

Alek está certo. Eu deveria ter feito essa porra sozinho. Eu tinha mão-de-obra suficiente para vencer. Mas estava com medo. Não tenho medo de perder, mas sim... tive medo de ganhar. Eu estava com medo de não corresponder à expectativa de Connor. Eu preferi renunciar, porque era a saída mais fácil.

Mas veja onde isso me levou.

— Estou aqui para ver quem realmente quer — ele abre bem os braços — todo esse reinado. Essa é a pessoa com quem quero trabalhar. Não alguém pronto para entregar tudo.

Quando Sean dá um passo para o lado, espero que Alek o repreenda, mas quando isso não acontece, percebo que o contrato de Annette vem com uma cláusula. Cami e eu o observamos mancar até Annette, e quando ele dá um beijo em sua bochecha, solto uma risada de escárnio, enojado.

Ela enfia a mão na bolsa, entregando-lhe uma arma.

— Isso é incestuoso pra caralho. Você não consegue arranjar um namorado fora do seu círculo social? Não é hora de fazer piadas, mas que porra é essa? Ele é tão culpado quanto eu — afirmo, no caso de Annette estar cega de amor.

Annette empurra Shay para longe, e essa é a oportunidade de que preciso. Cami também sabe disso. Só precisamos agir com cautela.

— Não foi ele quem usou a cabeça do meu marido como uma bola de futebol! — ela grita, apontando o dedo para mim. — Não foi ele quem ateou fogo em Hugh!

A lembrança é tão boa que não consigo reprimir o sorriso, o que irrita ainda mais a mulher.

— Não foi ele quem matou meu cunhado! Não foi ele quem massacrou meu Liam.

Suponho que, quando os eventos são listados dessa forma, dá para entender a raiva que ela carrega, embora todos tenham merecido.

— Se tivesse a chance — atesto, encarando a vadia com frieza —, eu faria isso de novo. Num piscar de olhos.

Ela grita ao avançar na minha direção. No entanto, Sean agarra o braço dela para impedi-la.

— Vamos acabar logo com isso.

Isso desperta meu interesse – quero saber o verdadeiro motivo de estarmos aqui.

— Não posso ter dois reis — revela Alek, olhando para mim. — Pensei que um deles fosse você, mas você desistiu com muita facilidade. Você deveria ter aceitado minha oferta de pensar melhor no assunto. Só que você é impulsivo, e tem um temperamento péssimo.

Revirando os olhos, respondo:

— Não sabia que era uma sessão de terapia.

Alek ri.

— Seu pai fez um acordo em seu nome, para salvar sua vida.

— Vamos ouvir que acordo é esse, então.

Shay está parado ao lado, porém preciso dele mais perto.

Onde diabos estão Ethan e o resto dos meus homens? De repente, percebo que eles não virão, porque praticamente servi Alek em uma bandeja de prata quando o apresentei como novo líder. Eles estão procurando o inimigo, e endossei esse filho da puta quando disse que ele era confiável.

Ele nos atacou de dentro, ao melhor estilo cavalo de Tróia.

O único apoio que tenho agora sou eu mesmo. Não colocarei Cian e Cami ainda mais em perigo.

— Ele negociou pela sua vida, com a condição de você sair daqui e nunca mais voltar — explica Alek, detalhando um acordo do qual não quero participar. — Muito generoso, se quer saber. Ou seja, você pode pegar sua esposa e filho e ir embora. Porém... só vou oferecer isso uma vez.

— E se eu te mandar ir para o inferno? — desafio, não recuando.

— Então... vou te obrigar a assistir enquanto mato sua família — ele responde, calmamente. — Vivo, você é um risco para mim, e, honestamente, eu preferiria que estivesse morto. Mas um acordo é um acordo.

— Ah, você se acha engraçado, né? — zombo, por que e quanto ao acordo que tínhamos? É óbvio que essas merdas não significam nada para ele.

— Hilário — ele rebate, e os lábios de Austin se franzem. — Acho que é o destino... um Doyle e um Kelly unindo este país.

— E eu acho que você não deveria falar sobre assuntos do quais não tem ideia — ameaço, sem nunca vacilar com a arma apontada.

Quanto mais ele fala, mais irritado fico. Não com ele, mas, sim, comigo mesmo. Eu estava tão preocupado com a possibilidade de Sean nos trair que nem vi esse idiota como a verdadeira cobra que ele é. Se eu sair disto vivo, mato Ron Brady por ter nos apresentado ao filho da puta.

— Atire nele — diz Cian, mas não sei em quem ele quer que eu atire primeiro.

Alek sabe que não vou atirar em ninguém. Enquanto Shay estiver aqui, obedecerei às suas exigências, e é por isso que abaixo minha arma.

— Não, Cian, não posso — confesso, com tristeza. — Eu queria sair dessa vida. Eu realizei meu desejo, ao que parece. Se você não pode vencê-los, junte-se a eles, certo?

— Boa escolha, meu amigo.

— Cale a boca porra — retruco a Alek, nem um pouco interessado em camaradagem. — Tudo bem, você venceu. Pegue tudo. Eu não quero isso.

Cami se vira para olhar para mim, com o horror refletido em seu semblante. Ela quer que eu lute, e é o que farei... assim que ela e Shay estiverem seguros.

— Vem cá, Shay — ordeno, gentilmente, porque no segundo em que o tiver em meus braços, o jogo começa.

Ele se vira para olhar para Sean, que assente.

Isso parte meu coração mais do que qualquer traição. Meu filho olhando para um monstro em busca de orientação, em vez de me ouvir – seu pai. Sean deve tê-lo trazido aqui, sabendo que Shay sempre será meu ponto fraco porque o garoto confia nele.

E essa foi a única razão pela qual ele se envolveu na vida de Shay; para usá-lo em uma circunstância como esta. Para manipulá-lo em seu ganho pessoal.

Isso atiça um fogo maior ainda dentro de mim. Vou matar todos eles, incluindo esse bastardo russo arrogante.

Shay não vem correndo. Meu corajoso garotinho não ousa demonstrar fraqueza. Ele olha para Cami, que se agacha, abrindo os braços. Dou um suspiro de alívio, pois está quase acabando...

Só que não da maneira como imaginei.

— Você matou meus filhos... então parece justo que eu mate o seu. — Essas palavras ecoam alto à medida que o mundo, de repente, passa a se mover em câmera lenta.

Observo, através de olhos que não são meus, Annette roubar a arma da mão de Sean, mirar e atirar. Não entendo o que estou vendo porque, quando Shay cai no chão, imóvel, certamente estou preso em um pesadelo.

Isso não pode ser real.

Mas quando os gritos guturais de Cami ressoam, sei que isso é muito real – meu filho está... morto... por minha causa.

Annette mantém a mão ainda erguida, com o cano fumegante da arma em punho. Ela parece surpresa por ter realmente puxado o gatilho. Cami quase cai, correndo até onde Shay está desfalecido. Ela se ajoelha e o puxa para os seus braços.

— Não! Não! — grita, sem parar, balançando o corpinho inerte do meu filho. Mas o tiro... foi um tiro mortal.

Ele não está morto. Que tipo de mundo permitiria que uma criança morresse dessa maneira?

Mas quando tudo colide na minha mente, num turbilhão delirante, percebo que este mundo em que vivo faria exatamente isso. Este mundo tirou muito de mim – é hora de eu pegar de volta.

Ergo a arma, mas Annette desaba no chão com um baque surdo antes que eu tenha chance de atirar. O estampido confirma que ela foi baleada, mas... por quem?

Procuro desesperadamente pelo atirador, e não deveria ser uma surpresa quando vejo o braço de Babydoll estendido, a arma nunca oscilando em sua mão. Não tenho tempo para elogiá-la, porém, porque temos companhia – e muita.

Graças aos tiros, chamamos a atenção da polícia, assim como dos nossos homens. Graças a Deus, a cavalaria chegou.

— Fuja! — grito para Babydoll, que pega Shay no colo e se esconde atrás de um contêiner.

Alek se enfia entre outros dois contêineres, mas não é ele que eu quero. Ainda não, de qualquer maneira.

Sean não é capaz de correr, graças aos ferimentos infligidos, mas ao vê-lo descer por uma escada atrelada a uma lancha, percebo que ele pretende escapar por outro meio. Mas isso não vai rolar.

Assim que ele liga o motor do barco, dou um salto do cais para dentro da embarcação, sem dar bola para a escada. Eu o golpeio com força, porém ele engata a lancha e acelera. Bato a cabeça dele no painel, e mesmo assim ele não larga o manche.

Continuamos em nossa luta corpo a corpo, mas ele não desiste.

Quando dou um soco em suas costelas, a lancha vira violentamente para a esquerda. Em seguida, perco o equilíbrio e quase caio no mar. Procuro ao redor por uma arma, e avisto um extintor de incêndio. Se Sean não tirar as mãos do manche, eu mesmo as removerei por ele. Eu me viro, pronto para acabar com essa porra de uma vez por todas, e parece que Sean tem a mesma ideia.

A última coisa de que me lembro é de um lampejo prateado, graças ao martelo usado por Sean para me golpear e antes de tudo escurecer.

E é no silêncio que permaneço.

Acordo sobressaltado, grato por ao menos acordar do pesadelo que me roubou o fôlego. Porém, quando tento me mover e descubro que não consigo, pois estou amarrado a uma cadeira, fica evidente que o pesadelo era real.

Isso significa… Shay.

Meu coração quase para, mas posso lidar com a dor mais tarde, porque agora preciso acabar com o filho da puta que me amarrou nessa porra de cadeira.

— Você é como a porra de um gato com nove vidas — disparo, fuzilando Sean com o olhar. — Você ainda não morreu?

Sean está sentado à minha frente, fumando um charuto. Ele tem todo o direito de agir com arrogância, afinal, ele me derrotou. Ainda não entendo o porquê ele simplesmente não me matou quando teve a chance.

— Vá em frente, caralho — instigo, desafiando-o a acabar logo com essa merda. — Você venceu. Finalmente conseguiu seu reino. Como não poderia fazer isso com Liam ou Brody Doyle, então optou por Annette Doyle. Você não tem vergonha?

Não sei por que me preocupo, porque suas atitudes provaram que ele só se importa com uma coisa: poder. Ele passou em cima de todo mundo, usando e abusando, e quando a utilidade de cada um acabava, ele os descartava como se não passassem de lixo.

Annette era um alvo fácil. Ela perdeu toda a sua linhagem, graças a mim. Sean, sem dúvida, ofereceu-lhe o mundo. Ela permitiu que sua vingança a cegasse para quem Sean realmente é.

Sentado e contido a uma cadeira, não posso deixar de pensar que o círculo se completou. Não importa o quanto lutássemos, sempre se resumiria a isso: pai versus filho. Eu esperava ser o vencedor, mas parece que estava enganado.

Puxo as cordas em meus pulsos, mesmo ciente de que não resultará em nada. Estamos na fábrica, não em local mais privado, o que me dá esperança de que, talvez, um milagre ainda possa acontecer. Preciso enrolá-lo e rezar para que Cami e Cian me encontrem a tempo.

— Por que você simplesmente não me matou quando teve a chance? Você teve inúmeras oportunidades para fazer isso. Não consigo entender. Por que ter todo esse trabalho? Era só pra foder com a minha cabeça, é isso?

Sean continua fumando, mas há algo diferente, algo que eu não esperava.

— Eu sabia que tinha perdido — ele revela, com calma. — Então, aprendi uma coisa com você. Posso ver por que todos arriscam a vida por você, Puck. Você é um líder nato. Você representa esperança.

Começo a gargalhar.

— Você está de sacanagem? A hora do vínculo chegou e passou. Por favor, me mate logo, pois prefiro morrer a ouvir essa baboseira.

— Eu estava tentando salvar sua vida — afirma Sean, prosseguindo como se desse a mínima para mim. — Annette orquestrou que seus homens aparecessem. Eu fiz tudo isso para o seu próprio bem.

— Meu próprio bem? Por isso que estou amarrado? Para meu próprio bem?

Não sei que jogo ele está jogando, mas quero sair. E, aparentemente, ele também.

— Eu precisava explicar. Por isso te trouxe aqui. Quero fazer um acordo. Você poupa a minha vida, e nunca mais me verá na sua frente. Não posso te vencer, e vejo isso agora. Sempre quis governar ao seu lado, filho. Nunca escondi esse fato.

— Mentira! Este é mais um de seus jogos mentais.

— Não, não é. Pensei que era isso o que eu queria. Mas com você vivo, não posso vencer. Eu não quero vencer.

Não quero acreditar nele, porém ele teve muitas oportunidades de me matar pelas próprias mãos ou de encomendar a minha morte, mas aqui estou... ainda respirando.

— Você não poderia fazer isso — afirmo, balançando a cabeça em desgosto. — Quando as coisas se tornaram difíceis demais, você percebeu que não valia a pena. Você tem noção de quantas pessoas morreram por sua causa? E, agora, de repente, você mudou de ideia? Não, eu não aceito. Você queria essa merda, então vá até o fim, caralho. Eu te desafio! Me mata logo e tome aquilo pelo que tantos morreram!

Isso não faz sentido.

Sean tem Alek ao seu lado com Annette fora do jogo. É o que ele queria. Então, por que ele não está se regozijando com a vitória?

— Não posso matar você, Puck. Você não vê isso? Se eu te quisesse morto, você já estaria morto há anos. Achei que em algum momento você acabaria cedendo, mas isso nunca aconteceu. Você é teimoso demais, e estou cansado de brigar. Eu te protegi contra a fúria de Connor porque realmente amo você.

— Cale a boca, porra! — rosno, balançando a cabeça com raiva.

Recuso-me a aceitar suas palavras porque não podem ser verdadeiras. Mas será que são? Será que era por isso que ele estava lendo diários do passado? Por isso ainda estou vivo?

— Com você vivo, nunca poderei ser um líder. Mas a questão é que não posso matar você. Então o que eu faço? Tudo o que fiz foi porque esperava que governássemos juntos. Pense nisso, Puck. Sei que não te dei motivos para confiar em mim, mas você sabe que estou falando a verdade.

Ele suspira.

— Tudo isso... porque eu queria você ao meu lado.

— É por isso que meu filho está morto? — esbravejo.

— Quero que você realmente pense por um minuto. Cada pessoa envolvida fez uma escolha: sua mãe, Connor, Ethan, Cami, Rory, todos. Nunca forcei ninguém a fazer nada que não quisesse.

— E quanto à minha escolha? — grito, pau da vida por ele ainda estar tentando me fazer acreditar que se importa comigo. Mas quanto mais ele fala, mais difícil se torna negar a verdade.

Eu deveria estar morto. E o fato de não estar, não significa que sou sortudo. Sean sempre afirmou que queria governar comigo desde que o confrontei nesta mesma fábrica. Fui eu quem recusou. Houve um tempo em que confiei minha vida a ele.

Ele era a pessoa que eu procurava quando Connor não conseguia controlar seu temperamento.

— Você tem todo o direito de me odiar. Eu matei sua mãe e fiz você assistir. Eu sou um monstro.

Espero por algo mais, mas não há mais nada.

Sean mentiu para mim sobre muitas coisas, mas nunca mentiu sobre querer governar ao meu lado. Ele deixou isso muito claro. Ele me manteve vivo, esperando que eu mudasse de ideia?

Ele se levanta, enfiando a mão no bolso em busca de uma faca. Eu me preparo para a morte, mas ela não vem. Em vez disso, Sean corta as cordas que me prendem, me libertando.

Isso deve ser um truque, porém quando ele se posta na minha frente, me dando uma escolha, vejo que não é um truque; ele está se rendendo.

Sua afirmação de que todos fizeram uma escolha é mais do que correta. Ninguém foi obrigado a fazer nada que não quisesse. As consequências brutais foram resultado de suas escolhas. E odeio que Sean esteja certo.

— O que você quer? — pergunto, mantendo as mãos imóveis… por enquanto.

— Eu te disse: poupe minha vida e me deixe ir embora, e você nunca mais me verá.

— Você é burro? Você me traiu… de novo. Você fez um acordo com Annette! Mentiu para mim… de novo. Shay está morto! Você sacrificou seu próprio neto por sua ganância!

No entanto, outra reviravolta na história está prestes a acontecer.

— Não, Punky, ele não está morto.

Eu me viro e vejo Babydoll e Cian entrarem na fábrica na companhia de Alek. Sean não parece surpreso em vê-los. Que porra está acontecendo? Ele ligou para eles?

Babydoll enlaça minha cintura, me abraçando com força.

— Shay está bem.

— Como? — É só o que consigo vocalizar nesse momento.

— Sean.

Gentilmente me desfazendo do abraço, eu a afasto um pouco, implorando que explique direito.

— Ele estava usando um colete à prova de balas. Sean se certificou disso.

— O quê? — ofego, olhando para Sean.

— Deu certo — diz ele, com pesar. — Eu sabia que Annette não o deixaria viver. Eu tive que protegê-lo. Grady sabia o que fazer.

Sean salvou meu filho? Não, não vou aceitar.

— Eu não entendo. Você passou a ter consciência porque sabia que tinha perdido?

— Não consigo explicar, assim como você não consegue explicar o motivo para não conseguir me matar.

— Ele fez um acordo com você? — pergunto a Alek, que se encontra ao lado. Mal posso esperar para dar um soco na cara arrogante desse merda.

— Não, ele não fez. Annette quem propôs um acordo.

Nada dessa porra faz sentido. Sean teve a oportunidade de finalmente ter tudo. Ele poderia ter agido pelas minhas costas e feito um acordo com Alek, mas não o fez.

— Por que Shay estava lá?

— Porque eu precisava que Annette pensasse que ela tinha vencido. Esta foi a única maneira de você afirmar seu controle. O plano nunca mudou. Os jogadores, sim, mas no final, vocês mostraram ao mundo quem é o verdadeiro líder. Ninguém pode vencer uma guerra contra você. Ninguém vai tentar. Nem mesmo eu. E é por isso que peço que me deixe ir embora com vida. Salvei a vida do seu filho, de boa-fé, e agora espero que você salve a minha.

Sean pega sua arma no cós da calça e estende para mim. Isso deveria ser equivalente a uma bandeira branca?

Tantas vidas foram perdidas e agora Sean mudou de ideia porque sabe que não pode vencer. Parece uma desculpa. Tudo isso foi em vão.

— A escolha é sua. Mate-o ou deixe-o ir. Com que decisão você poderá levar em sua consciência pelo resto da vida? — Alek pergunta, com interesse.

— Isso é uma armação — afirmo, mas Sean balança a cabeça. — Seus homens estão esperando por seu comando. Exatamente como estavam quando o sangue foi derramado neste mesmo chão.

— Não tenho homens — confessa Sean, com sinceridade. — Você realmente acha que eu estaria implorando pela minha vida se tivesse? Eles não servem a mim. Nunca serviram. Eles servem a você.

E ele está certo. Ninguém é mais leal a ele, porque ninguém quer seguir um rei destronado.

Sempre esperei que o final fosse envolto em tiros e derramamento de sangue. Acho que era isso que todos esperávamos. O final óbvio seria uma guerra entre nós, eu sendo quase mortalmente ferido enquanto tentava proteger meus entes queridos, apenas para triunfar e matar os bandidos. Seria o bem contra o mal.

Mas talvez esta seja a reviravolta na história? Talvez não haja sangue desta vez. Talvez haja apenas redenção.

Durante toda a minha vida, procurei respostas. No entanto, algumas perguntas não possuem nenhuma. Elas simplesmente são incógnitas.

— O que você vai fazer, Puck? Estou dando uma escolha, algo que você nunca teve antes. O que você escolherá?

Encaro a arma na minha mão, ciente do que devo fazer: devo deixá-lo ir, porque se eu matar Sean, serei um monstro ainda pior que ele. Ele não é nada, uma sombra patética de quem se esforçou muito para ser.

Isso é o que eu deveria fazer…

Sean suspira, aliviado por eu ter escolhido poupar sua vida. Mas é aí que ele se engana. Essa merda toda começou com minha mãe e já é hora de terminar com ela. É hora de deixá-la ir.

— Adeus, mãe.

Sem remorso, atiro entre os olhos de Sean, observando sem qualquer emoção seu corpo cair no chão com um baque surdo. Ele está morto; está morto de verdade desta vez. O tiro ecoa pelo lugar por um bom tempo, preenchendo o silêncio. Parece que ninguém esperava que essa seria minha escolha. Uma da qual nunca me arrependerei.

Eu me agacho ao lado do corpo e mergulho três dedos na poça de sangue que escorre, marcando três riscos no meio da minha testa. Eu fiz o que prometi. Matei os três homens que assassinaram minha mãe.

Em seguida, eu me viro e encaro Alek, dando um sorriso sardônico.

Ele apenas boceja em resposta.

Eu me levanto e aponto a arma em sua direção.

— Presumo que nosso acordo esteja cancelado, então? — diz ele, com sabedoria.

— Você está correto.

— Sorte que cruzei os dedos quando fizemos esse acordo.

Não tenho ideia do que esse lunático russo está falando. Honestamente, não dou a mínima.

— Aprendi há muito tempo que o primeiro homem a correr para a batalha é geralmente o mais corajoso. É preciso um verdadeiro líder para fazer isso. Eu sabia que você tinha isso dentro de você, e que só precisava de um empurrãozinho. E eu te empurrei, porque sabia que você não queria renunciar.

"Quando soube o que você fez com Brody, organizei este carregamento com Liam, esperando, não, sabendo que nos encontraríamos. Eu sabia que Liam não seria capaz de manter a boca fechada, que acabaria se gabando de como ele poderia ocupar o lugar de seu pai.

— Plante as sementes e observe-as crescer — diz Alek. — Austin fez uma visita "acidental" a Ron, o que colocou na cabeça dele a ideia de nos conectar.

— E você não poderia simplesmente ter marcado uma reunião comigo? Por que teve todo esse trabalho?

— Você é nobre, mas a sede de sangue corre em suas veias. E esse é o tipo de homem que quero ao meu lado. Você só precisava enxergar isso.

— Espere aí, você está me dizendo que armou para mim? — pergunto, precisando de um minuto.

— Este foi um teste de força e vontade. Este foi o meu teste para ver até onde você iria para proteger aqueles que ama. Queria ver como você agiria na guerra e estou impressionado. Você não é apenas corajoso, mas também inteligente. Ah, e também é brutal. O que você fez com Liam... — Alek junta o polegar e o indicador e os beija antes de separá-los novamente, com um beijo típico de chef de cozinha.

Desde o primeiro momento em que nos conhecemos, Alek estava me testando.

— O que você administra? Uma escola de supervilões?

A risada de Alek ressoa alto.

— Eu administro um negócio muito bem-sucedido com homens em quem posso confiar; e eu confio em você, Puck Kelly.

— Bem, eu, com certeza, não confio em você — respondo, porque não vou bancar o simpático. Ele me trapaceou, colocando a vida de Shay em risco na esperança de que eu passasse no teste. — Meu filho poderia ter sido morto.

— Eu não teria permitido isso. Vimos o único aliado de Sean, Grady, dar o colete ao seu filho. Sabíamos que ele estaria protegido.

— Você sabia que Sean havia se rendido, mas não disse uma palavra?

Alek tinha o poder de salvar Sean, mas optou por não fazê-lo.

— Essa escolha não era minha, e, sim, sua. Você é muito mais corajoso do que eu. Deixei minha mãe, que me traiu, assim como seu pai fez com você, viver. Portanto, embora esse final pareça um tanto anticlimático, terminou em derramamento de sangue.

Ele olha para o corpo de Sean

— Seu pai sequer imaginou o que você escolheria, e acabou te subestimando. A maior reviravolta na história de todas.

— De que lado você está, afinal?

— Do meu — responde o russo. — Eu não conhecia você. Mas vi potencial. Eu precisava que você provasse seu valor. E isso aconteceu. Quero que seja o líder que ambos sabemos que pode ser. Não vou intervir, mas quero fazer negócios. Em troca, prometo proteção e homens em quem você pode confiar.

— Por que você não assume tudo aqui?

— Porque acredito em honra. Você é o legítimo rei de Belfast. Ninguém mais. Esta não é minha luta. É sua.

Olho para Cami, porque essa decisão afeta tanto a ela quanto a mim. Eu queria sair por temer pela segurança dela, mas agora tenho alguém que está me oferecendo uma escolha. Posso fazer o que Connor, Sean e Brody falharam em fazer: posso ser um verdadeiro líder. Posso honrar o sobrenome Kelly.

— Mas parece que você não ficará satisfeito até que tenha a sua guerra — diz Alek, sorrindo.

Não tenho ideia do que ele quer dizer até ouvir pneus cantando do lado de fora, seguidos de passos apressados pelo piso de concreto.

Dou uma olhada de relance para Alek, que levanta as mãos em falsa rendição.

— Não olhe para mim. Eles não são meus homens.

Cian empunha sua arma na mesma hora.

Eu me posto diante de Cami, protegendo-a com meu corpo.

— Pensei que isso tinha acabado? — ela chora, sua angústia evidente.

Ao olhar para o cadáver de Sean no meio da fábrica, percebo que as coisas apenas começaram.

A fábrica explode em tiros quando homens que reconheço como leais a Liam entram. Eles estão aqui para vingar sua rainha.

Sean disse que Annette tinha homens aguardando o comando na retaguarda, e parece que ele estava certo. São cerca de vinte – dificilmente um exército –, mas o suficiente.

Arrasto Cami freneticamente para trás de um palete cheio de alumínio. Usando-o como cobertura, espreito pelo canto e atiro em qualquer coisa se movendo em nossa direção. Eu sabia que isso terminaria em sangue... e estou muito feliz por isso.

Esta é a batalha final, porque reivindicarei o que é meu. Mas primeiro, preciso eliminar todos os comparsas dos Doyle.

Cami fica atrás de mim, agarrando um punhado da minha camisa, enquanto atiro no inimigo. Somos apenas Cian e eu, já que Alek, ao que parece, é um homem de palavra e não se envolve no conflito. Esta é a minha luta, disse ele. E o bastardo está certo.

Ele fez tudo isso, torcendo secretamente por mim, esperando que eu provasse que ele estava certo. Posso ver por que o mafioso é um dos homens mais poderosos do mundo. O idiota me fodeu mentalmente e me fodeu com gosto.

— Há muitos deles! — Cami grita, e ela está certa.

Eu queria derramamento de sangue. Queria um grande clímax. E agora que consegui... me sinto em casa.

— Cian, me dê cobertura!

Cami tenta me impedir, mas Alek está certo: o primeiro homem na batalha geralmente é o mais faminto pela vitória. Este é o meu país e irei protegê-lo, mesmo que tenha que dar a minha vida.

Atiro em dois filhos da puta, que caem no chão com um baque, porém outros três tomam seu lugar. Cian atira neles, mas eles nos atacam e nos cercam logo mais.

— Agora seria um bom momento para aquele filho da puta intervir! — grita Cian, e nós dois continuamos atirando a torto e a direito.

— E onde está a diversão nisso? — debocho, acertando a coxa de um babaca. — Sinto muito, Cian. Você estava certo. Eu nunca deveria ter desistido. Achei que estava fazendo a coisa certa. Eu queria te dizer isso... caso não consigamos sair daqui vivos.

— Não diga isso. Nós vamos sair vivos, porra. Não chegamos até aqui para desistir. Estamos fazendo isso pelos nossos pais. Por Amber.

Mergulhamos atrás de uma pilha de barris, porém é impossível lutar contra todos eles. E eu sabia que isso poderia acontecer. O inimigo nunca deixará de aparecer. Sempre haverá alguém que se acha pronto para ocupar o meu lugar, e esse alguém vem na forma de um filho da puta que vem na minha direção pela direita, e atira no meu ombro.

Cian dispara contra o animal antes que eu seja capaz.

— Você está bem?

— Sim, pegou só de raspão. — Sangue escorre da ferida, mas ignoro total, e quando ouço Cami gritar, nada mais importa.

Eu me levanto de um pulo e a procuro desesperadamente. Um animal a está segurando pelo cabelo, arrastando-a em direção à porta. Ela está lutando com ele com toda a garra, porém não é páreo.

Ela já foi sequestrada uma vez. Isso não acontecerá novamente.

Cian me dá cobertura e eu corro na direção do filho da puta, e assim que ergo minha arma para atirar, ele cai no chão como um saco de batatas. O rosto de Cami está coberto de sangue e, mesmo que ela esteja piscando diversas vezes, em estado de choque, eu me viro para ver quem atirou no canalha.

— Isso aí! — comemoro, vendo Ethan com a pistola ainda fumegante.

— Você não achou que eu ia deixar você se divertir sozinho, né? — ele brinca, me dando retaguarda enquanto corro até Cami.

Meus homens logo aparecem e pronto.

— Ai, meu Deus! — ela grita, tentando apalpar meu ombro. — Você levou um tiro.

— Estou bem — asseguro, passando uma olhada pelo seu corpo para ver se não está ferida. Graças a Deus, ela está bem. — Eu te fiz uma promessa.

— Sim, você fez. Agora vá matar esses filhos da puta para que possamos ir para casa.

— Eu adoro quando você fala desse jeito. — Dou um beijo frenético em seus lábios, uma promessa do que está por vir, porque agora... o jogo começou.

A fábrica está enevoada com toda a fumaça, e mesmo escorregando no piso encharcado com o sangue derramado, solto um brado de satisfação. Sean está morto, assim como os homens restantes que eram leais aos Doyle. Tudo o que resta somos nós.

O tiroteio cessa e a visão de pura carnificina me deixa de pau duro.

Esta é a minha casa. A violência e o banho de sangue fazem parte de mim, assim como meu rosto pintado fará para sempre.

Meus homens dão tapinhas nas costas uns dos outros porque, por enquanto, vencemos esta guerra, mas haverá outras mais – sempre haverá. Não importa se quero deixar esse mundo, não há saída para mim. E agora nem quero que haja.

É por isso que, coberto de sangue, sigo até onde Alek está, fumando seu charuto.

Ele tem um jeito de se envolver sem sequer levantar um dedo. Mas a diferença entre ele e os que o precederam é que ele dá às pessoas uma escolha. Se eu decidir ir embora, ele aceitará minha escolha.

Mas nós dois sabemos que isso não vai rolar.

— Parece que você realizou seu desejo, afinal — ele afirma, com tranquilidade. — Você conseguiu sua guerra e venceu. Mas nunca duvidei disso. Você...

Cansei da ladainha, e deixo isso claro ao dar um soco em seu queixo.

— Você já calou a boca? — Suspiro, sacudindo o punho cerrado, porque o filho da puta tem um queixo duro pra cacete. — Temos um acordo. E desta vez, nada de cruzar os dedos, entendeu?

Alek sorri, limpando o sangue escorrendo.

— Devemos selar com um aperto de mãos?

Estendo a palma da mão ensanguentada, e encaro Alek, pois agora a escolha é dele. Quando ele aceita a oferta, um sorriso se espalha pelo meu rosto.

— Feito.

Meu demônio interior ajusta sua coroa ao se sentar em seu trono, porque, finalmente… ele voltou para casa.

EPÍLOGO

— Tem certeza de que o presente de bodas de dez anos é estanho ou alumínio? — Shay pergunta a seu tio Ethan, pensando que tudo isso não passa de besteira.

— Sim — Ethan responde, embrulhando rapidamente a pequena caixa com papel dourado. — A força do material supostamente simboliza o casamento que resistiu ao teste do tempo… ou algo besta assim. Pelo menos foi isso que Eva me contou.

Shay bufa de tanto rir.

— Tenho quase certeza de que papai vai pirar.

Ethan termina de embalar o presente em total acordo com Shay. É muito provável que Puck Kelly dê uma bronca do caralho, alegando que os dois não passam de molengas, mas não é todo dia que se comemora um marco como este.

No mundo deles, estar vivo por dez anos é uma raridade, mas Puck fez o que ninguém mais conseguiu.

Assim que apertou a mão de Aleksei Popov, o mundo mudou para sempre. Ele assumiu o controle de Belfast e Dublin e devolveu os dois países à sua antiga glória. A luta pelo poder não existia mais, pois ninguém ousava desafiar Punky.

Eles sabiam quais seriam as consequências.

Alguns tentaram, mas todos falharam, pois o rei legítimo está sentado no trono. Ele protege as pessoas, assim como os países, porque honra aqueles que morreram pela causa; e há muitos.

Antes de Punky, Belfast era uma bagunça. E era uma bagunça que Punky nunca quis limpar. Mas a vida tem um jeito engraçado de guiá-lo na direção certa, mesmo quando você se desvia do curso. Punky achava que nunca teve escolha, mas a escolha sempre foi dele.

Ele pensou que queria se afastar deste mundo, mas o mundo não permitiu, e nunca desistiu dele, mesmo quando ele o fez.

O exército de Punky é composto de homens e mulheres leais que nunca se desviariam. Ele cuida de todos eles. E, em troca, eles cuidam dele e de sua família. Mas o mais importante é que todos cuidam do reino, protegendo-o a todo custo.

Todo rei precisa de sua rainha, e Camilla Kelly sempre foi a rainha de Punky. Ela se senta ao lado de seu trono, sempre leal, para sempre sua Babydoll.

Shay tem dois irmãos e uma irmã e, embora sua mãe verdadeira, Aoife, tenha sido assassinada, Cami nunca o fez se sentir como se não tivesse saído de dentro dela. Ele leva muito a sério o papel de irmão mais velho.

— Shay! — grita Maya, correndo em direção ao irmão assim que o vê no corredor.

Ele se abaixa e a pega no colo.

— E aí, garotinha? Onde é o incêndio?

— Benjamin está sendo um bundão. Ele roubou a minha Barbie.

— Maya! — Shay a repreende, tentando suprimir o sorriso; ouvir uma menininha de 5 anos xingando é hilário. — O que já te falei sobre palavrões? Ainda mais quando está falando sobre o seu irmão?

Ela faz beicinho, sabendo que Shay nunca resiste. Essa garota o tem na palma da mão.

— Você pode brincar lá fora comigo?

— Talvez mais tarde. Preciso ver papai.

— Você vai dar uma sova nos moleques de novo?

Shay fica boquiaberto por um segundo, e logo começa a rir.

— Quem te disse que fiz isso?

Maya revira os olhos.

— Ninguém me contou. Mas já vi você treinando na frente do espelho.

— Treinando o quê?

Maya junta os dedinhos, simulando uma pistola, e diz em voz baixa:

— Você acha que tem sorte? E, então, você acha, moleque?

O rosto de Shay adquire um intenso tom de vermelho, e Ethan abafa a risada com a mão.

— Não sei do que você está falando. Vá brincar com seus irmãos. E seja legal.

Ele a coloca no chão, e a garotinha sai dali toda saltitante. Aquela bonequinha é exatamente igual à mãe.

Ethan não diz uma palavra – por enquanto. Mas isso mudará quando eles saírem hoje à noite ao encontro do fornecedor. Ethan pretende pedir ao sobrinho para dar uma mostra de sua versão de Clint Eastwood, no filme *Perseguidor Implacável*.

Mesmo que Punky seja o rei desta cidade, Ethan, Cian e Shay são seus "braços direitos". Shay tem 16 anos e, embora seu pai deseje que ele espere um pouco mais, ele sabe que a escolha cabe ao jovem.

Shay é a cara de seu pai – tanto na aparência quanto no caráter, então Punky sabe que não há como mudar a opinião do filho.

Shay e Ethan batem na porta do escritório de Punky, e Alek se levanta assim que os dois entram.

Esse velho filho da puta é um demônio bonito, mas a atenção de Shay se desvia na mesma hora para a filha dele, Irina. A beleza dela é surreal, mas ele não a encara por muito tempo, pois sabe que ela arrancaria seus olhos. Ela o assusta mais do que seu pai, o mafioso e traficante russo.

— Foi um prazer. Como sempre. — Alek se endireita, abotoando o paletó.

Irina beija as duas bochechas de Punky.

— Obrigada por me oferecer hospedagem em sua casa enquanto estudo no exterior.

Seu suave sotaque russo aquece Shay, mas ele permanece calmo, pois sabe que Alek está observando, e o homem não teria pudores em castrá-lo por olhar para sua filha.

— Talvez isso não sej…

— Papai — Irina interrompe, revirando os olhos.

Ela é a única pessoa que poderia fazer uma dessas coisas com o infame Aleksei Popov.

A garota sequer fala com Shay ao passar, mas se certifica de roçar o braço ao dele, uma troca silenciosa e sedutora que apenas ele vê.

Ele é um caso perdido.

Alek não é tão sutil, entretanto. Assim que a filha sai, ele encara Shay e diz, com toda a calma:

— Nem pense nisso.

Shay sorri, sentindo um imenso prazer em irritar o homem:

— Ah, eu já pensei.

Alek sorri, mas com tantos dentes à mostra, é justo dizer que o russo não está nem um pouco satisfeito.

Depois que ele sai, Cian, que está sentado no sofá, balança a cabeça.

— Você vai causar um ataque cardíaco no pobre coitado.

Shay dá de ombros, imperturbável.

— O que você tem aí? — Punky sempre exalou um ar de autoridade, e simplesmente se tornou o homem que sempre esteve destinado a ser.

Ele fez o que prometeu: vingou sua mãe e, ao fazer isso, não apenas salvou a si mesmo, mas também ao seu reino.

Ele enterrou o pai numa cova para indigentes – nada mais do que merecido. Mesmo que Sean Kelly tenha salvado Punky no final, isso não mudou o que ele havia feito. Ele se arrependeu de ter atirado em seu pai a sangue-frio?

Não.

A morte de Sean foi o renascimento de Punky. O círculo se completou. A morte de Cara não foi em vão. Nenhuma das mortes foram em vão, pois os homens os homenageiam todos os dias, lutando e mantendo viva sua memória.

— Feliz aniversário — diz Ethan, oferecendo a Punky o presente embrulhado de maneira tosca.

Punky aceita com um sorriso torto.

— Obrigado, Ethan. Você mesmo embrulhou, pelo que vejo.

— Ah, cale a boca.

Todo mundo começa a rir.

Não há rivalidade entre eles, e é por isso que as coisas dão certo. Ninguém está disputando o poder. Não como os dois irmãos Kelly antes do reinado de Punky. E isso foi algo que Punky aprendeu com eles e prometeu que nunca faria igual.

Esta é uma nova era. Este é o reinado dos Kelly.

— Está tudo acertado para esta noite? — Punky pergunta, indo direto ao assunto.

Eles têm um carregamento de pílulas de ecstasy chegando. Ele normalmente estaria lá, mas esta noite ele tem algo especial planejado para sua esposa.

— Sim, tudo pronto. Não se preocupe com nada.

As coisas estão indo bem, no momento, mas os homens nunca são complacentes, e é por isso que Cian, Ethan e Shay controlam seus próprios grupos paramilitares. Drogas, armas roubadas e outros negócios ilegais estarão sempre presentes.

Punky e seus meninos nunca alegaram que eram os mocinhos e concordam com isso.

Shay pede licença, dizendo que tem algo a fazer antes de partirem. Ele sai do castelo e segue em direção ao prédio do estábulo onde mora, no mesmo lugar onde o pai morava quando tinha a mesma idade.

Tal pai, tal filho... E é por isso que, quando Shay entra em casa, ele vai até o banheiro e lança um olhar de relance aos potes de tinta facial sobre a pia. Punky é sempre muito aberto com o filho e contou o motivo para pintar o rosto.

Shay se lembra, quando menino, de ter visto o pai coberto de tinta de guerra. Mesmo apavorado, ele estava mais intrigado com a beleza absoluta daquilo. Era uma face brutal, e Shay acredita que isso ainda permanece muito vivo dentro de seu pai.

Ele acredita que faz parte dele, como se fosse dividido ao meio; parte monstro, parte homem.

Shay já presenciou essa faceta do pai. Ele o viu matar e se divertir. Mas também o viu cuidar e proteger aos seus. Puck Kelly é duas pessoas dentro de uma só, e Shay ama suas duas versões.

Ele pega a tinta facial branca e abre o recipiente. Ele não sabe o que está fazendo, mas por instinto mergulha dois dedos no pote, sentindo-se em sintonia com a textura. Em seguida, ele esfrega os dedos pela bochecha.

Assim que a tinta toca sua pele, algo dentro dele desperta e ele pinta todo o rosto com frieza. Ele se olha no espelho, emocionado com o que vê. Mas é quando ele abre o pote de tinta preta que sua memória vem à tona, e ele passa a desenhar o mesmo padrão que viu no rosto do pai. É aí que ele ganha vida.

O recipiente cai na pia, circulando e girando, e enquanto Shay se agarra ao balcão, olhando para seu reflexo, ele, de repente, entende por que Punky sempre pintou o rosto – isso permite que ele seja outra pessoa.

Seu sorriso agora é largo e grotesco e os olhos estão tão negros quanto o céu noturno. Ele se sente confortável nesta pele.

— Aplique um pouco menos de preto ao redor dos olhos. Caso contrário, vai escorrer.

Shay encontra os olhos de Punky através do espelho. Ele fica com vergonha de seu pai tê-lo flagrado, mas Punky não está com raiva. Ele sabia que o dia chegaria.

A mãe de Shay foi assassinada como a de Punky; logo, ele estava fadado a dar à luz os mesmos demônios que seu pai.

— Eu te amo, filho. Sempre se lembre disso.

— Eu também te amo.

Shay não quer falar sobre o motivo que o compeliu a fazer isso, e Punky não quer fazer um estardalhaço, então deixa seu filho lidar com suas emoções, pois sabe isso é algo que ele precisa fazer no tempo certo.

Punky volta para o castelo, sorrindo ao ver seus três filhos brincando de pega-pega com Hannah. Ela mora aqui também. Todos eles moram. Esta é tanto a casa deles quanto a de Punky e, para ser honesto, nada lhe dá mais conforto do que ter sua família toda reunida.

Quando sobe a escada em direção ao quarto, seu corpo reage ao doce perfume dela, como sempre faz. Assim como aconteceu desde o primeiro momento em que se conheceram.

Ele abre a porta, mas faz uma pausa, precisando de um momento enquanto observa Cami se arrumando. Ela usa um longo vestido dourado que se molda ao corpo delicado. Mas quando ele fecha a porta e se recosta à superfície, ela sabe que terá que se trocar – já que ele está a segundos de arrancar o vestido dela.

— Nem pense nisso — ela brinca, colocando seu brinco de diamante.

— Tarde demais — rebate Punky, afastando-se da porta.

Ele enlaça o corpo da esposa, puxando-a contra o seu peito.

— Você está linda.

— Obrigada. O jantar é às sete. Você precisa tirar uma sonequinha antes, senhor? — caçooa, olhando para o marido por cima do ombro.

— Pretendo usar a cama, mas não para dormir.

Cami grita quando Punky a coloca em cima do ombro e segue em direção à cama. Antes que ela possa protestar, ele a joga no colchão macio.

— Punky, acabei de arrumar meu cabelo — ela protesta, debilmente, já que quer isso tanto quanto ele. Seu desejo por esse homem apenas aumentou com o tempo.

Ele paira sobre a mulher, acariciando a ponta de seu nariz com o dele. Os dois se encaram, finalmente encontrando os "felizes para sempre" que sempre buscaram. Não pode ser considerado convencional, mas é deles.

— Shay estava pintando o rosto.

Cami não precisa que Punky explique o significado; ela testemunhou em primeira mão a pintura de guerra de Punky.

— Bem, ele é seu filho — diz ela, passando os dedos pelo longo cabelo do marido.

O tempo tem sido gentil com ele, pois ele ainda se parece com o Punky dela, porém, assim como um bom vinho, ele só melhora com a idade.

— Sempre que ele quiser conversar sobre o assunto, estamos aqui. Isso é tudo que podemos oferecer a ele. Não podemos pressionar porque, bem, ele é seu filho.

Punky sorri, adorando a forma como ela trata Shay como se fosse dela. Ela fazia isso desde que ele era criança. O encontro deles foi uma obra do destino, e ele sempre será grato. Cami aceita Punky, sabendo que seu marido não é o que muitos considerariam como um "mocinho".

Mas para ela, ele é o homem dela, e ela não mudaria nada. Além disso, ela não é do tipo que fica em segundo plano. Nunca foi. Eles construíram este império juntos – o sangue se encontra nas mãos de ambos. Pois o que é um rei sem sua rainha?

— O que é isso no seu bolso? — Ela ri. — Ou você está realmente feliz em me ver?

Punky ri, pegando o presente de Ethan.

— Um presente de bodas de Ethan e Eva.

— Minha irmã nunca aprovaria um presente embrulhado desse jeito — ela brinca, aceitando a caixa.

Punky sai de cima dela e os dois se recostam à cabeceira da cama conforme ela desembrulha o presente. Ela abre a caixa e não consegue conter o riso.

— Um par de algemas. Bem, acho que combina com o tema, né? Estanho e alumínio. Acho que isso foi feito mais para você.

Ela entrega para Punky, mas quando aqueles olhos azuis sensuais se fixam aos dela, Cami faz uma nota mental para agradecer a Ethan mais tarde... muito mais tarde.

— E o jantar? — ela sussurra, enquanto Punky a convence a se deitar de costas.

Com os pulsos acima da cabeça, ele prende as algemas na cabeceira da cama e se arrasta pelo corpo dela.

— Eu pretendo comer... minha Babydoll. Feliz Aniversário.

Ao enterrar a cabeça entre as pernas torneadas, Cami fecha os olhos com força, gemendo de felicidade.

— Ah, que delícia.

Não importa que eles sejam o rei e a rainha de Belfast, não importa que tenham feito coisas deploráveis... entre quatro paredes, a portas fechadas, eles ainda são apenas Babydoll e Punky. E o amor deles viverá... para todo o sempre.

FIM... POR ENQUANTO.

AGRADECIMENTOS

Às autoras que são minha família: Elle e Vi, amo demais vocês duas.

Ao meu marido, Daniel. Amo você. Sempre e para todo o sempre. Obrigada por me acompanhar em minhas loucuras.

Aos meus pais que sempre me apoiaram. Vocês são os melhores. Sou o que sou por causa de vocês. Descanse em paz, papa. Você já se foi, mas nunca será esquecido. Para sempre no meu coração.

Minha agente, Kimberly Brower da Brower Literary & Management. Obrigada pela paciência e por ser um ser humano maravilhoso.

Minha revisora, Jenny Sims. O que posso dizer além de AMO VOCÊ? Obrigada por tudo. Você faz mais do que o necessário por mim.

Minhas rainhas irlandesas – Shauna McDonnell e Aimee Walker, os conselhos de vocês são inestimáveis. Obrigada por me deixarem usufruir de todo o conhecimento de vocês.

Minhas leitoras beta – Aimee Walker e Rumi Khan, vocês são demais !

Michelle Lancaster – você pegou essa história e criou imagens simplesmente perfeitas. Sua visão e talento são absolutamente de tirar do fôlego, e me sinto abençoada por ter feito essa parceria com você. Suas fotos ARRASAM! Na verdade, VOCÊ arrasa! Aquela maquiagem ficou fantástica! Adoro você! #minhatribo.

Lochie Carey – cara, que que é isso? Você é incrível! Você é o meu Punky! Obrigada por ter dado vida a ele. Te adoro.

Lauren Rosa – essa capa só foi criada por causa da sua dica. Obrigada por sempre estar ao meu lado.

Sommer Stein – você ARRASOU com essa capa! Obrigada por toda a paciência e por ter tornado todo o processo tão divertido. Me desculpa por ter te pentelhado tantas vezes.

Minha publicitária – Danielle Sanchez da Wildfire Marketing Solutions. Obrigada por toda a ajuda.

Um agradecimento especial a: Bombay Sapphire Gin, Ashlee O'Brien, Conor King, Cheri Grand Anderman, Louise, Nasha Lama, Gel Ytayz, Jessica – PeaceLoveBooks.

Aos inúmeros blogs que me apoiaram desde o início – vocês são demais!

Aos meus Bookstagrammers – A criatividade de vocês me assombra. O esforço em conjunto me deixa maravilhada. Obrigada por todas as postagens, os teasers, apoio, mensagens, amor e por TUDO! Vejo tudo o que fazem e sou muito, muito grata.

Ao meu time de ARC – vocês são as melhores. Obrigada pelo apoio.

Ao meu grupo de leitores – deixo um enorme beijo a cada.

Samantha and Amelia – amo muito vocês duas.

À minha família na Holanda e Itália, e no exterior. Recebam meu amor e meus beijos.

Papa, Tio Nello, Tio Frank, Tia Rosetta, e Tia Giuseppina – vocês moram no meu coração. Para sempre.

Meus bebês peludos – mamãe ama vocês! Dacca, eu sei que você está se divertindo com Jaggy, Dina, Ninja e Papa.

A qualquer um a quem eu tenha esquecido de citar, me perdoem. Não foi de propósito.

E por último, mas não menos importante, quero agradecer a VOCÊ! Obrigada por ter me acolhido em seu coração e em seu lar. Meus leitores são os melhores leitores do mundo inteiro. Amo vocês!

Sobre a autora

Monica James passou sua juventude devorando os livros de Anne Rice, William Shakespeare e Emily Dickinson.

Quando não está escrevendo, ela está ocupada administrando sua própria empresa, mas sempre encontra um equilíbrio entre os dois afazeres. Ela gosta de escrever histórias reais, sinceras e turbulentas, esperando deixar uma marca em seus leitores, e se inspira na vida.

Além disso, é autora best-seller nos EUA, Austrália, Canadá, França, Alemanha, Israel e Reino Unido.

Monica James mora em Melbourne, Austrália, com sua família maravilhosa e uma coleção de animais. Ela é um pouco obcecada por gatos, tênis e brilho labial, e, secretamente, deseja que pudesse ser uma ninja nos finais de semana.

SÉRIE LIVRAI-NOS DO MAL

Série completa disponível no site da The Gift Box:

A The Gift Box é uma editora brasileira, com publicações de autores nacionais e estrangeiros, que surgiu no mercado em janeiro de 2018. Nossos livros estão sempre entre os mais vendidos da Amazon e já receberam diversos destaques em blogs literários e na própria Amazon.

Somos uma empresa jovem, cheia de energia e paixão pela literatura de romance e queremos incentivar cada vez mais a leitura e o crescimento de nossos autores e parceiros.

Acompanhe a The Gift Box nas redes sociais para ficar por dentro de todas as novidades.

 www.thegiftboxbr.com

 /thegiftboxbr.com

 @thegiftboxbr

 @GiftBoxEditora